Couverture
- Maquette:
  MICHEL BÉRARD

Maquette intérieure
- Conception graphique:
  GAÉTAN FORCILLO
- Assistante à l'édition
  LISE PARENT

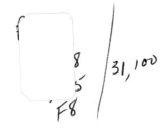

DISTRIBUTEURS EXCLUSIFS:

- Pour le Canada:
  AGENCE DE DISTRIBUTION POPULAIRE INC.*
  955, rue Amherst, Montréal H2L 3K4 (tél.: 514-523-1182)
  *Filiale de Sogides Ltée

- Pour la France et l'Afrique:
  INTER-FORUM
  13, rue de la Glacière, 75013 Paris (tél.: 570-1180)

- Pour la Belgique, la Suisse, le Portugal, les pays de l'Est:
  S.A. VANDER
  Avenue des Volontaires 321, 1150 Bruxelles (tél.: 02-762-0662)

Rosenstock, Adair, Moore

Janet Rosenstock et Dennis Adair
d'après le scénario de Roy Moore

Traduction de
JOHANNE DE LUCA
revue par
JEAN GAGNON

LES ÉDITIONS DE L'HOMME *

CANADA: 955, rue Amherst, Montréal H2L 3K4

*Division de Sogides Ltée

©1979 LES ÉDITIONS DE L'HOMME,
DIVISION DE SOGIDES LTÉE

Tous droits réservés

Bibliothèque nationale du Québec
Dépôt légal — 4e trimestre 1979

ISBN-2-7619-0047-2

Préface

Même s'il fait revivre des personnages historiques, ce livre relève de la fiction plus que de l'histoire. Certains des événements relatés dans ces pages se sont réellement produits; d'autres se sont déroulés différemment; d'autres enfin sont le fruit de l'imagination.

Le héros, Louis Riel, l'une des figures les plus controversées de l'histoire du Canada, n'aurait pu exister en aucun autre temps ni aucun autre lieu.

Les traits de diverses personnes ont été agencés pour créer certains personnages de ce roman et des incidents véridiques y sont présentés sans égard à leur chronologie réelle. Les dialogues ont été inventés de toutes pièces par les auteurs. Mais la toile de fond reste vraie: ces années pendant lesquelles le Canada luttait pour devenir un pays alors que les États-Unis menaçaient sans cesse l'expansion vers l'ouest et entravaient le rêve d'un Canada uni d'un océan à l'autre; ces années qui comptent parmi les plus agitées de notre histoire.

Louis Riel a consacré sa vie à son peuple, les Métis francophones des plaines qui vivaient le plus souvent en paix et en fraternité avec les Indiens. Il demeura fidèle à son Église alors divisée par des idéologies contra-dictoires, tout comme l'Église sud-américaine hésite aujourd'hui entre l'action politique et la pratique passive des rites.

Chapitre 1
Duck Lake: 1885

Où est-il le poltron qui refuserait de se
battre pour une terre pareille?

Sir Walter Scott

— Où peut-on bien être? demanda James Howe au volontaire, portant négligemment son Snider-Enfield en bandoulière, qui avançait opiniâtrement à ses côtés.

— Pas loin de Duck Lake, à un mille environ du poste.

Howe se trouvait à l'arrière-garde de la colonne en désordre, en compagnie des volontaires venus de Prince Albert. Ils progressaient à la file indienne, parmi les traîneaux. La Police Montée et les volontaires à cheval ouvraient la marche.

— Je n'ai pas tellement l'habitude de voir de la neige en mars, grommela Howe. En Ontario, il ne neige plus au mois de mars.

— Ici, il neige, lui rétorqua son compagnon, des fois jusqu'en avril.

James Howe s'étonna du tour que prenait leur conversation. Étrangers l'un à l'autre, tous deux à la poursuite d'un groupe de renégats indiens et métis, ils causaient calmement température.

— Pourquoi vous n'avez pas de cheval, comme les autres policiers? s'enquit le volontaire.

Le soldat Howe esquissa un sourire. Il aurait bien aimé se retrouver en selle. Chaque muscle de son corps le tourmentait.

— Je viens tout juste de me rapporter au major Crozier et de rallier son détachement. Mon cheval a été attelé à l'un des traîneaux.

— D'où venez-vous?

Au fond de lui-même, le volontaire se moquait pas mal de la réponse, mais il essayait de distraire son esprit de cette marche épuisante.

— J'ai quitté Régina pour Battleford. Là, on m'a appris que le détachement marchait sur Carlton.

— C'est long! Vous avez eu des ennuis en cours de route?

Tout d'un coup, Howe sentit toute l'absurdité de la situation. Il avait traversé la moitié du territoire et n'avait eu connaissance d'aucun incident avant son arrivée à Battleford.

— Non.

La réponse sembla décevoir le volontaire. Il se serait probablement délecté de quelques détails sanglants qui lui auraient fait oublier un instant sa fatigue.

— Combien d'hommes là-bas?

Avant le départ, Howe n'avait eu ni le temps ni l'envie de compter les hommes. Et maintenant, dans la neige qui tombait abondante, il n'aurait pu y arriver.

— Quatre-vingt-dix et quelques... Vous et quarante-trois des nôtres.

Dans son uniforme écarlate qui inspirait le respect et dont il s'enorgueillissait, Howe se sentait sûr de lui-même. Il savait bien qu'il n'était qu'un bleu, mais les volontaires — des fermiers pour la plupart — étaient encore moins expérimentés que lui. Malgré cela, il ne comprenait pas très bien ce qui se tramait, ni pourquoi il se trouvait là.

— Racontez-moi un peu ce qui se passe, suggéra Howe. Je viens d'arriver. Je n'ai entendu que des rumeurs.

Le volontaire hésita un moment.

— Pas mal compliqué d'y voir clair... Difficile à expliquer. Un Métis un peu fou, Riel, a excité toute la population. Un genre de soulèvement, quoi! Puis une bande de Cris ont gonflé l'affaire et en ont profité pour voler des fusils aux comptoirs de la Baie d'Hudson.

Il s'arrêta et rajusta son arme.

— Ce matin, des hommes disaient qu'une espèce de sauvage — Esprit Errant qu'ils l'appelaient — avait tué tout un groupe de pauvres gens, pas loin du poste de Frog Lake. Sais pas si c'est vrai ou si c'est des racontars. Tous ces sauvages-là savent pas se battre; en tout cas, pas comme nous!

Howe se tut quelques instants; il réfléchissait.

— Les Indiens et les Métis se battent-ils ensemble?

Son compagnon dodelina de la tête.

— Dur à dire, jeune homme. Il y a des Indiens qui ont emmené des Blancs avec eux à Prince Albert pour les sauver et il y a des Métis qui marchent avec nous, ce soir. C'est pas le genre de situation où l'on peut savoir, pour sûr, qui est avec qui.

Howe considéra le long défilé d'hommes. Subitement, il prit conscience qu'il ne reconnaîtrait même pas un Métis s'il en rencontrait un et cette idée l'inquiéta.

— Pourtant, dit-il désabusé, on devrait pouvoir différencier ses amis de ses ennemis et les civils des rebelles. C'est la moindre des choses!

.Le volontaire se gourmait.

— Mon vieux, on est dans l'Ouest; faut pas trop en demander. Par ici, on juge un homme à la façon dont il tient son fusil. S'il nous vise, c'est un ennemi.

Howe secoua la tête.

— C'est énervant de penser qu'il faut attendre avant d'en savoir plus... Et le major Crozier, de quoi a-t-il l'air?

Cet homme le troublait: il avait accepté son ordre de mission sans discuter et il les entraînait tous maintenant dans la nuit sans un mot d'explication.

— Une vraie vache! Et il n'aime pas ça, nous commander, nous, les volontaires. D'abord il nous réquisitionne puis, quand il nous tient, il nous traite comme si on était des moins que rien.

— Je ne comprends pas.

— Nous, on n'aime pas les Métis ni les Sauvages. Crozier, lui, il y en a certains qu'il aime bien. Il a des tas d'amis métis. Il nous a gueulé de garder nos opinions pour nous autres.

Le soldat haussa les épaules et scruta l'obscurité. La neige tombait de plus en plus drue et on avait peine à voir à dix pas devant soi.

— C'est une cabane, là-bas, sur la gauche?

Le volontaire quitta la colonne, l'espace de quelques secondes, et se haussa sur une butte pour mieux observer.

— On dirait. Probablement abandonnée.

— Il ferait bon de se chauffer là-dedans devant un feu, dit Howe dans un sourire.

— On serait mieux n'importe où qu'ici, bougonna le volontaire.

Une vision fugitive traversa l'esprit de James Howe, souvenir d'une jeune femme, d'une chevelure blonde et d'un visage rieur.

— J'ai laissé une fille à Toronto. Ann Mason. Elle espère venir dans l'Ouest cet été.

— Belle? questionna le volontaire. Vous allez vous marier, hein?

James Howe se sourit à lui-même.

— Sûrement! C'est elle qui s'occupe de tout.

Le volontaire éclata de rire. Quelle conversation, assez agréable après tout, entre deux soi-disant soldats partis pour les honneurs et pour la gloire!

Cela se passait dans les grandes plaines de la Saskatchewan, en mars 1885; moins de dix minutes plus tard, les deux hommes étaient morts.

* * *

Le major L.N.F. Crozier et Lawrence Burton, son lieutenant, chevauchaient côte à côte dans la tempête, à l'avant des traîneaux. La route étroite, gelée et presque impraticable qui s'étirait entre Fort Carlton et Duck Lake rendait pénible le voyage, sans parler de toute cette neige qui empêchait de rien distinguer.

— Quelqu'un se dirige sur nous, monsieur.

Burton pointa deux cavaliers qui arrivaient au galop. Crozier les discernait à peine dans le lointain. Ils lui apparurent brusquement comme deux fantômes émergeant de la nuit. D'un geste de la main, Crozier ordonna une halte.

— MacKay et Conrad au rapport, monsieur, annonça Burton.

Le major poussa un soupir de soulagement. Ce n'étaient que les éclaireurs. Sale neige, pensa-t-il. Humide et collante. Il faudra un grand feu pour que les hommes puissent se sécher ce soir.

MacKay et Conrad freinèrent l'allure de leurs chevaux et se présentèrent à leurs officiers. Crozier décela immédiatement la peur dans leurs yeux et, instinctivement, fouilla du regard les alentours.

— En avant... lâcha enfin MacKay d'une voix entrecoupée et essoufflée, Les Métis... Armés... Toute une colonne!

Crozier ne le laissa pas terminer.

— Jetez ces traîneaux en travers de la route! hurla-t-il dans le noir tandis qu'une masse sombre d'hommes s'animait soudain. Prenez position!

Des cris se répercutèrent dans tous les sens pendant que Burton ordonnait aux hommes d'établir une ligne de défense. Il s'adressa à l'un des volontaires:

— Retourne dans le rang et dis-leur à tous de se regrouper.

L'homme, effrayé, sursauta puis se mit à courir, transmettant les ordres à toute la colonne.

— En voici deux qui s'amènent seuls.

Conrad désignait un point dans l'obscurité. Crozier regarda furtivement dans cette direction. Deux figures solitaires, semblables à des bonshommes de neige, s'animaient. Elles s'arrêtèrent à cent mètres environ des traîneaux, puis attendirent. Crozier constata que l'une des deux silhouettes avait levé la main, la paume tendue vers l'avant.

— MacKay, venez ici! On dirait qu'ils veulent parlementer.

MacKay se rangea aux côtés de Crozier. Métis anglais, Andrew MacKay parlait mal français, mais très bien cri.

— Restez près des traîneaux, lieutenant Burton!

Burton les salua, puis suivit du regard les deux hommes qui s'éloignaient et se dirigeaient lentement vers les deux étrangers qui les attendaient en silence dans les rafales de neige.

— Bienheureux ceux qui procurent la paix, murmura un homme du nom de Grenfield.

Lui, Burton et McVale se tenaient toujours devant les traîneaux. Les autres, les fusils pointés, étaient accroupis à l'arrière. Les trois hommes surveillaient attentivement les deux Métis qui se rapprochaient. Crozier et MacKay firent également quelques pas.

— L'un est métis, l'autre est indien, dit McVale. On distingue à peine sa plume.

Burton acquiesça. Il se fichait pas mal de leur origine du moment qu'on ne livrerait pas bataille. Il regarda autour de lui. Le terrain s'avérait peu propice: ils se trouvaient sur des terres basses et on n'y voyait rien. Il reporta son regard sur les quatre hommes à cheval qui palabraient, assez près les uns des autres pour se toucher.

Un coup retentit dans le silence.

— Que se passe-t-il? brailla McVale.

Le Métis, pensa Burton, est tombé dans la neige. Puis MacKay s'écroula. Crozier revenait à toute vitesse, couché sur sa selle pour se rendre presque invisible. Les coups de feu résonnaient de toutes parts. Les soldats McVale et Grenfield rampèrent jusqu'à l'arrière des traîneaux.

— Cessez le feu! criait Burton.

Il voulait éviter que ces imbéciles ne tuent leur propre commandant qui se dirigeait droit vers eux.

— Seigneur! Que s'est-il passé?

Burton releva la tête. Il aperçut Grenfield, blanc de peur.

— Je pense que l'Indien a essayé de se saisir du fusil de McKay. Je n'ai pas vraiment bien vu.

Crozier se faufilait entre les traîneaux. Il descendit de cheval et tapa sur la croupe de la bête qui s'enfuit dans les buissons avoisinants.

— Maudit! lança-t-il à plusieurs reprises, hors d'haleine et d'humeur massacrante.

Exactement ce qu'il voulait éviter. Une bataille dans un lieu désert et à découvert, à la tête d'un tas de volontaires inexpérimentés, un peu trop rapides sur la gachette et qui trouveraient probablement le moyen de s'entretuer.

— Dieu seul sait combien de tirailleurs métis se cachent là-bas, dit-il à Burton qui cherchait une cible.

— J'entends les coups, mais je n'arrive pas à dénicher les tireurs, grogna Burton.

— Ils nous encerclent.

Crozier désignait du doigt la cabane qui leur avait semblé à tous abandonnée.

— Il y en a d'autres là-dedans aussi, continua-t-il d'un air abattu.

Il ferma les yeux l'espace d'une seconde. Tu parles d'une situation! Le colonel Irvine parti en quête de renforts et lui, en un endroit pareil, avec quarante-six hommes aguerris et une poignée de fermiers. Pour couronner le tout, Fort Carlton complètement indéfendable et le quartier général de Battleford guère en meilleure posture.

La vraie pagaille. Merde! Ces espèces de crétins, à Ottawa, n'avaient pas raté leur coup, cette fois-ci!

Le major Crozier s'en mordait les lèvres. Lui, un officier instruit des habitudes des Métis, s'était littéralement précipité dans ce traquenard sanglant! Il frappa du pied contre un traîneau et jeta un regard sur ce groupe d'hommes inexpérimentés.

— Seigneur! murmura-t-il, je ne veux pas d'un massacre.

Les Métis les cernaient bel et bien. Les balles sifflaient, ricochaient sur les rochers puis allaient se perdre en faisant rejaillir la neige. Crozier nota que Burton avait dégagé le petit canon. On en tira une fois puis ce fut le silence.

— Qu'est-ce qui ne va pas? gueula Crozier.

Burton était décontenancé.

— Le canonnier a enfoncé l'obus avant la poudre, monsieur. On ne peut plus s'en servir.

La colère submergea Crozier. Ces crétins tiraient comme des sauvages dans le vide et gaspillaient rapidement les munitions. Le canon était déjà hors d'usage. Plus encore, il constata soudain avec stupeur que les volontaires s'élançaient aveuglément en direction de la cabane.

— Soldats! qui a lancé cet ordre stupide?

Sa voix frémissante de rage dominait maintenant le bruit de la fusillade. Il se sentait anéanti.

— Repliez-vous! Repliez-vous! ordonna-t-il.

Autour de lui, les hommes couraient en tous sens, confusément, impuissants dans l'obscurité, cibles faciles pour les Métis embusqués. Les blessés qu'on pouvait sauver étaient transportés sur les traîneaux.

Appuyé par la police, Crozier couvrait la retraite. Il distinguait maintenant certaines lignes métisses et un cavalier seul, s'élançant d'un côté puis de l'autre au-devant de ses hommes pour les exciter. Le major cligna des yeux. Malgré la pénombre et la tempête, il avait aisément reconnu Gabriel Dumont, son ancien ami, qui dirigeait maintenant à cheval la troupe adverse.

À ce moment même, le coup de Burton retentit. Dumont fut désarçonné.

— Repliez-vous, rabâchait Crozier.

Le major ne quittait pas des yeux son nouvel ennemi. Burton battit en retraite. Et Crozier éprouva un étrange soulagement lorsque Dumont se releva et se remit en selle.

Une autre silhouette se détachait maintenant sur le coteau. Elle semblait porter à bout de bras une immense croix et sa voix profonde résonnait dans la nuit.

— Courage... Au nom de Dieu qui nous a créés... Courage, mes frères!

Un volontaire tira, mais la forme humaine était hors d'atteinte. Crozier bouscula le volontaire.

— Arrête de gaspiller les munitions, espèce de blanc-bec! lui siffla-t-il d'un ton méprisant.

L'homme sursauta sans répondre. Crozier leva la main et hurla encore.

— Repliez-vous!

Cette fois, tous les hommes lui obéirent et le major commanda qu'on lui amène sa monture. À cheval, il organisa alors la retraite en pleine nuit.

— Les abrutis, maugréa-t-il.

La moitié des chevaux avaient été décimés; parqués ensemble, ils avaient essuyé les feux croisés. On n'avait pas encore établi le nombre de morts et de blessés. La plupart avaient succombé en prenant d'assaut la cabane. Maintenant, les rebelles disposaient non seulement de tous les fusils volés au poste de Duck Lake, mais aussi des armes dont ils venaient de s'emparer. Huit chevaux capturés, cinq des sept traîneaux aux mains des Métis!

— Les abrutis! marmonna le major, se disant qu'il en était aussi.

Il était tombé dans une embuscade. Les éclaireurs avaient repéré la ligne-piège, mais ils n'avaient pu relever la présence des francs-tireurs. Il examina les alentours. Où donc s'était terré ce Métis anglais, Conrad? Il hésitait maintenant à lui faire confiance. Bel endroit pour une halte — un terrain en contre-bas et une cabane remplie de tireurs Métis. On s'est bien fait posséder! Une belle pagaille. D'abord les Métis et leur nouveau messie, puis les Indiens et maintenant le doute: ne même pas savoir si l'on peut compter sur ses propres hommes!

Le major se rassura. Au moins, ils n'étaient pas suivis. Il aurait voulu connaître la gravité de la blessure de Dumont. Vu l'état de ses hommes, il s'interrogea... Cela ne ressemblait pas à Dumont, excellent stratège militaire, de ne pas sauter sur une occasion pareille. Pourquoi ne les poursuivait-il pas?

— Repartons-nous pour Carlton, monsieur, s'enquit Burton en arrêtant son cheval près de Crozier.

— Non, Prince Albert.

Burton ne parut pas surpris outre mesure.

— C'est à ce point?

— Oui, Burton. On abandonne Carlton et Battleford. Ces deux places sont indéfendables sans renforts.

— Très bien, monsieur. Pensez-vous qu'il faudra nous battre à Prince Albert?

Crozier secoua la tête.

— Seigneur, j'espère bien que non. Je ne me vois pas en train de défendre Prince Albert avec eux.

D'un geste il désigna les volontaires. La plupart d'entre eux avaient perdu leur cheval et tentaient de se regrouper pour gagner la ville. Non, se dit-il en lui-même, que Dieu me garde d'avoir un jour à mener des volontaires au combat!

Chapitre 2
Souvenirs d'enfance:
les années 30

Quand tout est achevé, on se retrouve
tel que l'on est.

Goethe

— Donne-moi donc un coup de main!

Guy Lefèvre approcha de Jean Tremblay. À eux deux ils empoignèrent le corps du soldat en uniforme rouge et le portèrent jusque dans la cabane.

— Qu'il est lourd! se plaignit Lefèvre en lâchant le corps devant le feu.

— Tous les soldats anglais sont bien bâtis, ronchonna Jean. Il est jeune. Il a été touché entre les deux yeux.

Ils se relevèrent sans détacher leur regard du cadavre de James Howe.

— Dommage qu'il soit si jeune, murmura Guy. Il a l'air d'un *Anglais*[1] gentil. Et une bonne tête avec ça!

(1) Tous les mots ou groupes de mots en italique, suivis d'un astérisque, apparaissent en français dans le texte original. (N.d.t.)

Guy se pencha pour essuyer le visage; le sang de Howe lui colla aux doigts. Il se frotta les mains avec curiosité.

— Tu penses que c'est du sang pur?

— Sûrement, répondit Jean qui s'accroupit et examina les yeux bleus. Ouais! Probablement un *Anglais**.

Guy ne pouvait détacher ses yeux de ses mains, comme fasciné.

— On dirait du sang de Métis. Où est la différence entre notre sang et du sang pur?

Jean se signa trois fois. Il n'aimait pas les cadavres, pas plus qu'il n'aimait tuer.

— Nous sommes mi-indiens, mi-français. La seule chose dont nous parlons, c'est du sang. Mais ce n'est pas le sang qui compte, c'est ce qu'on a dans la tête.

Guy se releva et fixa Jean droit dans les yeux en lui disant:

— Gabriel affirme que mi-indiens, mi-français, nous vaincrons!

— Un jour nous gagnons et le lendemain nous perdons. Cela n'a aucune importance. Même lorsque nous avons raison, nous avons tort, rétorqua Jean.

Après tout, Guy était jeune, bien jeune pour se souvenir de Red River et bien trop jeune encore pour se rappeler les immenses troupeaux de bisons.

— Prends son fusil et son étui. Garde aussi le manteau. Il n'en aura plus besoin. On va entasser tous les cadavres ici pour que les loups ne les mangent pas. Dans quelques jours, Gabriel laissera revenir Crozier pour qu'il les emporte. Dès qu'il n'y aura plus de butin à prendre.

— Ca va pour Gabriel, maintenant? s'inquiéta Guy.

— Bah! il a été touché à la tête, ce qu'il a de plus dur. Le choc l'a un peu étourdi, mais il va mieux. Dépê-

22

che-toi, Guy. Faut retourner à Batoche. Tous les autres sont déjà partis.

Lefèvre ramassa tout ce qui pouvait servir et les deux hommes sortirent de la cabane.

— Dommage que les jeunes doivent mourir, soupira Guy.

— Toi aussi, tu es jeune, répondit Jean.

— Les Métis naissent vieux, dit Guy, un sourire ironique aux lèvres. Mais tu as raison, je ne tarderai probablement pas à mourir.

— Tu comprends, Guy, je croyais que si j'avais su lire comme Louis, j'aurais pu répondre à toutes les questions. Je me pose toujours des tas de questions. Louis, lui, il a réponse à tout.

— Oui, c'est lui qui parle pour nous. Il n'a rien de commun avec nous.

— Les prêtres s'en sont occupés très tôt. Ils disaient qu'il était intelligent et ils lui ont appris à lire. Puis ils l'ont envoyé à l'école.

Les deux hommes enfourchèrent leur monture et cheminèrent vers Batoche.

— Y a pas le feu! On a le temps, rouspéta Jean.

Il songeait à Louis et aux questions. Louis avait déniché des réponses dans les livres. La lecture, ça s'impose pour un homme qui se pose mille questions. Jean pressentait qu'il importait de connaître les réponses, à condition qu'il s'agisse bien sûr des bonnes!

Jean rêvassait. La colonie de Red River revivait dans sa tête. Lui et Louis étaient encore enfants. S'il avait été éveillé à cette époque-là, peut-être que les questions ne le tourmenteraient plus maintenant. Ses premiers souvenirs remontaient à 1852; il avait alors huit ou neuf ans. Sa naissance, comme celle d'ailleurs de nombreux enfants métis, n'avait pas été signalée au curé de la paroisse, de sorte qu'il ignorait lui-même son âge exact.

Fort Garry, dans les années 50, n'était qu'un petit village. Un haut mur, avec des tourelles aux quatre coins, ceignait la place. On arborait le drapeau de la Baie d'Hudson, le seul gouvernement du territoire.

À l'intérieur du fort, outre un comptoir de la Baie, on ne comptait qu'une caserne et deux ou trois maisons. À l'extérieur s'étalaient des tentes légères qu'utilisaient les Cris lorsqu'ils venaient échanger leurs fourrures. Un peu en amont de la rivière et de l'autre côté, à l'embranchement de la Rouge et de l'Assiniboine, vivotait la petite communauté de Saint-Boniface. Là, de nombreux Métis avaient construit des habitations où ils séjournaient entre deux chasses au bison. Les plus sédentaires cultivaient la terre pour s'assurer un surplus de nourriture. Un peu plus au sud, le long de la rivière, on croisait çà et là de plus petites collectivités métisses.

La maison des Riel se dressait en amont, sur la Seine, affluent mineur de la Rouge. Une impression de stabilité s'en dégageait. Par là, elle différait des autres demeures métisses et Jean aimait s'y rendre en compagnie de Louis. Il s'était toujours imaginé que le logis des Riel devait ressembler à ceux de Fort Garry. À coup sûr, son foyer n'avait rien de comparable: quelques meubles grossiers, épars, témoignaient d'un dénuement extrême.

À l'encontre des autres petits Métis, Louis étudiait presque tout le jour avec les prêtres. Même jeune, Louis ne disposait que de brèves heures de loisirs qu'il partageait avec Jean et qui se limitaient à quelques rares promenades à cheval et quelques visites chez les Riel. Jean se remémorait l'une de ces journées où Louis lui avait expliqué les "mots".

— Qu'est-ce que c'est? avait demandé Jean.

Les deux gamins de huit ans étaient entrés dans la demeure de Louis pour y prendre une bouchée.

— Des mots, avait répondu Louis en désignant les ensembles étranges que formaient les lettres noires sur la page.

— Tu sais les lire? s'était informé Jean.

— Pas tous.

Retirant doucement le livre des mains de Jean, Louis l'avait retourné. Jean apprit par la suite qu'il l'avait tout simplement remis à l'endroit. Louis pouvait lire, cela Jean le savait. Et comme la vantardise n'était pas son fait, Louis avait répondu avec modestie.

— Comment lit-on? Comment sait-on qu'un mot commence et qu'un autre finit? Parle-moi des mots...

Louis avait réfléchi. Enfant, il se montrait déjà bon pédagogue. Mais qu'il était difficile d'expliquer les mots, même à un ami comme Jean! Selon son habitude, Louis avait porté la main à la bouche et avait froncé les sourcils. Jean comprit qu'il se concentrait, qu'il essayait de trouver une solution simple à sa question. Puis, le visage de Louis s'était éclairé.

— Comment nos amis les Cris nous surnomment-ils, Jean?

Jean ne saisissait pas le lien qui pouvait exister entre les mots et la question de Louis, mais il avait quand même répondu, fier de connaître la réponse.

— Ils nous appellent des Métis.

— Non! Pas ça. Comment est-ce qu'ils nous appellent quand ils ne parlent pas?

— Oh!

Cette fois, Jean avait vu clair. Il reproduisit le signe: l'index de chaque main décrivant un cercle, le doigt de la main droite tendu du côté droit du visage puis abaissé à l'avant du corps.

— Les hommes en voiture, s'était esclaffé Louis. C'est comme ça que les Cris nous appellent. Le signe décrit un homme dans sa voiture, un homme toujours en partance, par voies et par chemins.

Jean avait approuvé, la mine réjouie; alors Louis avait poursuivi son explication.

— Les mots, c'est comme les signes. Chacun a un sens bien défini.

Louis triomphait; il avait réussi. Jean n'était pas bien convaincu d'avoir déchiffré la réponse de Louis, mais ce jeu de l'élève avait assez duré et il avait désiré jouer le professeur à son tour.

— Viens, avait suggéré Jean, remontons à cheval. Promenons-nous encore un peu.

Pauvre Louis, qui n'aimait pas tellement chevaucher ni même chasser, il en avait pâti!

* * *

Quelque temps après sa première visite chez les Riel, Jean avait interrogé son père. Que pensait-il de ces gens-là? Pourquoi étaient-ils différents des autres?

— Tous les Métis ont des traditions communes, avait rétorqué son père, mais les Riel, ils ont des coutumes bien à eux.

Par la suite, bien des histoires avaient circulé sur le compte des Riel et Jean en avait surpris des bribes.

Le vieux Riel, c'était le chef incontesté de tous les Métis. Il avait été élu pour plusieurs raisons dont l'une, et non la moindre, tenait à la femme qu'il avait épousée. Avant son mariage, elle se nommait Julie Lagimodière, fille de la première femme blanche venue s'installer dans le Nord-Ouest et soeur cadette du premier Blanc né sur les terres des Métis et des Cris.

Pas plus que sa soeur Reine, Julie n'était métisse, mais toutes deux avaient vu le jour grâce aux soins de femmes cries et elles avaient été élevées parmi les Cris et les Métis. Leur jeune mère, Marie-Anne, devenue une figure légendaire, était née à Maskinongé et elle avait accompagné son mari, coureur des bois aventureux, à travers la moitié du continent jusqu'à Red River.

Le père de Louis avait été bercé à Isle-à-la-Crosse, un comptoir de la Baie d'Hudson, en Saskatchewan. Son père était canadien-français et sa mère, métisse (mi-française, mi-montagnaise). Ainsi, dans les veines du vieux Riel coulait-il à peine un quart de sang indien et un huitième dans celles de son fils, Louis. Bien moins que chez la plupart des Métis! Mais le sang ne recouvrait qu'un caractère symbolique dans ce milieu où les traditions et la langue tenaient tant d'importance.

Presque toutes les histoires que racontait le père de Jean sur le vieux Riel traitaient de la Compagnie de la Baie d'Hudson qui essayait de contrôler l'Ouest avec une poigne de fer. Comme son père le lui avait relaté, tout avait commencé au début des années 40. La Baie voulait tout monopoliser: les fourrures apportées par les Indiens et les Métis, et les clients par-dessus le marché! Les fourrures rapportaient peu, mais il fallait payer le gros prix pour les fusils, les couteaux, les poêles et les chaudrons. Le père de Jean concédait qu'il n'aurait pas agi différemment s'il avait eu à gérer la Baie d'Hudson.

Quand on vendait à la Compagnie, il fallait aussi acheter d'elle. Et invariablement on vendait pour moins qu'on achetait; on finissait toujours par devoir plus d'argent à McTavish, leur agent, que ce que l'on récoltait.

— Ces marchands de la Baie, lui avait expliqué son père, de vieux Écossais ou des Métis à moitié écossais, à moitié indiens, donnaient cinq shillings pour la peau d'un bison. Mais on a vite déniché un autre endroit. À Saint-Paul, au sud de la frontière, on recevait deux dollars et cinquante cents pour la même peau et, avec ça, on pouvait se procurer bien plus de chaudrons, de poêles, d'outils et de whisky. Les marchands yankees étaient durs, mais ils vendaient moins cher. Tout ce que les Métis voulaient était fabriqué aux États-Unis. À la Compagnie, ils importaient d'Angleterre, puis ils transportaient leurs marchandises par voie de terre, ce qui gonflait le prix d'autant. Nous, on décidait d'acheter du whisky américain, puis de rentrer par des pistes inconnues des agents de la Compagnie. La contrebande, c'était devenu un mode de vie... Après tout, pourquoi pas? De toute façon, pourquoi toutes ces histoires de frontières? Les Métis n'ont pas besoin de cartes!

Le père de Jean s'arrêtait toujours à ce moment de son récit. Pour s'assurer que Jean comprenait bien que les Métis, comme les Cris, allaient là où ils le désiraient, que la frontière ne pesait pas plus qu'une ligne imaginaire et que, de toute manière, personne n'avait réussi à la situer exactement. À tel endroit, on se trouvait en Amérique du Nord britannique, sur le territoire de la Baie d'Hudson; tout à côté, c'étaient les États-Unis. À cette époque, la réponse à la question "Qui es-tu?" variait selon le lieu où on posait les pieds. Parfois, il valait mieux être un tel; parfois, tel autre. Puis le père de Jean poursuivait sa narration.

— Les ennuis à Red River ont débuté lentement, lorsque la vieille Compagnie a commencé à perdre de l'argent. (Le père de Jean préférait cette partie de l'histoire!) On nous a dit que la terre leur appartenait à eux, mais ils n'ont envoyé personne pour nous chasser. On était trop nombreux: plus de cinq mille Métis et beaucoup de Cris. Alors la Compagnie a déclaré: "Plus d'exportations vers le sud." "Exportations", c'est comme ça qu'ils disaient. Ils ont envoyé des agents qui nous menaçaient: "Si vous vendez au sud, à Pembina ou à Saint-Paul, vous paierez une taxe et si vous achetez là-bas des choses que vous ramenez ici, vous paierez une autre taxe." Ça n'a pas marché parce qu'on a fait un plus grand détour par les prairies. Il y avait trop de prairies, pas assez d'agents et on était plus malins qu'eux. Alors, au bout d'un certain temps, les agents ont commencé à fouiller les maisons des Métis pour la fourrure de contrebande. Ils arrêtaient les voitures et les fouillaient aussi. Ils faisaient signer un contrat à ceux qui cherchaient à s'établir dans la région pour ne pas qu'ils importent de marchandises de Pembina ou de Saint-Paul et pour ne pas qu'ils vendent de fourrures là-bas. Pas de contrat, pas de terre!

Le père de Jean pouffait de rire.

— Mais nous, on suit les bisons et eux, la frontière, ils connaissent pas ça! Alors nous, la frontière, on l'ignore aussi.

Jean ne devait jamais oublier l'air sérieux qui imprégnait alors le visage de son père.

— Ce maudit marchand écossais, McTavish, qui dirigeait la Baie, était fou de rage. La contrebande augmentait et la Compagnie, pour se venger, a même commencé à ouvrir les lettres. On n'était pas nombreux à écrire, mais on était contre l'idée. Et alors les lettres aussi ont été refilées en contrebande... et ça faisait plus d'argent pour les Métis qui les passaient. Puis on a demandé au père de Louis de rédiger une lettre, une pétition, pour la Baie d'Hudson. On voulait connaître nos droits. On nous a répondu qu'on n'en avait pas. Le vieux Riel a écrit pour nous jusqu'à Londres, en Angleterre. Il a écrit et écrit encore. Alors, quand on a vu que le gouvernement ne répondait pas à nos lettres, on s'est révolté et McTavish a eu peur. Pas longtemps après, un régiment impérial est arrivé et s'est installé. C'était la loi martiale. On s'est calmé un peu; on a continué à faire de la contrebande, bien sûr, mais on s'est tenu tranquilles pendant deux ans. "Fous comme des Français, hein!". Faut dire qu'on avait aussi un peu de la patience des Indiens. Red River était redevenu tranquille, calme et paisible. Les troupes de Sa Majesté se sont contentées de s'asseoir... et de rester assises. La seule chose qu'elles ont faite, ou à peu près, ça a été de contribuer à la multiplication des Métis anglais. Nous, on continuait le train de tous les jours et le commandant, il pensait que McTavish était fou; alors ils sont partis. Quand ils ont déguerpi, nous, on a recommencé.

Le père de Jean touchait là au meilleur de son récit.

— Guillaume Sayer a été l'un des trois qu'ils ont fini par attraper. Lui et les deux autres, ils les ont passés en jugement. Nous, on en avait assez! Assez d'une maudite ligne qu'on ne pouvait pas voir, assez d'attendre, assez de nous faire dire de qui acheter et à qui vendre. Riel, le vieux, il en avait jusque-là, lui aussi. Il avait barbouillé assez de papier pour en faire un livre et il n'avait pas eu une seule réponse. Alors, il nous a dit: "Attrapez les hommes, attrapez les chevaux, prenez les armes! On va tous aller au tribunal à Fort Garry et on va les cerner." Cinq cents d'entre nous à cheval! McTavish il est devenu tout blanc sous sa jupe ridicule qu'il porte le dimanche. On leur a crié: "Vous pouvez juger ces hommes, mais si vous les condamnez on va les sortir de prison et on va vous soulager du problème de vivre." Ils sont entrés au tribunal et le père de Louis est ressorti; il est allé à la porte, tout sourire, en gueulant: *Le commerce est libre! Vive la liberté!** Tous les Métis des prairies ont entendu ce cri.

Jean se délectait des anecdotes de son père. Parfois les détails variaient un peu, mais il comprenait qu'un récit peut demeurer véridique même si on lui fait subir quelques transformations. Son père lui racontait les Métis et la Compagnie de la Baie d'Hudson, les premiers moments d'une longue histoire que Jean lui-même narrerait souvent à ses enfants.

Oui, tout avait commencé à Red River et, lorsque Louis reviendrait, tout recommencerait.

Chapitre 3
Red River: 1868

L'explosion ne se produira pas aujourd'hui. C'est trop tôt... ou trop tard.

Frantz Fanon

Dissimulés derrière un monticule, six hommes au regard sombre observaient en silence un cavalier solitaire, surgi sur la crête d'une colline, et qui s'immobilisa un moment. Ils remarquèrent que l'homme ne semblait pas à l'aise sur sa selle. Il était vêtu d'un costume foncé et sa silhouette se détachait sur le ciel. Malgré l'emplacement avantageux qu'ils occupaient, les Métis ne parvenaient pas à déterminer son âge.

— Un autre *Anglais** perdu, grommela Elzéar Goulet sans surprise.

— Quand on est perdu, c'est pas drôle, commenta Gabriel Dumont qui avait mis en joue l'étranger.

Jean Tremblay savait que Dumont ne tirerait pas. Il visait tout ce qui était en vue de son Winchester, voilà tout. Il ne tuait que des bisons et uniquement lorsqu'il fallait manger. Les Métis étaient de bons fusils, mais Gabriel les surpassaient tous. Il touchait tous les petits projectiles qu'on lançait dans les airs et les atteignait en plein dans le mille.

— On va le zieuter un peu, cet *Anglais**.

L'étranger solitaire intriguait au plus haut point Goulet car les Anglais n'osaient jamais se promener seuls.

Sur la colline, la monture remuait nerveusement sous le cavalier qui se dressait sur les étriers pour étirer ses muscles endoloris. Ses yeux brun foncé embrassèrent la scène. Combien de temps s'était écoulé? Dix ans peut-être depuis qu'il avait quitté cette rivière Rouge, tortueuse, boueuse, qui traversait l'éternité, les basses collines ondoyantes recouvertes de l'herbe haute des prairies. Il aspira profondément l'air frais rempli du doux arôme des prés et de l'odeur de la poussière soufflée par le vent. Le museau au vent, dressé sur ses pattes de derrière, un animal quitta son terrier et poussa un cri aigu, lui signifiant ainsi de s'éloigner. Le cavalier se cala sur sa selle et se sentit une fois de plus enraciné, attaché à la terre de son enfance.

Il glissa une main dans sa poche et en sortit un petit livre brun, usé, qu'il laissa s'ouvrir au gré du vent. Quelle que soit la page que Dieu choisira, je la lirai, se dit-il.

— Les jours de notre vie sont comptés et remplissent soixante-dix années; lorsqu'à cause d'une plus grande résistance, ils nous amènent à quatre-vingts ans, malgré tout, notre ardeur et notre tristesse s'estompent et nous disparaissons...

Il releva les yeux, jeta un coup d'oeil en bas de la colline. Quatre-vingts ans... quatre fois vingt et le quart déjà passé! Il entendit le chant étouffé du hibou de la prairie et répondit:

— Pas encore... pas encore.

— Que fait-il? demanda Goulet.

— Il reste assis, marmonna Dumont qui haussa les épaules. — Il essaie probablement de calculer comment il pourrait jalonner une terre dans le coin. Les *Anglais** ne savent pas que, quand il pleut, tout redescend le long des pentes jusqu'à la rivière.

Tremblay se prit à rire de sa propre plaisanterie.

Le cavalier saisit les rênes et reprit sa route en direction d'un vague amas de roches. Ce tertre cachait des vivres et il savait qu'ils avaient été placés là pour les Métis de passage, affamés comme lui. Il inclina la tête, se signa et fit une prière pour les gâteaux de pemmican dont il se régalerait, tout cela avant même d'avoir déplacé une seule pierre.

— Cet *Anglais** va nous voler nos vivres pour la route! dit Goulet en s'emportant. Vous mettez quelque chose de côté pour les Métis et il faut toujours qu'un maudit *Anglais** se présente pour les prendre. Les terres, le foin, les femmes, les vivres; les *Anglais** se servent et ne disent même pas merci.

— Pas aujourd'hui, cria Gabriel.

D'un coup, ils furent en selle, gravirent la colline et foncèrent sur le voyageur étonné.

L'homme sursauta. La perplexité se lisait sur son visage. Vêtus de peaux de daim, chaussés de mocassins de cuir, certains d'entre eux portant un bandeau coloré, ces nouveaux venus dépenaillés chargeaient au galop comme une apparition hurlante et bruyante qui aurait surgi du passé. L'homme chercha à atteindre son cheval, mais trop tard: il était cerné. En un instant, il mordit la poussière, roulant dans la saleté et luttant, dans ce qui n'avait rien d'un jeu, avec l'un des cavaliers inconnus. Un peu plus grand que ses assaillants, l'étranger n'avait toutefois pas leur musculature.

— Pourquoi faites-vous ça? lança-t-il.

Alors qu'un poing allait s'abattre sur lui, une pensée absurde lui traversa l'esprit: son col blanc était souillé et son livre, si précieux, était tombé de sa poche arrière. Le poing s'immobilisa dans les airs et le sombre visage, défiguré par la colère, se fendit d'un large sourire.

— Riel! Louis Riel! hurla l'homme qui l'avait terrassé et qui soudain le reconnaissait. Louis Riel! Un ami d'enfance. Tu me replaces pas? Elzéar! Elzéar Goulet!

Du fond de sa mémoire émergèrent des visages d'enfants... et maintenant des visages et des corps d'hommes. Et il s'aperçut soudain qu'il les connaissait tous, à l'exception de celui qui semblait leur commander.

— Ce n'est pas un *Anglais**, reprit Goulet pendant que ses compagnons se rassemblaient. C'est Riel... Un Métis, l'un des nôtres!

Tout en chevauchant ensemble, les amis plaisantaient et se remémoraient leurs souvenirs d'enfance. Goulet donna une grande tape dans le dos de Louis.

— Comment est-ce que j'ai pu te prendre pour un *Anglais**?

Tremblay blagua:

— Peut-être à cause de la façon dont il monte à cheval. Il se tient tellement raide. Pas comme nos frères!

Louis rit. Il n'avait jamais bien monté et il se sentait vraiment raide. Il n'était pas allé à cheval depuis dix ans et, pendant ces derniers jours, il avait dû rester en selle durant de longues heures.

— Le cheval va d'un côté et moi, de l'autre! dit Louis de bonne humeur.

Tous s'esclaffèrent, même Gabriel Dumont qui parvenait mal à imaginer qu'un Métis ne fasse pas corps avec sa monture.

Cette rencontre inopinée d'anciens amis réconforta Louis et, pour la première fois depuis qu'il avait quitté Montréal, il se sentit heureux. C'était là un bon présage... en cette dernière journée du trajet de retour, de chevaucher avec des compagnons métis plutôt que seul.

— Tu es revenu pour aider ta mère? lui demanda Goulet, comme ils se coudoyaient presque.

Louis acquiesça d'un signe de tête. Ils savaient déjà que son père était mort. Tous les Métis connaissaient le nom de son père.

Quelques heures plus tard, ils établirent un campement, juste avant le coucher du soleil. En moins de temps qu'il n'en faut pour le dire, un feu crépitait et les hommes s'appuyaient confortablement contre les roches tièdes, à la lueur du brasier. Riel feuilleta un peu la *Bible* à la lumière vacillante des flammes et termina sa prière du soir par trois *Notre Père* et trois *Je vous salue Marie,* de sa voix profonde et puissante qui résonnait dans le soir. Les autres se taisaient.

— Je vous salue Marie, pleine de grâces, le Seigneur est avec Vous, Vous êtes bénie entre toutes les femmes...

Lorsqu'il eut terminé, tous sauf Dumont se signèrent. Gabriel s'appuya simplement sur sa selle et écouta, fermant parfois les yeux, parfois les ouvrant.

— Tu as étudié pendant tout ce temps, Louis? s'informa Goulet. Tu es prêtre maintenant?

Riel eut un mouvement de tête.

— Non, j'ai quitté le séminaire pour étudier le droit.

— Bien, bien! enchaîna Dumont. On a plus besoin d'un avocat que d'un prêtre.

Riel sourit.

— J'ai bien peur de n'être pas avocat non plus!

— Sais-tu tirer, au moins?

Riel baissa la tête.

— Non.

— Bien, bien... ni prêtre, ni avocat, ni tireur. Bienvenue à Red River! Un autre Métis sans emploi... et sans fusil. Tu finiras peut-être par crever de faim, toi aussi.

— Nous ne sommes pas des agriculteurs, nous sommes des chasseurs, lâcha subitement Dumont. On tire notre nourriture, nos abris, nos vêtements, nos chants et même nos danses du bison. Avant, on allait tous les ans de Saint-Boniface à Pembina. On s'y rendait tous ensemble. Personne ne disait: "On y va aujourd'hui", "On y va demain", "On y va la semaine prochaine". On y allait tout simplement. Des fois, la première semaine de juin; des fois, avant; des fois, après. On préparait tout: les arcs, les flèches, les fusils. Les femmes, elles emballaient leurs affaires pour dépecer le bison; elles aiguisaient les couteaux bien comme il faut. L'évêque de Saint-Boniface, il nommait un prêtre pour la chasse. Tout le monde venait. Les Métis de partout. Les *Anglais** appelaient ça la "fièvre des plaines". Puis on faisait un grand village et tout le monde élisait ses chefs. Le soir, une centaine de feux brûlaient en rond et on dansait, on chantait et on faisait l'amour. Puis, le matin de bonne heure, on se retirait, tous les chefs, et on décidait des règlements. Quand tout était prêt, on partait à la recherche des bisons. On les chassait à cheval; on en tuait autant qu'il nous en fallait et les femmes les découpaient et les nettoyaient. Quand on chasse le bison, on sent le vent et le soleil. On s'oppose à un animal intelligent. Si on ne fait pas attention, on se fait tuer. Il y a trop de Métis qui ont faim maintenant. Il n'y a plus autant de bisons. Plus de terres. Peut-être qu'il va falloir qu'on apprenne à cultiver, mais on n'est pas des agriculteurs! Bienvenue à Louis Riel! Bienvenue parmi nous!

Riel considéra le parleur de l'autre côté du feu... Le visage de Dumont s'éclairait d'un demi-sourire. Dumont s'attarda aux yeux de Riel, grands, sombres, lumineux et volontaires.

Qui était cet homme qui soutenait le regard de Gabriel Dumont et lui donnait ainsi l'impression qu'il était découvert, percé, mis à nu? Dumont en fut impressionné. Il bougea contre sa selle puis, tout à coup, se dressa comme pour se soustraire au champ de vision de Riel. Il s'approcha du feu.

— Une épreuve de force, quelqu'un? Qui veut se mesurer à Dumont?

À sa grande surprise, Riel se leva et le rejoignit près du feu. Ils prirent position et s'empoignèrent rapidement pendant que l'un des hommes disposait des braises ardentes de part et d'autre des deux combattants. Dumont appuya immédiatement avec force sur le bras de Riel, le rapprochant des charbons rougis. Riel résistait. Leurs yeux ne se quittaient pas. Leurs forces, aussi bien physique que morale, s'égalaient. Lentement, graduellement, avec peine, Dumont l'emporta et abaissa le bras de Riel sur les charbons brûlants. La tension était telle que Dumont ne se rendit même pas compte qu'il avait gagné car la figure de Riel ne changea pas d'expression lorsque les charbons marquèrent sa chair. En transe, Dumont comprit soudain ce qui s'était passé. Il releva le bras de Riel et Tremblay et Goulet se précipitèrent à leur aide.

Riel fixa Dumont sans un mot.

— Ce n'est rien... rien.

Il repoussa les autres, enroula un foulard autour de l'affreuse et large blessure, puis s'allongea sur le dos. Il regardait Dumont avec ce même demi-sourire qu'il avait surpris sur le visage de son adversaire, un moment plus tôt.

Devant le sourire de Riel, Dumont se dit en lui-même que c'était un brave, un saint... ou alors, un fou. Sa culpabilité s'effaçait, mais uniquement parce que Riel ne semblait ressentir aucune douleur. En fait, Riel souriait toujours... comme si la victoire lui était acquise!

Louis s'adossa et ferma les yeux pour ne plus voir la lueur tremblotante du feu. L'odeur de sa propre chair avait, en brûlant, réveillé quelque chose: un vieux rêve, une réalité oubliée. Il ne savait pas quoi exactement. Mais s'il s'agissait d'une réalité, pourquoi ne pouvait-il en saisir davantage? L'image flottait dans la nuit. Elle se présentait parfois presque nette: cela survenait lorsqu'il entendait le *Kyrie eleison,* l'appel à la prière ou bien lorsqu'il voyait une pierre bien polie, ou encore en observant la flamme de certaines chandelles. Cette impression s'accompagnait de sentiments contradictoires, d'une nécessité presque absolue et instinctive qui l'appelait à l'obéissance, à la prière, à la purification. Parfois ressurgissaient des voix du passé. Mais les voix de qui? Des ordres venant d'où?

Dans la solitude, ce souvenir lointain d'un rêve l'effrayait. En présence de compagnons, il essayait plutôt de remettre de l'ordre dans ses idées, de se remémorer plus d'éléments. Pendant des années, ce cauchemar qui revenait sans cesse — et il ne pouvait se souvenir du moment où il s'était présenté une première fois — avait évoqué des images de pierres. Des pierres par-dessus d'autres pierres. Un tombeau? Il ne savait pas. Quelque part dans l'obscurité brillait une flamme unique, une chandelle vacillante. Quelquefois, il entendait un chant lointain et comme étouffé... Le *Kyrie?* S'ajoutait l'évocation de la

douleur: la chair brûlante? La faim et la lassitude également-
ment. Une voix annonçait:

— "Il ne devrait pas être ordonné."

Une autre déclarait:

— "Il vaudrait mieux qu'il ne soit pas..."

Louis secoua la tête. Ce n'était qu'un rêve, un rêve
absurde. Il avait quitté le séminaire; il en avait lui-même
décidé ainsi. Ils souhaitaient qu'il persévère; ils l'avaient
prié de rester. Un signe de culpabilité, ce rêve, avait
décrété son confesseur.

Sa blessure ne le gênait pas le moins du monde.
Peut-être était-il immunisé contre la douleur causée par
les brûlures. Sur sa jambe, il avait noté une cicatrice de
brûlure, mais il avait oublié quand et comment cela était
arrivé. Il fit un signe de croix et enfouit sa tête sous la
couverture.

Les autres dormaient déjà. Seul Gabriel Dumont
continuait à mâchonner sa pipe et à étudier en silence les
spirales de fumée qui tournoyaient autour de sa tête
avant de disparaître dans l'air frais de la nuit. Les cris des
hiboux, le chant des grillons et le hurlement d'un coyote
rassuraient Louis. Il se demanda comment il avait pu
dormir pendant tant d'années sans ces bruits: les voix de
Dieu sur les plaines de l'Ouest. Son rêve obsédant l'avait
maintenant délaissé et il se laissait baigner par la lumière
des étoiles qui brillaient dans les cieux. Les constellations
étaient clairement définies: la Grande Ourse, la Petite
Ourse, le Chien. Il avait toujours préféré la Grande Ourse
et, singulièrement, il pensa à Dumont avec ses longs cheveux, sa barbe et ses larges épaules. Un ours, grondeur,
bougon, loyal, perspicace et probablement très gentil! Un
peu comme son père à lui, Louis Riel. Assez ferme, mais
qui n'attend pas pour tirer. Dumont manque de discipli-
ne, se dit-il, mais au fond, n'en ai-je pas un peu trop?

Chapitre 4
Le plan de Macdonald

*La conscience ne concerne pas plus la
galanterie que la politique.*

Richard Brinsley Sheridan

La Chambre des Communes venait tout juste
d'ajourner pour l'après-midi et les spectateurs qui occupaient la galerie se dirigeaient lentement vers le grand
escalier. Certains n'avaient jamais mis les pieds à Ottawa
et ils s'attardaient à admirer les toiles accrochées aux
murs. D'autres, apparentés aux membres du Parlement,
venaient souvent à la Chambre et discutaient avec passion des personnalités et des débats les plus importants.
Petite ville peuplée surtout de politiciens et de fonctionnaires, Ottawa vivait sous le joug des commérages, des
réceptions et de la politique. Les gens qui passaient par
Ottawa avaient toujours quelque demande à formuler;
ceux qui y habitaient étaient des "gens bien". L'intimité
représentait un idéal jamais atteint. On y inventait ce qui
n'était pas de notoriété publique. Les langues allaient bon
train sur des sujets variés, importants ou insignifiants;
d'ailleurs il aurait souvent été difficile d'établir la différence!

Dans le froufrou de leurs longues robes en taffetas,
deux femmes à l'air brave se frayaient un chemin parmi

la foule. Le style de leurs vêtements et leur prestance annonçaient assez clairement qu'elles étaient haut placées, sans doute même épouses de membres du Parlement.

— ·Et l'on parle du sourire de la *Joconde*! dit l'une d'elles.

— Comme vous dites! répondit l'autre. Le sourire de Sir John me paraît bien plus mystérieux.

— Oui, acquiesça sa compagne. Et quel moment pour sourire!

— Pas vraiment un sourire, plutôt un rictus...

— Comme s'il cherchait toujours à voiler un secret.

— Peu importe ce qui cause son sourire, il envoûte littéralement!

Donald Alexander Smith suivait de près les deux femmes et s'amusait des bribes de leur conversation qu'il surprenait. Il devait à tout prix parler à Sir John de son sourire qui "envoûte littéralement". Homme impressionnant, aux yeux pleins de vie, au sourire engageant, Smith portait la barbe la plus longue qu'on ait vue, de mémoire d'homme, sur la colline parlementaire. Très lié avec Sir John A. Macdonald, le Premier ministre, il n'était pas membre du Parlement, mais il avait déjà été directeur de la Compagnie de la Baie d'Hudson. De ce pas, il allait rencontrer le Premier ministre; il partageait son rêve d'une voie ferrée dans l'Ouest et il tentait de réunir les fonds nécessaires à la concrétisation du projet. Tâche assez ardue, il s'en rendait bien compte à mesure que les jours s'écoulaient.

Smith paraissait énigmatique et doutait d'aimer vraiment la politique. Il savait plaire aux gens, leur parler, mais il abhorrait devoir le faire pour des raisons politiques. Les affaires, c'était différent: il suffisait de prendre une décision, de la respecter et d'en subir les conséquences. En politique — et plus il observait Sir John, plus il en était convaincu — on n'avait pas à "subir" les conséquences; il suffisait, plus simplement, de prendre des décisions qui n'entraînaient aucune conséquence. Pas étonnant alors que les choses avancent si peu! Invariablement, l'action cédait le pas au verbiage.

Le cabinet du Premier ministre ne manquait pas d'espace avec ses murs très hauts et lambrissés. Aux fenêtres immenses, un borcard sombre et lourd encadrait des rideaux translucides, plus légers, qui laissaient pénétrer la lumière du soleil. Sur le bureau en acajou foncé, l'oeil ne rencontrait ni les papiers ni les livres qu'il aurait pu s'attendre à y trouver. Les journaux et toute la paperasserie s'empilaient à l'écart, sur une longue table.

— Les documents sur lesquels je travaille se trouvent toujours à portée de la main, avait un jour déclaré le Premier ministre, mais je ne les garde pas forcément devant moi.

Tout à coup, Smith eut l'impression que cette phrase résumait très bien cet homme: une aversion profonde pour tout ce qui relève du passé et l'angoisse de ce que lui réserve l'avenir.

Le visage de Sir John était travaillé, mais plutôt bienveillant. Ses cheveux bruns et fournis ressemblaient à des buissons rebelles émergeant de falaises dénudées. Un homme mince, aux yeux sombres et — ces femmes un peu folles, dans le hall, avaient raison — au sourire énigmatique.

La carte de la nouvelle confédération du Canada suspendue au mur révélait les ambitions et les rêves de Macdonald. Les provinces déjà intégrées à la Confédération étaient indiquées en vert. Les autres terres s'étirant de l'Ontario à l'océan Pacifique attendaient le moment où elles seraient à leur tour coloriées en vert et porteraient un nom. Sir John rêvait d'un Canada uni d'un océan à l'autre. Les comment, les pourquoi et les parce que ne le concernaient pas. Seul importait le résultat. Là s'écrivait son destin et il ne s'en cachait pas. Il réaliserait ce rêve, coûte que coûte, par la force si cela s'avérait nécessaire. D'une manière ou d'une autre, l'Amérique du Nord britannique deviendrait l'un des plus grands pays du monde. "Une présence", avait-il coutume de dire, "doit s'imposer".

Aujourd'hui, Sir John était d'excellente humeur, tout sourire. Les préparatifs étaient terminés et une autre partie importante de la carte serait bientôt annexée. La Compagnie de la Baie d'Hudson avait finalement accepté de vendre au gouvernement ses immenses possessions. Très bientôt cette région connue sous le nom de Terre de Rupert ferait partie du Canada et elle disposerait de son propre gouvernement territorial; d'ici quelques mois, car les préparatifs allaient bon train. Il tardait à Macdonald de mettre du vert sur une autre section de sa carte.

Donald Smith s'éclaircit la gorge:

— McDougall est en chemin pour vous voir, Sir John.

— Vous ne l'aimez pas, n'est-ce pas, Donald?

Il avait posé cette question pour la forme.

— Non, répondit honnêtement Smith, je ne l'aime pas et vous le savez.

Smith se moquait des sentiments du Premier ministre en ce qui concernait McDougall. Il se faisait toujours un devoir de dire ce qu'il pensait: à Dieu, au Premier ministre comme à tous les autres.

— Il est pompeux, pas très intelligent. Il connaît fort mal et le territoire et les gens qui l'habitent, poursuivit Smith.

Le Premier ministre arborait toujours son fameux sourire. Il se renversa dans son fauteuil et observa son ami.

— Beaucoup l'aiment bien et j'en suis sûr... en Ontario, du moins!

— Il ne gourvernera pas l'Ontario, Sir John. Ni les Ontariens.

— De nombreux colons vivent sur ce territoire qui s'étend à partir de l'Ontario, vers l'ouest.

— Très peu, corrigea Smith, trop peu, j'en ai bien peur.

— Allons, Donald, ne vous laissez pas emporter. Grâce à lui, la Compagnie nous cède le territoire.

Smith voulut l'interrompre, mais il savait qu'il valait mieux ne rien dire.

— Si McDougall pense que le poste de gouverneur, là-bas, constitue la juste récompense qu'il mérite, pourquoi l'en détromper?

Sir John en avait terminé pour le moment. Un animal politique dans toute sa splendeur, se dit Smith. Combien de votes conservateurs pouvait rapporter McDougall? Les ennuis qu'il causerait en valaient-ils vraiment la peine? Les yeux du Premier ministre ne le quittaient pas. Macdonald suivait rarement un conseil; pourtant il en sollicitait souvent et ouvertement. Smith sourit à Sir John.

— Mon ami, voyez plus loin que le chaînon manquant à l'annexion de l'Ouest.

— Oh! Donald... si ce territoire représentait plus que des vastes plaines où les Indiens crèvent de chaleur en été et gèlent en hiver, pensez-vous que la Compagnie de la Baie d'Hudson aurait accepté de s'en défaire? Vous devriez connaître cette question mieux que n'importe qui! Que diable, vous en avez déjà été le directeur!

— Les fourrures les intéressaient, Sir John; et ce commerce ne rapporte plus comme autrefois. Les temps changent et, avec eux, les besoins. Vous voulez ce territoire pour une voie ferrée, pour le Canada!

Smith parlait d'une voix égale. Il voulait absolument se faire comprendre de Macdonald.

— Ça représente le tiers d'un million de milles carrés de terrains de choix. Oh! vous l'aurez, Sir John, mais de là à le garder, c'est une autre question. Les Métis francophones ne comprennent pas l'anglais; les Anglais ne parlent pas français et les Américains lorgnent du côté de ce territoire depuis longtemps...

— Donald, les Américains convoitent tout ce qui n'est pas encore annexé, vous le savez bien! Voulez-vous dire qu'il me faudrait quelqu'un de plus ferme là-bas, quelqu'un qui en impose et se fasse respecter?

Smith affronta le regard de Macdonald.

— Oui, il se pourrait bien que vous ayez besoin d'un homme plus fort, répondit-il lentement.

Le Premier ministre se frotta le menton; il connaissait très bien les projets et les ambitions de Smith.

— Les priorités, mon ami. Menez d'abord à bien le financement du chemin de fer qui unira le pays. Ensuite, nous causerons de votre rêve concernant ces terrains de choix. Le pays est assez grand... du moins le sera-t-il une fois l'unité concrétisée.

Donald Smith respira un grand coup. Inutile de poursuivre la discussion. Il avait dit ce qu'il pensait. On n'irait pas plus loin.

Un coup frappé à la porte rompit ce silence d'un instant. Ils avaient tous deux tant mis d'ardeur à discuter de

William McDougall qu'ils en avaient oublié sa venue. La porte s'ouvrit.

— Monsieur le Premier ministre...

Un homme joufflu, presque énorme, franchit la porte. Smith se le représentait très bien à genoux, léchant les bottes du Premier ministre. Il savait d'expérience que ceux qui rampent devant certaines personnes en méprisent d'autres. Il vaut bien mieux pourtant placer tout le monde sur un pied d'égalité.

— Ah! Monsieur McDougall. Vous connaissez, j'en suis convaincu, Donald Smith... Eh bien! Vous partirez bientôt pour l'Ouest.

Smith reconnut vite que la discussion ne se situerait pas à un niveau très intellectuel. Une atmosphère d'ironie se dégageait de cette rencontre. Macdonald, homme rusé qui ne songeait qu'à bâtir un Canada d'un océan à l'autre, conversait avec un imbécile béat, McDougall, d'un prochain voyage dans l'Ouest, en passant par les États-Unis (à peu près la seule façon de s'y rendre quand on manque de courage) et des meilleures emplettes à faire à Saint-Paul. Le futur gouverneur se demandait si les Yankees vendaient des drapeaux américains aux Canadiens qui avaient alors tout le loisir de les hisser sur les territoires qu'on ne pouvait atteindre qu'en traversant des terres américaines. Sûrement! Ils vendaient bien de tout depuis des années! Au fond de lui, Donald Smith savait que se posait là le plus grand dilemme du Canada. Le chemin de fer, le rêve tenace de Sir John, améliorerait sans doute la situation, mais le problème géographique en serait-il entièrement résolu?

L'ami du Premier ministre se souvint d'avoir lu certains rapports d'Anthony Trollope, le romancier et journaliste anglais. En 1861, Trollope avait voyagé au Canada et aux États-Unis, dans les régions de Saint-Paul et de

Red River. Bien sûr, les Américains convoitaient les territoires du Nord, mais l'écrivain repoussait l'hypothèse d'une invasion systématique. Trollope avait conclu en disant que les moyens de transport et le commerce, développés par les Yankees sur leur propre territoire, pourraient fort bien causer la perte de l'Amérique du Nord britannique. Pourquoi envahir un pays alors qu'il serait si facile de l'acheter, ajoutait-il en achevant son raisonnement.

Les Métis commerçaient beaucoup avec le Sud. Certains avaient même entendu dire que les Yankees essayaient de les persuader de conclure un traité d'union avec les États-Unis! Et ça, songeait Smith, ça ferait un sacré trou dans la carte de Sir John. Non, McDougall n'avait rien de l'homme de la situation. Bien plus, de l'avis de Donald Smith, c'était *l'homme à éviter à tout prix*. Un homme qui, non seulement ne pourrait pas retenir les Métis, mais finirait même par les pousser dans les bras des Yankees qui n'attendaient que cela. Un homme qui ne savait rien des Féniens (républicains irlandais qui incitaient sans cesse leurs amis, Métis catholiques, à rallier le Sud). De plus, cet homme de l'Est, maniéré, se mettait à hurler et à insulter lorsqu'il ne pouvait prendre un bon bain chaud! Maudit! Comment Macdonald ne soupçonnait-il pas que cette décision risquait d'entraîner de graves conséquences pour le Canada?

Smith se sentait las. Tu parles d'un beau résultat pour Sir John s'il peut amasser les fonds pour le chemin de fer, le construire et s'il doit ensuite perdre les terres que cette route doit traverser. Il faut, bien sûr, unifier le pays et le chemin de fer joue un rôle important dans ce but. Un but à long terme; des besoins à court terme.

Donald Smith craignit tout à coup qu'on ait sacrifié les besoins immédiats au but poursuivi.

Chapitre 5
Revoir Red River

*Fais ce que dois; pour le reste remets-
t'en aux dieux.*

Horace

— Hé, Louis! Tu sera bientôt chez toi. T'es content?

— Très, Elzéar, mon frère, répondit Riel. Très content d'être presque arrivé et de t'avoir eu à mes côtés jusqu'ici.

— Je vais te quitter maintenant, Louis. Je reviendrai lorsque tu seras installé. On pourra se parler un peu plus, hein?

Déjà Elzéar Goulet éperonnait son cheval et disparaissait au galop. Les autres les avait laissés un peu plus tôt, alors que le soleil pointait à l'horizon.

Maintenant seul, Riel chevauchait lentement, perdu dans ses réflexions. Il avait ardemment souhaité rentrer chez lui, mais un étrange pressentiment l'étreignait. Depuis une heure, il ne pensait qu'au séminaire. Bizarre! Quand il était au séminaire, il rêvait toujours à son village natal.

Durant son absence, la vie ne semblait pas s'être modifiée à Red River. L'évêque Bourget de Montréal lui avait expressément demandé de lui écrire; il avait à plusieurs reprises affirmé que lui, Louis Riel, jouerait un rôle important dans les événements qui allaient survenir. Et, peu avant qu'il ne quitte Montréal, le Père Charles McWilliams, son plus cher ami, lui avait fait part des inquiétudes de l'évêque. Oui, pensa Riel, l'évêque avait vu juste: le mode de vie des Métis et la foi catholique étaient bel et bien menacés dans la région de Red River. Le nombre des colons anglais, pour la plupart des orangistes du Haut-Canada, augmentait sans cesse. Ils traînaient avec eux des préjugés tenaces qui remontaient aux luttes contre les Irlandais et les Français et ils les reportaient maintenant sur les Métis francophones des prairies.

Tous les Anglais ne se ressemblaient pas, bien sûr! Certains fermiers vivaient dans les plaines depuis la première enfance de Louis; quelques-uns avaient même résisté à l'expansion vers l'ouest.

Louis balaya du regard la scène qui s'étendait devant lui, des terres immenses qui s'étiraient presque à l'infini, à perte de vue. Dans un si vaste territoire, il y avait place pour tous et sûrement moyen de s'entendre. Ces terres n'appartenaient à personne, mais elles étaient occupées par les Métis et d'expérience Riel savait que l'occupation avait force de loi dans quatre-vingt-dix pour cent des cas. Peut-être même à cent pour cent dans l'Ouest où les Métis, les Cris, les Sioux, les Assiniboines et plusieurs Anglais partageaient un sort commun. En dépit de l'avertissement lancé par Monseigneur Bourget contre le projet du Premier ministre visant à établir une confédération protestante qui effacerait toute trace de la langue et de la culture françaises dans l'Ouest, ces terres et leurs habitants semblaient assez paisibles. Rien n'avait changé. Le temps n'avait laissé aucune marque de son passage.

Riel ralentit comme il s'approchait du petit cimetière. La vue de toutes ces croix plantées au hasard l'attrista. La petite église des prairies, avec son clocher s'élançant vers le ciel, veillait sur les tombes solitaires de ses ancêtres depuis la nuit des temps. Petit, il était souvent venu ici. Sa mère l'avait guidé parmi les croix si simples et ensemble ils avaient appris l'histoire, longue et illustre, des Riel. Le dimanche, les cloches de l'église sonnaient, appelant les Métis à la messe, et les voix des vivants s'unissaient à celles des disparus dans l'adoration.

Riel descendit de monture et attacha son cheval à une barrière. Il sortit sa *Bible* de la poche de son pantalon, fit un bouquet des fleurs qu'il avait cueillies en chemin et s'approcha de la rangée de croix. La dernière fois qu'il avait vu son père, cela remontait à dix ans. Et même avant le départ du jeune homme pour Montréal, le père s'absentait souvent. Louis pouvait évoquer bien des visages de son enfance, mais pour une raison qu'il n'arrivait pas à s'expliquer, celui de son père lui échappait sans cesse. Une substance sans forme. Il aurait voulu grandir à l'ombre de la main paternelle et rien ne lui avait plus manqué que l'affection de ce personnage de son enfance. Le jeune Louis Riel n'avait jamais vraiment connu le vieux Louis Riel, celui qui avait tant entrepris, ce chef légendaire des Métis.

Riel déposa les fleurs sur la tombe. Il ouvrit son livre et commença à lire les Psaumes de David... David, le roi de son peuple:

— Même dans la vallée de l'ombre, je ne crains rien. Car tu es avec moi. Ta baguette et ton bâton me consolent.

* * *

À treize ans, Louis Riel s'était trouvé seul dans ce même cimetière et, se retournant, il avait aperçu le visage hideux et grêlé du Visionnaire.

— Tu es venu parler aux esprits, mais tu devrais d'abord les écouter, avait dit Assywin.

— J'écoute, lui avait répondu timidement le garçon.

Il n'était pas effrayé par le vieil Indien, mais il se sentait mal à l'aise. Il examina le visage du Visionnaire. Il avait déjà vu les ravages causés par la petite vérole et cela l'avait toujours intimidé. Sa mère lui avait parlé de l'épidémie de variole; elle lui avait raconté comment les Indiens qui l'avaient contractée poussaient des cris qui déchiraient la nuit. Ils étaient allés chez les guérisseurs, mais il n'existait aucun remède contre cette malédiction qui s'attachait à l'homme blanc. En trente mille ans d'histoire, les Indiens de l'Ouest n'avaient encore jamais connu cette maladie maudite. Elle causa des ravages plus grands que les fusils de l'homme blanc, des ravages plus grands que sa soif de terres, plus grands que cette maladie qu'il donnait aux femmes quand il couchait avec elles. Dans cette agonie collective, les pustules de la mort cheminaient lentement. Les Indiens s'étaient traînés jusqu'aux forts, jusqu'aux habitations de l'homme blanc. La nuit, ils s'étaient frottés contre les murs dans l'espoir de redonner la maladie à ceux qui la leur avaient apportée.

Le Visionnaire avait survécu, mais ses yeux gardaient le souvenir des souffrances de son peuple. Son esprit avait été dévoré par la haine tout comme son corps, autrefois, l'avait été par la variole.

— Les âmes de nos guerriers vont bientôt revenir. Elles se joindront à nous lors de la dernière bataille. Les

54

morts ressusciteront et se battront et nous reprendrons avec eux nos terres.

Le petit garçon écoutait. Il ne savait presque rien des visionnaires et de leurs danses des esprits. Le vieil Indien lui raconta l'histoire du chien blanc, des esprits, puis lui prédit l'avenir.

— Que disent les esprits? avait demandé Louis.

— Nous nous battrons côte à côte. Ensemble nous remporterons la victoire: les Indiens et les Métis. Les âmes de nos valeureux guerriers reviendront, comme celles des guerriers métis. On fumera ensemble. On combattra ensemble.

* * *

Le souvenir de sa rencontre s'estompait. Louis reprit ses prières:

— J'élève ma voix vers le Seigneur...

Il se demanda de quelle façon la foi du Visionnaire différait de la sienne. Les saints, les anges et les âmes des vertueux ne seraient-ils pas tous réunis dans le royaume des cieux lors du Jugement dernier? Tous les anciens guerriers ne ressusciteraient-ils pas? Dieu dans sa sagesse t'a choisi toi, Louis Riel, toi, Roi David, pour sauver ton peuple.

— Il a toujours prêché par l'exemple, Louis.

À ces mots, Riel tressaillit. Il se croyait seul à seul avec son père et le souvenir du Visionnaire. Il tourna les yeux vers le visage clair et interrogateur du Père Ritchot, le prêtre rougeaud qui l'avait préparé à la confirmation. Riel fit un signe de croix et se releva.

— Il a toujours été à la recherche de la vérité, continua le Père Ritchot. Un ami, bon et loyal... têtu cependant. Il s'est battu contre la Compagnie, en homme d'action qu'il était. Les gens ne le comprenaient pas toujours.

Cette dernière phrase retint l'attention de Louis qui lui-même n'avait pas toujours saisi le sens des gestes de son père.

— Les Anglais, la Compagnie... Ils ne nous comprennent toujours pas. Pas plus que nous ne les comprenons. Ils sont de jour en jour plus nombreux. Voilà la seule chose que je retienne!

Ce prêtre était un brave homme. Il sentait ses ouailles menacées par ces anticatholiques anglophones. Parfois, dans sa solitude, il était gagné par l'impression d'être la voix isolée d'un peuple qui se mourait, le berger d'un troupeau qui se dispersait.

Louis ressentit la profonde douleur du Père Ritchot. Son visage révélait l'intensité de ses sentiments, l'importance de ses responsabilités.

— Peut-être finira-t-on par s'entendre avec les Anglais, murmura Louis. Les terres sont assez vastes. Nous manquons de foi, voilà tout!

— Peut-être, reprit le curé, sans trop de conviction. Ton père aurait aimé que tu deviennes prêtre.

Louis eut un sourire amical.

— Monseigneur Bourget m'a expliqué qu'il n'était pas nécessaire de porter la soutane pour servir Dieu.

— C'est vrai, Louis. C'est bien vrai. Tu as de la chance d'avoir été conseillé par notre évêque. Peu de séminaristes peuvent se vanter d'avoir conversé personnellement avec Monseigneur Bourget, cet homme si occupé.

Le Père Ritchot avait raison. Louis s'était d'ailleurs toujours demandé pourquoi l'évêque lui avait témoigné un tel intérêt. Dès le début, il avait fait preuve de gentillesse envers lui, même sur des sujets de peu d'importance. Lorsqu'il avait décidé de quitter le séminaire, le prélat ne s'était pas troublé. Il lui avait parlé des différentes façons de servir Dieu. Il avait conseillé Louis sur la manière dont il pourrait retourner chez lui et, grâce à sa foi et ses connaissances, aider les Métis à trouver leur voie.

— Que vas-tu faire maintenant, Louis?

Le jeune Riel réfléchit un instant. Le temps passerait, lui avait-on dit, et il serait guidé par les événements, mais surtout par la prière et par Dieu.

— Je vais d'abord aider ma mère. Elle m'a demandé de revenir. Il y a du travail qui m'attend à la ferme; il faut réparer les clôtures. Je ne resterai pas inactif.

— Et après?

— Qui vivra verra, mon père. Pour le moment, je dois rentrer à la maison.

* * *

Ici, à Red River, les terres étaient divisées comme au Québec. Chacune des fermes s'étendait jusqu'à la rivière et partageait avec les autres des privilèges au moment de la fenaison. Les Canadiens délimitaient différemment les terres: il s'agissait de lots séparés par des routes. Ils ne partageaient que fort peu avec leurs voisins; à dire vrai, les habitations étaient construites aussi loin que possible les unes des autres. Dans un haussement d'épaules, Riel sourit. Quelles gens que ces Anglais! Ils ne peuvent même pas se supporter entre eux.

Tout naturellement, les Métis procédaient comme les Français... D'ailleurs, n'était-ce pas plus pratique ainsi? Les maisons rapprochées favorisaient une meilleure exploitation du sol et les gens se sentaient mieux intégrés à une communauté. Et ils se protégeaient les uns les autres. Lorsque les Métis étaient arrivés à Red River, ils avaient éprouvé quelques difficultés avec certaines tribus indiennes: pas les Cris, mais les Pieds Noirs et leurs cousins errants, les Sioux. Il était impossible de défendre des fermes dispersées; malgré tout, les Anglais avaient persisté dans leurs habitudes. Les Métis avaient pu protéger leurs fermes et les Indiens avaient vite respecté ces nouveaux cousins, ni français ni indiens, mais issus de ces deux peuples.

* * *

Les vents de la plaine se levaient. Ils prenaient naissance aux quatre coins de la terre et balayaient les plaines, traversaient les collines et les vallées où ils gagnaient en force comme pour se mieux préparer à affronter les parois des grandes chaînes montagneuses de l'Ouest.

L'herbe haute ondulait sous le regard de Louis qui s'attardait au domaine familial. Les clôtures s'écroulaient; la peinture s'écaillait, laissant le bois à la merci des intempéries; la terre était largement envahie par des buissons. Une phrase du vieux Riel trottait dans la tête de Louis: "Les Métis ne sont pas faits pour cultiver la terre. Nous allons là où souffle le vent; nous suivons le bison".

La porte de la maison paternelle s'ouvrit. Une femme sortit, plus petite que dans les souvenirs du jeune homme et plus mince que lorsqu'il l'avait quittée. De longs cheveux noirs tressés. Une chevelure qui trahissait des origines espagnoles se striait maintenant de mèches grises. La robe colorée, brodée, qu'elle portait lorsqu'il était parti avait été remplacée par une tenue de deuil. Une grosse croix en argent pendait à son cou mince.

De loin, Julie Lagimodière Riel ressemblait à une Métisse; de près, la taille mince, les os longs, les grands yeux gris et les traits fins de son visage signalaient ses origines. Porte-parole des Cris et des Français, elle partageait deux cultures: la foi profonde de ses ancêtres catholiques et le mysticisme des Indiens.

— Bénissez-moi mon Père, parce que j'ai péché.

À ces mots de la prière, le chapelet tomba de ses mains.

— Louis? Louis!

Sa voix se brisa. Ivre de joie, elle se jeta dans les bras de son fils.

— Tout ira bien, mère. Je suis revenu... Je suis là.

Chapitre 6
Le droit à un avenir

La propriété, par définition, est fragile et requiert protection. Or, rien ne plaît davantage à un gouvernement que de pouvoir s'instaurer en protecteur.

John C. Calhoun

Un étranger qui aurait jeté un coup d'oeil sur la rivière serpentant doucement dans la plaine, sur les fermes ou les villages tranquilles, ou même sur la communauté de Fort Garry, ne se serait jamais douté que l'agitation couvait dans ces établissements à l'air paisible.

Des Métis francophones d'allégeance catholique constituaient la plus grande partie de la population, à Red River. Certains prétendaient que, dans la région, leur nombre dépassait les dix mille et qu'un peu partout ailleurs, sur le territoire, on en recensait quelques milliers de plus. Cela, sans compter les Métis anglais également nombreux dont une fraction embrassait la cause des Métis français.

Les colons anglais, eux aussi nombreux, militaient rarement dans un parti politique; beaucoup craignaient de perdre leurs terres si un changement soudain du statut du territoire devait survenir. Quelques Américains s'étaient également établis dans la grande vallée de la rivière Rouge et, évidemment, ils voyaient d'un bon oeil une annexion possible de la région aux États-Unis.

On différenciait les colons canadiens des autres Anglo-Canadiens généralement apolitiques, parce qu'ils appuyaient un parti, le Canada First (le "Canada d'abord"). Les chefs du Canada First, surtout des orangistes ontariens, éprouvaient un très fort ressentiment à l'égard des Métis francophones et des nombreux catholiques irlandais venus s'établir dans la vallée de la Rouge.

Le docteur John Schultz, sa femme Elizabeth au parler très franc, Tom Scott et Charles Mair présidaient au Canada First. Ils réclamaient l'union avec le Canada et, comme ils jouissaient d'une certaine influence à Ottawa, ils étaient mis au courant de tous les projets importants du gouvernement, assez pour savoir que les terres que l'on jalonnait prendraient vite de la valeur.

Dans son désir de montrer à Elizabeth Schultz les terres qu'il avait arpentées, Tom Scott avait entraîné la jeune femme à la campagne, en ce beau jour d'été. Ils étaient maintenant assis côte à côte, hors d'haleine, à l'ombre d'un saule, au bord de l'eau. L'absence du docteur Schultz les avait poussés dans les bras l'un de l'autre et ils se prélassaient dans l'herbe haute après avoir fait l'amour furtivement.

— Voici mes terres, déclara l'homme avec fierté.

Elizabeth Schultz fit un signe de tête.

— Belle propriété, Tom. Elle va te permettre de devenir riche.

— Bientôt j'en aurai plus, bien plus.

Il s'allongea sur le dos et regarda la femme.

— Et lorsque la Baie d'Hudson vendra ses domaines au gouvernement et que la voie ferrée passera par ici, je serai l'un des plus gros propriétaires terriens... Quelles nouvelles de ton "cher" mari? Qu'a-t-il appris à Ottawa?

— Pour le moment, rien de précis.

Elle s'interrompit, pensive.

— Cela va se réaliser, bien sûr! Notre parti joue un grand rôle, là-bas. Le Premier ministre dépend de nous en ce qui a trait à l'annexion de ce territoire. Mon mari y veille; il a de l'influence...

— Oh! Je sais. Sinon, tu ne l'aurais pas épousé.

Madame Schultz s'étendit et regarda Scott droit dans les yeux.

— Il demeurera absent pendant un certain temps. Il est très occupé. Il amasse notre fortune.

Scott ricana et glissa la main dans le fin corsage. Son visage changea d'expression et elle rougit. Elle se blottit tout contre lui, dans l'herbe parfumée. Tout en la dévêtant, il lui murmura:

— Que dirais-tu de fêter mes nouvelles terres?

* * *

Au loin, derrière les rochers, Gabriel Dumont et le vieux Moïse Ouellette observaient la scène qui se déroulait plus bas. Gabriel cracha par terre. Il n'aimait pas ce puant de Scott qui, même chez les Anglais, avait acquis la réputation d'un fanfaron et d'un vantard colérique. Ce "propriétaire", travailleur et arpenteur sans éducation, gagnait sa vie en refilant du whisky aux Indiens.

Dumont abaissa son fusil. Malgré la haine qu'il éprouvait pour Scott, il préférait pour le moment s'amuser de la scène qu'offraient les deux amants. Comment réagirait le docteur Schultz s'il voyait sa jeune femme s'amusant avec son ami? S'il n'en avait tenu qu'à lui, Dumont aurait quitté les lieux en les laissant à leurs ébats, mais le vieux Ouellette avait vraiment l'air de se régaler. Plutôt que de partir, ils s'appuyèrent sur les rochers pour mieux apprécier le spectacle.

— D'après toi, jusqu'où pourrait courir ce Scott, les pantalons baissés?

Dumont hocha la tête, puis marmonna:

— D'abord ils vendent du whisky aux Cris; après ils achètent leurs terres. Et maintenant, comme deux chiens, ils rampent dans un trou et ils *fourrent!** *Maudits Anglais!**

Ouellette se gourma des commentaires de Dumont. Mais il valait mieux ne pas rire. Le vent soufflait dans la mauvaise direction et on aurait pu les entendre.

— Quel beau cul! chuchota Ouellette.

Dumont lui jeta un regard amusé.

— T'as de bons yeux pour un vieux de soixante-dix-neuf ans.

Pas assez bons, pensa Ouellette qui aurait aimé voir ça de plus près.

— Allez, viens, dit Dumont, Un Métis n'a rien à apprendre de ces deux-là.

Ouellette le suivit, regardant encore une fois par-dessus son épaule avant d'atteindre les chevaux.

Dumont ne pouvait chasser Scott de ses pensées. Quelque chose flottait dans l'air, quelque chose qu'il ne comprenait pas encore, mais quelque chose d'important.

Ouellette surveillait Dumont qui chevauchait à ses côtés. Sans même l'interroger, il savait à quoi songeait son vieil ami. Gabriel Dumont était maintenant reconnu comme le chef des Métis. Souvent, il avait mené la chasse et avait agi presque en qualité de "fusillier libre", achevant les vieux, les malades ou ces femmes qui n'avaient pas d'homme. Il était réputé pour son esprit vif et son sourire facile. Dur, aussi droit qu'une flèche, Gabriel se montrait absolument impitoyable au combat. Son coeur, disait-on, était aussi vaste que les terres sur lesquelles il chassait. S'il savait se consacrer entièrement à une cause ou à quelqu'un, il savait aussi se fermer complètement. Ceux qu'il avait un jour protégés, il les secourait toujours, peu importent leurs actes ou leur comportement. Il ne revenait jamais sur une décision et il affrontait toutes les conséquences qu'elles entraînaient. Un homme incapable de cultiver la terre, de jamais se fixer quelque part, d'acquérir des biens. Ouellette le sentait aussi inquiet, non pas pour lui-même, mais pour les Métis. Ils n'étaient pas des agriculteurs dans l'âme, mais dorénavant leur survie dépendrait peut-être de la culture des terres.

— Et qu'a donc appris notre ami Riel à Fort Garry? McTavish lui a-t-il dit si la Compagnie allait ou non nous accorder nos actes de propriété? questionna Dumont.

Ouellette hocha la tête.

— Nous allons chez lui, Gabriel. Riel doit nous lire un document, nous expliquer... Il nous a demandé de venir pour cette raison.

— Un document, reprit Gabriel en crachant. Ces *Anglais** et leurs documents! *Merde!** Ils se promènent en plantant des jalons et après, ils nous déclarent: "Là où il y a des jalons, c'est à nous." Et nous, tout ce qu'on a, c'est des papiers! Même pas des actes de propriété, non!

Des papiers disant qu'on peut pas avoir d'actes de propriété.

Jusqu'à présent, Dumont avait jugé peu important d'obtenir un tel document pour la terre sur laquelle il avait bâti sa maison. En ce qui le concernait, le mot "terre" signifiait un endroit où l'on se reposait entre deux chasses et où Madeleine, sa femme, cultivait quelques légumes. Pourtant, tout au fond de lui, la gravité de la situation lui apparaissait clairement. Le nombre de bisons diminuait. Ils se faisaient de plus en plus rares. Année après année. Les jeunes Métis devraient apprendre à cultiver la terre, car les bisons bientôt disparaîtraient totalement, en dépit de toutes les précautions que l'on prenait. Les Métis avaient rédigé un ensemble de règlements régissant la chasse. Avant le départ pour chaque expédition, un crieur public les communiquait:

Pas de chasse au bison le jour du Seigneur.

Aucun groupe de chasseurs ne s'attardera, ne se divisera ni partira sans permission.

Aucun groupe, aucune personne ne pourra chasser le bison avant que l'ordre n'en ait été donné.

Chaque capitaine, devra, à son tour et avec ses hommes, patrouiller le camp et monter la garde.

À la première infraction à ses règlements, le contrevenant verra sa selle et sa bride coupées.

À la deuxième infraction à ces règlements, on dépouillera le contrevenant de son manteau qu'on mettra en pièces.

À la troisième infraction, le contrevenant sera fouetté.

> Toute personne trouvée coupable de vol, même d'un seul tendon, sera amenée au milieu du campement et le crieur public prononcera son nom trois fois, en y ajoutant chaque fois le mot "voleur".

Or, un homme sans selle ni bride ne peut plus rien faire; sans manteau, il gèle. Les Métis respectaient ces lois, car ils les avaient édictées eux-mêmes, pour leur communauté. Ainsi, toutes les méthodes de chasse au bison qui causaient des gaspillages avaient été interdites. Les Métis et les Indiens se contentaient du juste nécessaire, en veillant à ne jamais dépasser la mesure et à ne jamais abattre de jeunes buffletins.

Maintenant, la chasse au bison se commercialisait et Dumont craignait fort qu'un jour les bisons, comme les Indiens confinés dans des réserves, soient eux aussi parqués, derniers représentants d'une espèce en voie d'extinction. Il importait donc que les Métis disposent de terres arables là où les bisons avaient été décimés.

Ouellette et Dumont approchaient du domaine des Riel et apercevaient Louis, debout près de la porte. D'un geste, Ouellette indiqua la clôture réparée et fraîchement repeinte.

— Ça va mieux. Il a aussi défriché un peu de terre.

Son compagnon se contenta d'évaluer du regard la propriété. Louis semblait avoir bien travaillé.

— Bonne chose qu'il soit revenu. Sa mère avait besoin de quelqu'un, continua Ouellette.

Louis les vit arriver de loin. Le vieux Ouellette et Dumont formaient une étrange paire! Lui et les autres, Jean, Goulet, tous ensemble, ils s'étaient réunis plusieurs fois depuis son retour. Dumont s'enquérait toujours de son bras, mais à l'encontre des autres, il ne le priait jamais de lui lire ou de lui écrire quoi que ce soit. Entre eux existait un certain respect, voire l'amorce d'une amitié. Son père et celui de Gabriel avaient été très liés. Enfants, ils ne s'étaient pas connus car le vieil Isidore, le père de Gabriel, avait déménagé avec sa famille et n'était revenu qu'après le départ de Louis pour Montréal. Louis en savait assez sur Gabriel pour comprendre qu'il fallait se mériter son respect. Gabriel Dumont l'observait et prenait son temps avant de porter un jugement.

Quelques jours auparavant, ils avaient suggéré à Riel d'aller à Fort Garry et d'y parlementer, au nom de tous les Métis, avec le vieux McTavish qui administrait toujours le comptoir de la Baie d'Hudson. Les Métis avaient eu vent de certaines rumeurs; des promesses leur avaient été faites à tous. Maintenant, c'était le grand silence, l'inaction. Alors Louis s'y était rendu. Les rumeurs étaient fondées. Monseigneur Bourget avait eu raison; l'inquiétude du Père Ritchot était justifiée.

Fort Garry avait pris de l'ampleur depuis son départ. Les maisons s'entassaient dans les rues du fort agrandi, certaines assez impressionnantes, même pour les prairies. Les fermes s'étendaient vers l'ouest, vers le sud et vers le nord. Un petit hôtel avait été ouvert et Louis n'avait pas été surpris d'apprendre qu'à Fort Garry venaient non seulement des colons, mais aussi des visiteurs, et que les Canadiens y étaient nombreux. La Compagnie de la Baie d'Hudson n'avait cependant pas changé. Lui et ses amis avaient grandi à l'ombre du drapeau qui flottait toujours au vent.

Il se souvint de sa visite au comptoir. À l'intérieur, le vieux McTavish était toujours assis derrière le même bureau en chêne massif, aussi encombré de papiers qu'autrefois. Louis portait sa chemise blanche amidonnée, son costume foncé et ses mocassins. McTavish avait détaillé son visage pâle et ses yeux sombres.

Riel vint droit au but:

— Mes amis veulent savoir ce qu'il en est à propos des actes de propriété des terres sur lesquelles ils vivent, monsieur McTavish. Et des terres sur lesquelles ils séjournent entre les chasses au bison.

McTavish l'avait regardé, comme un renard protégeant sa couvée. Il avait connu Louis, petit garçon, et il n'avait pas oublié son père.

— Les bisons disparaissent, n'est-ce pas?

L'Écossais eut un demi-sourire, puis un signe d'assentiment.

— Mais qui le sait mieux que les Métis, hein?

Louis n'avait pas fui son regard. Ce chien d'Écossais dépouillerait un homme de son manteau en plein hiver et le lui revendrait en tirant un gros profit, se dit-il.

Le jeune homme posa de nouveau sa question:

— Où en sont nos droits de propriété?

McTavish se frotta le menton.

— En tête de la liste des priorités du nouveau gouverneur qui doit arriver le mois prochain.

Élizabeth Schultz était entrée dans le bureau en coup de vent, mettant fin momentanément à leur échange. McTavish s'était levé et avait saisi la main gantée de la jeune femme.

— Madame Schultz, quelle surprise! Quelles nouvelles de notre bon docteur?

Le regard de madame Schultz quitta McTavish pour se poser sur Louis. Elle le jaugea des pieds à la tête, d'un coup d'oeil rapide. Ses yeux s'arrêtèrent aux mocassins. Elle se tourna chaleureusement vers McTavish.

— Oh! Il m'annonce dans sa dernière lettre que le nouveau gouverneur aime le champagne. Il m'en faudra pour deux cents personnes. Une petite réception, quoi!

Louis se sentait mal à l'aise en présence de cette femme. Elle s'était à peine occupée de sa présence; en un mot, elle l'avait ignoré. Il avait déjà rencontré de ces "dames" anglaises à Montréal. John Schultz, le "bon docteur", avait de toute évidence trouvé chaussure à son pied. Louis calcula qu'elle avait certainement vingt ans de moins que son mari et il en conclut que la vie à Fort Garry ne devait guère ressembler à celle que madame Schultz avait rêvée.

— Vous avez déjà publié la nouvelle dans les journaux? s'enquit-elle.

Elle tendit une feuille pliée à McTavish et jeta un autre regard sur Louis. McTavish, se rappelant soudain la présence de Louis, bredouilla:

— Le jeune Louis Riel a quitté Montréal pour nous rendre visite.

— Peut-être pourrez-vous lire cette annonce à vos amis, suggéra-t-elle. Lisez-vous l'anglais?

Leurs regards se croisèrent. Louis était persuadé que son visage trahissait ce qu'il éprouvait pour elle.

— *Oui, madame Schultz, je lis l'anglais.**

— Parfait! répliqua-t-elle, se retournant brusquement vers McTavish. Je dois m'en aller, mon cher McTavish; vous n'oublierez pas le champagne, n'est-ce pas?

Plus tard, Louis prit connaissance de l'annonce en question. Il en faisait part maintenant à Ouellette, à Dumont et à tous ceux qui étaient arrivés avant eux.

— Les sages et les judicieux se réjouiront et tireront parti des modifications qui surviendront au moment où le Canada assumera sa souveraineté sur le territoire; les paresseux, les insouciants, comme les membres des tribus indigènes de ce pays, tomberont sous l'emprise d'une intelligence supérieure...

Le jeune Riel déposa la feuille.

— Nous devons rédiger...

Dumont arma son fusil, debout, appuyé contre la cheminée. Le bruit d'un fusil que l'on arme attirait toujours l'attention. Louis n'acheva pas sa phrase.

— On va se battre avec des mots? lança Dumont, contenant à peine sa fureur.

Tous les yeux étaient rivés sur lui. Louis demeurait assis; Dumont était toujours debout à l'autre bout de la pièce. Louis s'éclaircit la gorge, mais sa voix était aussi tendue que celle de Gabriel:

— Nous combattrons les mots par des mots... et les fusils par des fusils. Pour le moment, les Canadiens se contentent de mots.

Le silence s'imposa. Il avait dit ce qu'il fallait.

— Ils ne peuvent pas nous exproprier, continua-t-il. Le gouverneur ne dispose pas d'un tel droit. Il existe d'autres possibilités, d'autres choix. Nous pouvons constituer un gouvernement provisoire, conformément à la Loi des nations. Ils devront nous écouter.

Il termina sa phrase et soupira. Dumont restait muet.

— Pourquoi ne pas élire un comité et établir un conseil en vue d'un gouvernement provisoire, ajouta-t-il.

En silence, tous acquiescèrent.

— Allez dans tous les districts et, dans chacun, demandez que l'on délègue un représentant. On va les battre sur leur propre terrain.

Tous approuvèrent Louis qui ferma les yeux. Il s'ensuivit des tergiversations, des discours, des discussions et des ententes. On se mit d'accord sur le lieu de la rencontre; il fallait aviser les Métis de tout nouveau développement.

— D'abord, ta façon; ensuite, la mienne, dit Dumont.

— Non! interrompit Ouellette. Vous devez mener ensemble. Un seul ne suffit pas. Toi, Louis, tu seras le cerveau; toi, Dumont, tu seras l'âme.

D'autres discussions, d'autres débats se déroulèrent, selon la façon de procéder des Métis: une démocratie unitaire mais pratique. Finalement, tous acceptèrent l'idée. Dumont et Riel s'embrassèrent comme deux frères. À ce moment-là, leurs esprits se comprirent. Gabriel prit Louis Riel dans son cercle de protégés et de frères de sang; Louis Riel avait trouvé l'égal de ce père qu'il n'avait jamais vraiment connu.

Plus tard, alors qu'il chevauchait dans la nuit en repensant aux événements de la soirée, Dumont se surprit à répéter cette phrase du journal anglais: "...sous l'emprise d'une intelligence supérieure." Supérieure, *merde!** Il songea à Riel avec fierté. Le Métis allait leur montrer à ces *Anglais**, ce que c'était que l'intelligence!

* * *

Cela se passait quelques jours après la réunion des Métis et personne n'en fut témoin. S'il y avait eu du monde, Tom Scott aurait très bien pu se retrouver avec une balle entre les deux yeux.

Le jeune Napoléon Nault avait à peine seize ans: un adolescent timide, délicat, à la chevelure claire et aux yeux sombres. Contrairement à la plupart des Métis, Napoléon aimait s'adonner à l'agriculture. Il prenait plaisir à voir les graines qu'il avait semées se transformer en plants sains et vigoureux. Il s'enorgueillissait du domaine des Nault, l'un des mieux mis en valeur, car il labourait la terre avec amour et il en était récompensé par des récoltes abondantes.

Trois arpenteurs se présentèrent. Tom Scott les accompagnait. Ils déclarèrent qu'ils avaient reçu ordre de poser les jalons pour la nouvelle route, mais Napoléon protesta:

— Cette terre appartient aux Métis. Ici, nous gardons le foin.

Scott s'avança, grand et bien bâti. Certains prétendaient qu'il avait déjà fait de la boxe. Napoléon l'avait toujours trouvé cruel et haïssable.

— Mon garçon, ne te mêle pas des affaires du gouvernement. De toute façon, cela te sera utile, une route près de la ferme.

Napoléon regarda l'homme dans les yeux.

— Mensonge! Vous êtes en plein centre de la ferme.

Scott se gaussa et cracha.

— En plein centre, hein? Quelle différence, espèce de Métis! Tu n'as pas d'acte de propriété. Tu n'as rien du tout.

Napoléon s'emporta. Il se détourna de Scott avec fureur, les yeux pleins de larmes. Il ne voulait pas que Scott ou les autres le voient ainsi. Il attrapa certains des instruments d'arpentage et les lança dans leur voiture.

— Fichez le camp d'ici, hurla-t-il.

— Peut-être ferions-nous mieux d'attendre... suggéra l'un des arpenteurs.

— C'est pas un sale Métis qui va me manquer de respect, gronda Scott en se ruant sur Napoléon. Ce gamin a besoin d'une bonne leçon de politesse.

Son poing s'abattit sur l'adolescent à plusieurs reprises. Le garçon s'affaissa et, plus tard, il se souvint d'avoir
été roué de coups de pied. Au moment de perdre connaissance, il entendit l'un des hommes dire:

— Arrête Tom... Arrête! Il ne bouge plus.

Lorsque Napoléon revint à lui, sa tête était endolo-
rie; son visage et ses cheveux étaient maculés de sang. Il
se sentait tout étourdi. Ses côtes le tenaillaient et il eut du
mal à se lever. Il réussit enfin à se jeter en travers de son
cheval et se dirigea vers la maison des Riel.

— *Enfant de chienne!** cria Dumont, après avoir
entendu l'histoire de Napoléon.

— Scott ferait bien de se tenir hors de portée du fusil
de Dumont, commenta le vieux Ouellette en dodelinant
de la tête.

On était le lundi, le premier jour d'une semaine qui
devait s'avérer interminable.

Julie abandonna son lit au jeune fermier et insista
pour qu'il y reste: un vieux lit très haut, en chêne, avec
quatre colonnes solides. Le matelas était bourré de plu-
mes et les édredons qui le recouvraient, de duvet d'oie.
Julie était aussi fière de son lit que de toutes ses autres
possessions. Son mari se l'était procuré à Saint-Paul et
l'avait transporté dans la carriole, de Red River jusqu'à
Saint-Boniface. Dans toute la région, personne n'avait de
lit aussi beau que le sien, pas même ces dames de Fort
Garry. Elle avait confectionné elle-même les draps, les
édredons et avait trié le duvet d'oie de ses mains. Un lit
aussi beau que ceux que l'on trouvait en Ontario ou au
Québec et elle y veillait avec un soin jaloux.

Dans ce grand lit, comme perdu dans une mer de
draps brodés, le jeune Napoléon semblait plus délicat
avec son visage pâle et tuméfié. Et son corps enfoncé dans
les édredons y disparaissait presque. Julie avait enveloppé

le torse du garçon dans des étoffes de lin. Elle savait qu'il avait les côtes fracassées et elle avait vu sa mère, autrefois, procéder de cette manière lorsqu'un homme avait été désarçonné. Les blessures qu'il avait subies au visage et aux jambes paraissaient plus graves. Napoléon avait été inconscient trop longtemps. L'une des entailles, assez profonde, s'était infectée et Julie en déduisit que Scott devait porter une grosse bague. Du pus s'écoulait de cette blessure qui le faisait terriblement souffrir.

Julie demanda que l'on aille chercher l'une des vieilles femmes cries et qu'elle apporte ses pierres et ses écorces. Elle les décrivit en détail à Elzéar Goulet qui devait se charger de cette mission. Ensemble, elles soignèrent le pauvre Napoléon, appliquant les cataplasmes chauds et les remplaçant par de nouveaux dès qu'ils refroidissaient. La vieille Indienne, au visage tellement ridé qu'il semblait avoir été sculpté dans la pierre, chantait doucement des incantations. De temps en temps, des gargouillements étranges sortaient de sa gorge. Julie Riel chantonnait elle aussi. Les remèdes cris expulsaient du corps les poisons, mais il fallait invoquer les esprits qui les rendaient plus efficaces. Les *Je vous salue Marie*, les prières et les chants cris s'entremêlaient.

Le mardi, lendemain du jour où Napoléon avait été pris à partie, les Métis se réunirent. L'assemblée commença dans l'après-midi et se prolongea tard dans la soirée.

Louis Riel était fatigué. Son visage, plus pâle que de coutume, faisait paraître ses yeux encore plus grands. Il avait travaillé dans ses livres. Il préparait les documents qui allaient établir de façon légale un gouvernement provisoire sur le territoire. Le temps jouait contre lui. Le calme commençait à s'effriter. La patience légendaire des Métis s'épuisait. Il fallait à tout prix éviter la violence, en dépit de ce qui était arrivé à Napoléon. Trop, beaucoup trop de choses étaient en jeu. Sa raison lui disait que les Métis voyaient juste: le temps d'agir était venu. La nation métisse pouvait devenir réalité. La Compagnie de la Baie d'Hudson, qui s'était constitué en empire de son propre chef, avait renoncé à ses terres et le gouvernement canadien ne s'était pas encore prévalu de ses droits. Aucun gouverneur n'avait été nommé; aucune troupe n'arriverait à temps et le Parlement n'avait encore rien décidé. En fait, si toutes les informations étaient exactes, il n'agirait pas avant décembre. D'ici là, Red River demeurerait un "No Man's Land" peuplé de quelque six mille Métis, des tribus cries et indiennes encore existantes et de quelques milliers de colons anglophones: anglais, irlandais, canadiens et américains.

* * *

James Wickes Taylor arriva à Fort Garry le mardi, à midi. Le télégraphe de brousse, seul moyen de communication dans la région, avait déjà répandu la nouvelle de son arrivée parmi les Métis. Le gouverneur désigné, William McDougall, séjournerait à Saint-Paul et Taylor avait de bonnes raisons de rencontrer ce Riel dont il avait entendu parler.

Lorsqu'il apprit l'aventure de Napoléon Nault, il descendit de voiture et fouetta sa monture. Des moments comme ceux-là étaient rares, pensa-t-il.

Taylor était passé par Pembina, l'établissement qui se trouvait du côté américain de la frontière. Il n'avait guère apprécié son séjour là-bas, lieu vraiment éprouvant pour un avocat, citadin de surcroît, élevé à Saint-Paul et à Washington. Non pas que Taylor n'aimait pas l'Ouest... De toute manière, peu importait qu'il l'aime ou non! Il devait remplir une mission, une mission qui avait de fortes chances de réussir et il jugeait que le moment était venu de passer à l'action.

— Pour le moment, lui avait précisé le Secrétaire d'État, Seward, de sa voix profonde et rauque, nous ne pouvons songer à envoyer les troupes.

Taylor jugeait que Seward était doué de splendides talents de diplomatie et de perspicacité. Les gens se moquaient de l'Alaska, mais un jour ils en reconnaîtraient sans doute la valeur.

— Alors, jusqu'où puis-je aller? s'était informé Taylor.

Il avait regardé Seward, espérant que ce dernier lui donne la réponse qu'il attendait. Taylor caressait aussi un rêve, celui d'unir les terres qui s'étendaient de la côte nord-ouest du Pacifique jusqu'à la frontière, à l'ombre d'un même drapeau rayé et étoilé. Il souhaitait, de toute son âme, pousser le Secrétaire à l'action. Son instinct lui dictait que c'était maintenant ou jamais. Il fallait que cela se réalise maintenant, avant que ces Canadiens ne terminent leur stupide voie ferrée. S'ils parachevaient leur projet et si un jour le territoire de l'Alaska devait être mis en valeur, les Américains ne pourraient y accéder qu'en passant par le Canada. Tandis que les États-Unis avaient maintenant en main tous les atouts. Les Canadiens ne pouvaient rejoindre la frontière ouest du pays sans pousser une pointe par les États-Unis.

— Je veux de vous comme informateur dans l'Ouest, monsieur Taylor. Je veux que vous me fassiez parvenir directement ici, au ministère des Affaires étrangères, tous les renseignements, les projets, les idées et les revendications dont vous aurez vent. Je veux que vous incitiez les gens libres de Red River à se joindre à nous; pour être plus précis, je veux que vous les convainquiez de la sagesse d'une telle décision.

Seward s'était enfoncé dans son fauteuil et avait bu quelques gorgées.

— Ils peuvent très bien en décider ainsi, monsieur le Secrétaire. Mais qu'arrivera-t-il si les Anglais... ou les Canadiens envoient l'armée?

Le Secrétaire avait affiché un sourire sarcastique.

— La marche sera longue, très longue, Taylor. Pas un seul d'entre eux ne passera par les États-Unis. Pas une seule armée impérialiste britannique ne sera autorisée à poser les pieds dans ce pays.

— Et s'il s'agit de Canadiens?

— Même chose! Épauler les Français qui niaisent au Mexique nous suffit déjà amplement... sans parler de Saint-Domingue. Non, Taylor, nous ne pouvons envoyer nos troupes, mais je peux vous promettre, à vous et à vos amis, que les Canadiens, ou les Anglais ou d'autres, connaîtront de sacrées difficultés à atteindre Red River.

Taylor se réjouissait déjà. Il était prêt et le moment était venu. Il allait rencontrer les Métis et parler à ce Riel. Le Secrétaire serait content, très content, surtout que les élections approchaient!

* * *

Louis parla, supplia, plaida. Ses arguments étaient valables. Les autres Métis avaient voulu démolir Scott tout de suite, mais Louis s'y était opposé. Il y avait un temps pour toute chose: un temps pour répondre à la violence par la violence et, lorsque ce temps viendrait, le premier, il prendrait les armes.

— Nous devons opposer une résistance pacifique, avait-il insisté.

— Pourquoi ne pas attacher Scott au bout d'une corde et laisser son cheval le traîner jusqu'à Pembina? suggéra Goulet, souriant d'aise à cette pensée.

Finalement Dumont prit la parole et Riel fut surpris de constater qu'il appuyait ses dires et qu'il les pressait d'adopter son plan: arrêter l'équipe d'arpenteurs en apeurant un peu ces Anglo-Canadiens.

— Douze cavaliers, pas plus, reprit Dumont.

Goulet, Lépine, le vieux Ouellette, Tremblay, Nolin, les deux cousins de Nault, Bouchet, deux des Lefèvre, avec en plus Dumont et Riel — qui insista pour être de la partie —: le compte y était. Tous étaient armés, sauf Louis.

Il ne leur fallut que peu de temps pour découvrir l'équipe d'arpenteurs. Ils travaillaient à environ un mille de l'endroit où ils avaient attaqué le jeune Napoléon. Il faisait anormalement chaud en ce jour d'octobre. Le soleil s'était levé au-dessus des collines et les aveuglait de sa lueur orange. L'herbe haute, encore verte par endroits, déjà brunie ailleurs, ondulait doucement sous le vent. Les premières gelées avaient marqué les feuilles des jeunes arbres et des buissons. Parvenus au sommet de la colline, les douze cavaliers contemplèrent cette mer colorée, troublée uniquement par les quatre silhouettes et la voiture que l'on distinguait dans le lointain.

Le groupe s'arrêta un instant, puis Dumont leva le bras vers le ciel, lançant en même temps le cri strident des Métis, le signal utilisé par les chasseurs lorsqu'ils chargeaient le bison. Les silhouettes devenaient de plus en plus précises à mesure que le groupe s'en rapprochait au galop. Les quatre hommes étaient médusés, comme les statues de sel de l'antique Sodome. Les cavaliers stoppèrent brusquement, tirant sur les rênes de leurs chevaux et six d'entre eux descendirent de monture.

Les arpenteurs semblaient terrifiés; seul Tom Scott gardait son calme. Il avait appris qu'il ne fallait jamais laisser paraître sa peur devant ces sauvages.

— Eh bien, eh bien! dit Scott lentement.

Il avait déjà noté que ce groupe de bandits se composait de sauvages Métis. L'un d'eux cependant l'intriguait. De toute évidence, il différait des autres avec son costume noir d'ecclésiastique et son haut col blanc et raide.

— Vous n'avez rien à faire, ici! leur cria Goulet.

— C'est vrai! Si on veut une route ici, on la construira. *Mange de la merde, Anglais*!* lança Lépine d'une voix pleine d'animosité.

Scott ignora l'insulte et grimaça. Des paroles sifflèrent insolemment entre ses dents jaunies:

— Plus maintenant! Cette route passera là où le veut le gouvernement.

Goulet lui cracha au visage.

— Prends ça pour ton gouvernement!

Scott le menaça immédiatement du poing. L'un des arpenteurs, Charles Mair, le saisit par la manche et le supplia:

— Allons-nous en, Tom...

Dumont arma son fusil. Il y en avait au moins un, parmi ces crétins, qui faisait preuve de bon sens, songea-t-il.

Scott libéra son bras de l'étreinte de Mair et persifla:

— La ferme, espèce de poule mouillée!

Puis il se tourna vers Charles Nolin. Nolin, Métis d'une certaine éducation, comptait de nombreux amis parmi les Canadiens. Il était "leur" Métis: un jeune, à moitié libéré, qui avait des ambitions personnelles...

— Charles Nolin, tu es un Métis, mais tu as beaucoup d'amis au Canada First. Tu devrais savoir qu'il vaut mieux ne pas t'embarquer dans une histoire pareille.

Nolin rougit. Le sang est plus épais que l'eau, pensa Dumont. Du moins, c'est ce qu'il croyait. Il n'aimait pas tellement Nolin et il se demandait si c'était vraiment du sang qui coulait dans ses veines. Après tout, ce n'était peut-être que du sang de navet!

Instinctivement, Scott pressentit que Charles pouvait causer l'effritement du groupe.

— Cette route relève du gouvernement. Tu sais que tu ne devrais pas t'en mêler.

Riel s'avança et se plaça exprès devant Nolin pour le soustraire au regard de Scott. Il parla fermement et calmement, dans un assez bon anglais, avec cet accent qui trahissait un Français cultivé, son éducation et ses années d'études. Il savait son anglais meilleur que celui de Scott. Scott était peut-être né Anglais, mais Louis ne l'ignorait pas, il n'avait reçu aucune instruction.

— Ce n'est pas ce que vous faites qui importe, commença Louis. C'est que vous n'avez rien à faire ici. Votre gouvernement n'a pas encore de pouvoir sur ces terres!

Scott se troubla. Louis le regardait comme s'il n'avait pas même été digne de mépris.

— Et qu'est-ce que cela veut dire?

Il savait fort bien que le gouvernement n'avait pas encore pris en main ces terres, mais que ça ne saurait tarder.

Riel soutint le regard de Scott puis s'en détourna comme on se détourne d'un serpent.

— Cela veut dire que vous êtes un menteur, dit Dumont en souriant.

L'Anglais recula. Les idiots, ils sont peut-être inquiets à cause du whisky. Sans doute devait-il les rassurer par quelque promesse.

— Écoutez. Cette terre va relever du gouvernement du Canada et chacun de vous recevra son dû.

— Comme Napoléon Nault, le garçon que tu as attaqué hier? rétorqua Louis.

Scott ricana et se tourna vers l'un des membres de son équipe.

— MacAndrews, déplace cette chaîne de cinquante verges vers l'ouest!

En donnant cet ordre, il se sentait déjà mieux, mais MacAndrews restait pétrifié.

— Je t'ai dit de la déplacer!

Scott hurlait; le timbre de sa voix le surprit lui-même.

Nolin s'avança vers Louis.

— Louis, peut-être qu'on ne devrait pas... Nous ne savons pas ce qui va se passer.

Du sang de navet, pensa Gabriel; celui-là, il faudra le surveiller.

Riel s'écarta immédiatement et posa le pied sur la chaîne que Scott avait demandé à MacAndrews de déplacer. Goulet se plaça derrière lui, imitant son geste. Puis Lépine, Tremblay et tous ceux qui étaient descendus de cheval firent de même.

— Otez vos pieds de cette chaîne, espèce de sales Métis! gronda Scott.

L'un des arpenteurs sortit son fusil, mais Dumont le devança.

— Je vais te faire sauter le doigt de la gâchette, ou l'oeil, ou autre chose un peu plus bas, si tu bouges!

L'arpenteur lâcha son arme. Gabriel Dumont ne ratait jamais sa cible. Quelqu'un d'autre pourrait bien la tracer, cette route, pensa l'homme. Après tout, sa jeune femme avait grand besoin de lui à la maison!

Mair et MacAndrews tiraient Scott vers la voiture. Scott sentait son courage l'abandonner et il se laissa faire.

— *Va chez ta putain!** lui cria le vieux Ouellette qui n'avait pas oublié la scène entre ce salaud et madame Schultz.

La voiture des arpenteurs traversa lentement le champ, cahotant sur le sol inégal.

— Sales sauvages, marmonnait Scott sans arrêt. Impossible de leur faire entendre raison. Pourquoi ne peuvent-ils pas s'enfoncer dans leurs têtes stupides que cette terre doit être mise en valeur, utilisée à des fins rentables?

— *Maudits Anglais**, se disait de son côté Dumont.

Il chevauchait vers le lieu de rendez-vous avec les autres représentants des Métis.

— Pourquoi, continuait-il en réfléchissant tout haut, ces Anglo-Canadiens ne peuvent pas comprendre que cette terre appartient aux Métis et que les Métis vont s'en occuper? Avec ou sans la justice!

Chapitre 7
Le moment décisif

Dans l'histoire des idées et des cultu-
res, les nuits les plus sombres ont
peut-être moins marqué l'humanité
que les aubes trompeuses.

Louis Kronenberger

À Fort Garry, tous connaissaient James Wickes
Taylor. Il avait consacré beaucoup de temps et d'énergie
à se lier d'amitié avec certains Anglo-Canadiens. Un
homme de sa profession devait se tenir au courant de
tout. Ce que faisaient ces gens, ce qu'ils pensaient et ce
qu'ils projetaient importaient au plus haut point. Par leur
intermédiaire et celui des fonctionnaires du pays, de passage à Pembina et à Saint-Paul, il savait ce qui se tramait
à Ottawa.

William McDougall, à qui semblait-il le politicien
tory Macdonald avait promis le titre de gouverneur, était
resté à Saint-Paul pendant plus d'une semaine. Il avait
beaucoup bu et parlé encore plus. Cet homme n'exerçait
encore aucun pouvoir, mais il symbolisait l'avenir.

Après tout, songeait Taylor, ce Premier ministre canadien n'est peut-être pas complètement idiot. Un homme intelligent lance un ballon d'essai avant d'agir: McDougall, par exemple. Il rit seul. Un bel imbécile, oui!

— Du tact, avait insisté Seward.

Eh bien! Il allait faire preuve d'un grand tact. Tout le monde savait à Fort Garry qu'il venait souvent au Canada pour affaires. Cependant personne ne soupçonnait son amitié pour les Métis. Il vaudrait beaucoup mieux voir ce Riel en particulier avant la réunion. Sinon le bruit se répandrait que lui, un "homme d'affaires" américain, conspirait avec les Métis. Pouvait-on leur faire confiance à tous? Charles Nolin, ce faible éduqué chez les missionnaires, ambitionnait de représenter les Métis au Parlement... à condition, bien sûr, que ceux du territoire acceptent d'y siéger et que le Parlement acquiesce à leur demande. Nolin, cependant, pouvait très bien compter parmi les trois ou quatre auxquels il ne fallait pas se fier. Rien, d'après les renseignements que Taylor avait reçus, n'indiquait que les Métis francophones soient divisés.

Les Métis anglophones, eux, au contraire étaient complètement désunis. Ils ne représentaient qu'une demi-minorité. Des Métis, soit, mais ils parlaient anglais, non français. Les Irlandais de l'Ontario et d'Irlande appuyeraient certainement les Métis et ce fameux Riel. Seuls les Fénians, des deux côtés de la frontière, causaient vraiment des difficultés. Ils détestaient les orangistes qui contrôlaient l'Ontario. En outre, les colons irlandais étaient catholiques et les catholiques se serreraient les coudes. Un peu dangereux, car ils mêlaient la politique à la religion, mais il existait sûrement un moyen de parer à une telle éventualité. Certains mêmes des colons anglais refusaient l'idée de l'annexion. Aucun doute, Riel tenait tous les atouts. James Wickes Taylor allait lui en offrir un autre. Une séquence royale ne vaut-elle pas mieux qu'une série de quatre cartes?

Taylor se rendit à l'hôtel de Fort Garry. Rien de comparable au *Ritz* de Washington, mais il fallait bien s'installer quelque part. Accepter la chambre d'ami que lui avait déjà offert la femme du docteur, madame Schultz, lui paraissait téméraire, cette fois-ci. Et ce voyage en était un d'affaires, non de repos. L'hôtel, en bois, n'avait que deux étages. Il annonçait douze belles chambres entièrement meublées. Le hall ressemblait à tous ceux qu'on trouvait dans n'importe quel établissement frontalier, bien que Fort Garry ait acquis une certaine classe et offrait les mêmes services que Pembina. Aucune prostituée ne logeait à l'hôtel. Il fallait se déplacer pour ce genre de divertissement. Un bar avait été aménagé; il était paisible en comparaison de ceux qui troublaient les autres villes de l'Ouest. Les Anglais se réunissaient entre eux, chez eux, Taylor le savait. Ils buvaient entre amis. Les Métis eux, buvaient à cheval, pour ainsi dire. Ils devaient se rassembler quelque part, sous les étoiles.

La chambre était meublée d'un lit étroit et proplet, recouvert d'édredons brodés et bourrés de duvet, d'une chaise berçante et d'une commode simple, de toute évidence faite à la main. Seule une carpette indienne placée à la descente du lit recouvrait le plancher de bois nu.

Aux environs de midi, Taylor était remonté à cheval et approchait de la demeure des Riel.

La femme qui lui ouvrit la porte pouvait avoir cinquante ans. Taylor pensa que, jeune, elle avait dû être belle. Elle était habillée comme une Métisse, mais mince, presque délicate, avec de petits os. Elle le conduisit jusqu'à son fils qui était plongé dans ses papiers.

— Je suis James Taylor, annonça-t-il en tendant la main au jeune homme.

Riel, pâle, le regard brûlant, lui offrit la sienne.

— Certains de mes amis m'ont parlé de vous. "Négociant" à Pembina, n'est-ce pas?

La façon dont Riel prononça le mot "négociant" fit déduire à son invité que ses amis avaient vu juste.

— Je suis...

Taylor s'arrêta afin de bien choisir les mots qui convenaient.

— Quelqu'un qui vous veut du bien, un ami des Métis... de ceux qui vivent ici et aux États-Unis.

Il ne mentait pas en disant cela. Il avait de nombreux amis métis de l'autre côté de la frontière.

Riel jaugea l'homme qui se trouvait en face de lui et il aima son sourire facile et ses manières directes. Il n'avait pas eu l'occasion de rencontrer beaucoup d'Américains et tous lui avaient plu. Il sentait que cet homme ne lui voulait pas de mal. Il se dit qu'il devrait l'aider à formuler ce qui l'amenait. Ses services de renseignements lui avaient fait comprendre que Taylor pouvait compter sur de bons amis à Washington. Il ne tenait pas tant que ça à devenir américain, mais un chantage bien placé l'aiderait à mieux prouver sa force. Riel voulait une nation métisse, peut-être une province métisse, mais certainement pas un état métis. Tout ce qu'il avait appris des agissements des nations puissantes l'avait amené à la conclusion que pour mieux obtenir — et maintenir — leur indépendance, il fallait que deux nations vives s'affrontent, que leurs forces réciproques les maintiennent en équilibre.

— Je vous en prie, asseyez-vous, monsieur Taylor. Je vais vous expliquer quels sont nos plans...

Cela sera plus facile que je ne le croyais, se dit Taylor.

Riel lui fit part de ses projets, de son désir de constituer un gouvernement pour le territoire en usant du droit de préemption au Parlement et en obligeant les Canadiens à négocier. Il conclut:

— Nous formerons le gouvernement provisoire. Nous nous maintiendrons dans la légalité, même dans le contexte juridique britannique. Ils devront nous écouter.

— Ils pourraient envoyer l'armée, répondit Taylor.

— Pensez-vous?

Un éclair traversa le regard de Louis, inhabituel pour une personne aussi sérieuse, aussi entière.

— Je ne peux pas l'affirmer, monsieur Riel. Oui, ils pourront envoyer l'armée, mais on m'a dit que la marche serait longue.

Un sourire transfigura littéralement Riel, le sourire épanoui de celui qui saisit tout à coup l'essentiel de la situation.

Les Américains jouent à l'échelle internationale, pensa le Métis. Dans un monde de joueurs d'échecs, ils courent à leur perte.

Taylor se leva et les deux hommes se serrèrent la main.

— Bonne chance dans vos tentatives avec les Canadiens!

En sortant de la maison des Riel, Taylor se sentit envahi par un étrange sentiment de satisfaction. Il ne savait pas encore dans quel sens Riel allait agir, mais certaines possibilités se dessinaient, plus précises que les autres. Il choisirait peut-être de négocier d'abord avec le gouvernement canadien, mais connaissant bien le Premier ministre Macdonald, Taylor ne pouvait imaginer d'aboutissement à ces négociations. Les Anglais et les Français arrivaient si mal à communiquer! D'autre part, les Américains savaient que ceux qui voulaient mener à bien une affaire s'arrangeaient pour apprendre l'anglais, suffisamment du moins pour se débrouiller. Le problème linguistique ne les inquiétait donc jamais!

Après le départ de Taylor, Louis se prépara à la réunion. Il rassembla ses affaires et se mit en route. Mais il ne savait pas encore jusqu'où le mènerait ce voyage qu'il entreprenait. La réunion d'aujourd'hui n'était que le premier mot d'une page déjà écrite...

Tout en approchant de l'église, Louis se préparait mentalement. Il agirait tel que prévu. Les représentants l'écouteraient; ils tiendraient compte de ses arguments. Certains seraient en faveur; d'autres, non et ils se désisteraient. Finalement, tous se rallieraient dans l'intérêt de la nation. Dans la culture des Métis, le groupe importait avant tout; il représentait la pensée de tous; il agissait comme un seul corps.

L'église du Père Ritchot était chaleureuse et amicale. De nombreux chevaux étaient attachés à l'extérieur et cinq ou six carrioles étaient stationnées à l'avant. Il aurait pu s'agir d'une célébration spéciale ou même d'une messe du dimanche matin. Louis jeta un regard sur le cimetière où était enterré son père, cet endroit où il était d'abord allé se recueillir en rentrant chez lui. Il se demanda si le fantôme du Visionnaire hantait encore ces lieux.

— Je suis revenu, père.

Il prononça ces mots à haute voix. Le Visionnaire avait vu juste: les guerriers disparus revenaient. Il entra dans l'église où tous attendaient, puis il s'avança le long de la nef centrale, la tête inclinée. Tous les yeux étaient braqués sur lui. Louis s'agenouilla devant l'autel et fit un signe de croix. Tous les autres derrière lui suivirent son exemple et se recueillirent dans la prière. Il resta ainsi longtemps; il en avait long à dire à Dieu en cette journée.

90

La lumière pénétrait par le vitrail. Elle toucha l'autel et l'illumina d'une lueur céleste. Riel la fixa, puis dirigea son regard sur le Christ en croix. Il était pétrifié, statue de pierre, l'outil de Dieu, son messager, son serviteur.

Le jeune homme cligna des yeux; la lumière très vive l'aveuglait. Une douleur brusque et fulgurante lui perfora la tête. Ses tempes battaient à se rompre. Depuis plusieurs mois, il n'avait pas ressenti une telle attaque et il savait qu'elle ne durerait pas. Alors qu'il observait toujours le Christ sur la croix, un nuage se glissa devant le soleil et la lumière se fit un peu moins vive. Les yeux agrandis, le Christ sembla remuer les lèvres. Louis respira avec peine. Dieu avait-il l'intention de lui parler? Il attendit. Rien.

Dumont, que les autres avaient réussi à traîner jusqu'à l'église, se signa de mauvaise grâce et récita une brève prière. Beaucoup continuaient à prier en silence avec Louis; les autres l'observaient avec respect.

— Louis passe beaucoup de temps en prières murmura Dumont à Tremblay qui regardait sans prier.

— Ça peut aider!

— En tous les cas, ça ne peut pas faire de mal, continua Dumont en haussant les épaules.

Finalement, Louis se releva. La séance fut ouverte. Les cavaliers étaient revenus avec les représentants de chacune des régions métisses. Ils avaient aussi ramené William B. O'Donoghue, fénian sympathisant bien connu, qui représentait les colons irlandais, et Robert Mathews, anglo-canadien qui parlait au nom de ceux qui avaient des doutes en ce qui concernait les Canadiens et leur parti politique, le Canada First. Les Métis anglais avaient, eux aussi, envoyé quatre représentants. Ainsi, toutes les factions étaient présentes comme Louis l'avait souhaité. On ne pouvait plus nier le fait que, tous ensemble, ils représentaient la majorité des habitants du territoire.

Il leur exposa son plan lentement et patiemment. Il leur expliqua bien en détail le droit qu'ils avaient d'élire un Conseil, d'être représentés, de constituer un gouvernement provisoire. Il insista sur la Loi des nations et sur la réaction possible des Canadiens. Il est brillant, pensa Dumont. Sa voix, forte, résonnait; ses mots, clairs, étaient dépourvus de passion. Il les choisissait avec soin, puis traduisait ce qu'il disait à l'intention des représentants irlandais et anglais. Les Métis qui n'avaient jamais rencontré cet homme étaient impressionnés. Ils buvaient chacune de ses paroles, presque en transe. C'était un chef, un homme qui parlerait en leur nom à tous.

Lorsqu'il eut terminé, les questions fusèrent comme il l'avait prévu. Il clarifia certains points, en réexpliqua d'autres plus simplement.

Michel Dumas se leva et lança:

— Et s'ils envoient l'armée?

Louis sourit. Il attendait cette question plus que les autres.

— On m'a dit... (Louis s'interrompit un instant.) J'ai appris que les Américains ne permettront pas aux troupes canadiennes de traverser leur territoire.

Une acclamation générale secoua la petite église. Dumont s'était levé.

— On peut les retenir indéfiniment. S'ils doivent marcher depuis l'Ontario, ils ne seront plus en état de se battre!

À nouveau des cris et des hurlements de joie retentirent. Les Métis avaient compris. Ils possédaient un avantage.

Peu après, ils se mirent d'accord sur un document définissant les termes de la participation d'un gouvernement provisoire à la Confédération, puis ils élirent un conseil de douze membres qui devait constituer le nouveau gouvernement; William O'Donoghue en était. Dans les termes de ce document figuraient le droit d'élire une législature qui pouvait passer outre au veto de l'Exécutif; le droit d'approuver ou de rejeter tout programme législatif du Dominion qui affectait directement le territoire; le droit d'élire des préfets, des magistrats et autres fonctionnaires locaux; une loi accordant des terres gratuites pour les écoles, les routes et les bâtiments administratifs; l'assurance de la construction d'une voie ferrée rejoignant le chemin de fer le plus rapproché aux États-Unis; l'usage du français et de l'anglais dans la législature et autres documents officiels ainsi que dans les tribunaux; le respect de tous les privilèges, us et coutumes qui existaient avant le transfert de la souveraineté; la représentation pleine et entière au Parlement du Dominion canadien et la promesse d'un statut provincial.

Finalement, le groupe décréta que le Père Ritchot se rendrait à Ottawa pour y transmettre ce document au Premier ministre. Louis expliqua que l'un de ses amis américains s'occuperait du voyage. Ritchot devait se tenir prêt à partir dès le lendemain pour Saint-Paul, d'où il prendrait le train jusqu'à Toronto. Si tout se déroulait comme prévu, il arriverait à Ottawa à la fin de la semaine.

D'abord Ottawa, se dit le Père Ritchot, puis en route pour Montréal et le palais épiscopal!

Chapitre 8
La déconvenue d'Ottawa

*La tortue pond des milliers d'oeufs à
l'insu de tous; la poule en pond un seul
et le crie sur tous les toits.*

Proverbe malais

Le gouverneur désigné, William McDougall, sentait
qu'il était demeuré un peu trop longtemps à Saint-Paul.
Les Américains avaient organisé tellement de réceptions
en son honneur! Comment aurait-il pu décliner toutes les
invitations? Il était rassuré, maintenant que Scott et
Mair, l'arpenteur, étaient venus à sa rencontre pour le
mener jusqu'à Fort Garry. L'idée d'être escorté par des
guides métis de Pembina le contrariait. Qu'aurait-il eu à
leur dire?

Quel fichu pays, pensa McDougall. Des Indiens partout, des Métis, des prostituées et de l'alcool. Seigneur!
Comme il souhaitait que Fort Garry soit différent! Après
la nuit passée à Pembina, il avait envie d'un lit confortable, d'un verre de brandy et d'une conversation agréable. Et Dieu sait si ces pauvres gens de Red River avaient

besoin de lui et de l'autorité dont il avait été investi. Mais il était tourmenté. Scott et Mair lui avaient fait part de certains "ennuis" avec les Métis. Peu importe! Il n'avait pas l'intention, *lui,* de souffrir quelque ennui de la part de ces gens-là. Après tout, Sir John A. Macdonald, le Premier ministre du Canada, l'avait délégué comme son envoyé personnel. Une chance de gouverner lui était enfin donnée et, bien sûr, sa première tâche consisterait à assurer les Métis et leurs prêtres, qui mettaient le nez partout, qu'ils obtiendraient leur dû, même s'il avait du mal à s'imaginer ce qu'on pouvait leur devoir.

Ils chevauchaient en formation; Riel et Dumont, en tête. L'herbe haute se recourbait sous les sabots des chevaux et le soleil matinal brillait au-dessus d'eux. C'étaient les Métis tels qu'ils avaient toujours été, tels qu'ils étaient, tels qu'ils espéraient rester. Des cavaliers des plaines, comme les gauchos de la Pampa ou les cowboys du Sud-Ouest américain; cosaques d'une terre neuve, une nouvelle race, une race née de deux peuples qui ne faisaient plus qu'un. Tous, sauf Riel, montaient avec aise, se sentaient eux-mêmes sur un cheval.

Au sommet de la colline, ils découvrirent le buggy de McDougall, la capote noire absorbant les rayons du soleil et les quatre roues minces cahotant inégalement sur la route étroite et en mauvais état. Charles Mair et Tom Scott chevauchaient à ses côtés. Les nombreux bagages de McDougall s'entassaient derrière l'unique siège.

Les cavaliers lancèrent leurs chevaux au galop et le buggy s'arrêta lorsqu'ils approchèrent. McDougall se leva pour les accueillir. Un drôle de groupe, à l'air dépenaillé, se dit-il.

Dumont prit la parole:
— Monsieur McDougall?

McDougall fut soulagé en constatant le ton poli qu'avait pris son interlocuteur. Il n'avait pas perçu le ton de sarcasme dans la voix de Dumont.

— C'est bien ça, mon brave homme, c'est bien ça.

Dumont s'inclina vers Louis qui déroulait maintenant une feuille de papier.

Comme c'est gentil de leur part, songeait McDougall, de venir accueillir ainsi leur nouveau gouverneur. Vraiment! Ces arpenteurs sont fous!

Pendant ce temps, Scott et Mair s'étaient lentement placés de part et d'autre du buggy. Gabriel croisa le regard de Scott et lui fit un sourire malin. Quant à Mair, une fois de plus, il était terrorisé.

Riel commença à lire d'une voix forte et claire; McDougall, la tête penchée, arborait un sourire béat.

— Monsieur: Nous, du nouveau Comité national des Métis de Red River, donnons ordre à William McDougall...

Jusque-là, McDougall n'avait cessé de sourire. Il portait un monocle à l'oeil gauche. Au mot "ordre", son sourire s'estompa et il en perdit son monocle.

— ...de ne pas pénétrer dans les territoires du Nord-Ouest sans autorisation spéciale dudit Comité... Par ordre du Secrétaire général, Louis Riel.

Péniblement, il descendit de voiture et se dirigea vers Scott.

— Dans quelle maudite galère êtes-vous en train de m'embarquer? Doux Jésus! J'aurais dû rester quelques jours de plus à Saint-Paul, en attendant que le Canada First ait réglé la situation. Comment voulez-vous qu'ils contrôlent le territoire s'ils n'arrivent même pas à tenir tête à une poignée de Métis?

Scott ne regardait même pas McDougall, car il lui aurait alors fallu quitter des yeux Dumont.

— Ils n'ont pas le droit de vous arrêter, monsieur.

Il prononça ces mots à voix haute, à l'intention de Dumont. McDougall tiraillait la manche de Scott. Quant à ce dernier, furieux, il se sentait frustré. Il se pencha pour montrer qu'il était conscient de cette petite main replète qui mendiait son attention.

— On devrait peut-être attendre jusqu'à ce que ma mission soit vraiment...

McDougall s'interrompit un moment, puis murmura:

— légale...

Scott se redressa.

— C'est du bluff, gouverneur! Maintenant ou plus tard, ils n'oseront jamais s'attaquer au gouverneur.

Pendant quelques secondes, il en fut persuadé, puis il se souvint de l'incident de la chaîne d'arpentage. Bon Dieu! Il ne savait même pas lequel il détestait le plus de cette espèce de sauvage, Dumont, de Riel qui aurait pu passer pour un Blanc, mais qui avait préféré partager le sort de ces Métis, ou de ce chiâleur qui était à ses côtés et qu'il venait tout juste d'appeler "gouverneur".

McDougall tremblait, comme un chien sortant tout penaud d'une mare. Il s'avança vers Riel se tordant même la cheville sur une pierre.

— Vous, foutez-moi le camp d'ici immédiatement! cria-t-il d'une voix qu'il voulait impérieuse.

Les cavaliers se rapprochèrent dangereusement de Mair et de Scott. Deux coups furent tiré dans les airs tandis qu'une lourde corde s'abattait sur les chevaux des deux hommes. Les Métis lâchèrent leur fameux cri. Scott et Mair déguerpirent à toute allure en direction du nord.

Les Métis se lancèrent à leur poursuite en se moquant, dans l'intention de les détourner vers l'est et de les égarer le long de l'une de leurs pistes secrètes de contrebande.

McDougall tendit un rouleau à Riel, à Dumont et aux Métis qui étaient restés sur place.

— Voici la mission que m'a confiée le Premier ministre du Canada, lança McDougall en poussant des cris d'hystérie. Arrêtez, maintenant!

Dumont aperçut les caisses de champagne entassées à l'arrière du buggy et un sourire illumina son visage. Après tout, toutes ces histoires de politique avaient du bon! Les bisons disparaissent, pourquoi alors ne pas chasser les gouverneurs! Ouvrant les caisses d'une main, il lançait les bouteilles de champagne de l'autre. Certains les attrapaient en galopant et tous riaient de bon coeur.

Le visage de McDougall devenait rouge et bouffi; on aurait dit qu'il allait éclater en sanglots.

— Vous ne pouvez pas faire ça! C'est à moi!

Gabriel remarqua une bouteille que l'un des cavaliers n'avait pas saisie et qui gisait là, intacte, sur le sol. Elle avait atterri en douceur sur un lit d'herbe. Il piqua son cheval, puis se penchant sur sa selle, il la ramassa avec grâce. Il se dirigea vers le gouverneur et lui tendit la bouteille d'un air cérémonieux.

— Mes compliments, monsieur; il paraît que c'est bon, même si ça chatouille un peu le nez, hein!

Sur ces mots, Lépine fit pivoter le buggy; deux cavaliers s'emparèrent du gouverneur ahuri et le renversèrent à l'arrière de sa voiture. Ils donnèrent une tape aux chevaux qui partirent d'un coup sec vers la frontière, emportant avec eux le gouverneur.

— *Au revoir*!* hurla Gabriel.

Il avait ouvert l'une des bouteilles à l'aide de ses dents et il la levait maintenant, portant ainsi un dernier toast en l'honneur du gouverneur en fuite dont on voyait encore les jambes battre l'air vigoureusement. Puis il se tourna vers Riel qui s'amusait de cette aventure et leva la bouteille en sa direction en formulant un toast:

— À la nation métisse! À Louis Riel! Aux meilleurs d'entre nous, à la chasse aux bisons *anglais*!*

Tout le groupe fit alors demi-tour en blaguant et se dirigea vers Fort Garry.

* * *

Le drapeau qu'ils préparèrent pour leur nouvelle nation était marqué d'une *fleur de lis** bleue sur fond blanc, flanquée d'une harpe et d'un trèfle. Louis n'était pas très sûr de l'aimer. Les symboles étaient importants, mais il se rendait compte aussi des difficultés inhérentes aux négociations. William O'Donoghue l'inquiétait. Cet homme pourrait causer de nombreux problèmes dans les semaines à venir...

Les dernières heures de l'après-midi, ils les passèrent avec le Comité. Comme ils avaient laissé partir Mair et Scott, les membres du Canada First entendraient très tôt parler de cette mésaventure. Mais quelle importance! puisque ce soir, les Métis déclareraient Fort Garry, capitale de leur nouvelle nation, le "Manitoba".

Elzéar Goulet escalada le mur peu après la tombée de la nuit et ouvrit les portes du fort. Les cavaliers métis, au nombre de cent environ, les franchirent sans aucune opposition. D'autres arrivèrent rapidement et, avant que quiconque ne puisse réagir, le fort était occupé. Très vite, des feux furent allumés et le village entier en fut éclairé. Ils empilèrent le bois en forme de tente et les flammes s'élevèrent en dansant dans la nuit. Les Métis avaient endossé leurs vêtements traditionnels pour mieux célébrer cette victoire: les mocassins brodés, les peaux de daim, les jupes colorées, les bandeaux de toutes les couleurs: rouge vif, or, bleu et vert. Les regards troublés se déplaçaient joyeusement dans la nuit et les sons du violon et de la flûte emplissaient l'air calme. Ils dansèrent sur les anciens airs cadencés venus de France jusqu'au Québec et qui avaient traversé les prairies. Les chants, poésie des terres sauvages, résonnaient dans tout Fort Garry. Les danses rythmaient le long voyage des *coureurs des bois** français jusqu'à Red River, depuis les petites colonies québécoises; les danses avaient donné à ces gens le courage de continuer. Elles avaient ensuite été transmises le long des rives du Saint-Laurent, dans les forêts du Haut Canada, puis dans les vallées du lac Supérieur, pour finalement échouer dans les grandes plaines de l'Ouest. Et là, elles y avaient subi diverses modifications. Les Métis les avaient entretenues et préservées, comme ils l'avaient fait pour les chants qui disaient l'oppression, la guerre, la libération. Et maintenant, ils parlaient de la nation métisse! Les Métis, une race nouvelle, avaient brisé ce soir-là leurs chaînes et ils fêtaient!

Ils hissèrent le nouveau drapeau au mât et le saluèrent par de nouveaux chants et maintes libations. Puis, comme Riel, l'avait pressenti, O'Donoghue, profitant d'un moment d'inattention, le fit descendre et le remplaça par le drapeau américain. Riel s'avança lui-même pour le retirer. Il ne fallait pas, pas maintenant. Il valait mieux d'abord négocier si l'on voulait que les Métis conservent leur avantage. Finalement, ils arborèrent l'Union Jack et le nouveau drapeau des Métis et ils mirent de côté le drapeau américain. Les Américains avaient du bon, mais ils étaient trop puissants pour que l'on se frotte à eux.

Les colons, blottis à l'intérieur de la maison du docteur Schultz, ne pouvaient distinguer quel drapeau avait été hissé, mais déjà tous s'en moquaient. Madame Schultz faisait preuve du plus grand courage. Elle sortit sur la véranda de sa splendide demeure de style victorien et évalua du regard la scène qui s'offrait à elle.

— Espèces de sales barbares métis! Vous ne vous en tirerez pas comme ça! cria-t-elle.

Mais ses paroles se perdirent dans le bruit des chants et des danses. Elle lança une pierre en direction des fêtards.

Dumont l'avait vue et entendue.

— La putain! lança-t-il.

Et, apercevant un pot de fleurs non loin d'elle, il le mit en joue et tira. Le pot vola en éclats. Madame Schultz s'engouffra alors dans la maison en hurlant.

— *Maudite femme anglaise!** grommela Dumont.

Et il se demanda si elle se montrait aussi violente au lit!

— Rien de grave, Elizabeth? s'enquit l'une des femmes, alors qu'elle rentrait en toute hâte.

— Non, ça va! répondit-elle en secouant sa robe.

Avec tous ces cris et ces hurlements terrifiants à l'extérieur, les deux femmes qui se trouvaient en visite chez les Schultz ne pouvaient songer à renter à leur domicile respectif. Leurs maris absents, elles ne voulaient pas rester seules; alors Tom Scott s'offrit à passer la nuit avec elles. Il n'avait d'ailleurs pas l'intention de s'en aller. Après tout, se disait-il, le docteur serait absent pendant quelques jours et il fallait savoir profiter des occasions quand elles se présentaient. Madame Schultz installa les deux femmes dans la chambre d'amis, à côté du salon. L'une des chambres du haut fut assignée à Scott. Elle resterait vide, bien entendu!

Lorsque les deux femmes furent dans leur chambre, Elizabeth croisa Tom dans le hall et, tout en le fixant, elle le prit par la main et l'entraîna en haut, dans sa chambre. Scott enleva son manteau et ses chaussures, puis tous ses vêtements et il s'allongea sur le lit, les mains derrière la tête, pour mieux la regarder se dévêtir. Ce qu'elle fit lentement, pour l'exciter davantage.

Plus tard, épuisé, Tom sombra dans un profond sommeil. Ses dernières pensées se portèrent sur ce stupide gouverneur imbu de lui-même et sur sa course éperdue afin de fuir ces sauvages devenus fous.

Il ne se souvint pas d'avoir rêvé, mais il avait certainement dormi.

— Tue-le! Tue-le! hurlait madame Schultz en le bousculant.

Il sortit de son sommeil et secoua la tête sans savoir que penser.

— Tue-le! répéta-t-elle en le regardant fixement, comme folle.

Elle ne cessait de répéter ces mots. Puis elle sortit du lit et, toute nue, traversa la pièce pour se saisir du fusil.

— Tue Riel!

Il lui prit le fusil des mains.

— Oui!

Il ne le ferait pas parce qu'elle le lui demandait, mais parce que la solution tenait à cet acte: tuer Riel.

— Mais on ne peut faire ça tout de suite! observa-t-il, apeuré et circonspect. Ce n'est pas le moment. Il me faut de l'aide.

— Et moi, dans tout ça, hein! Et moi?

La voix de la femme frôlait l'hystérie, aiguë et exigeante.

— Tu dois rester ici, Elizabeth.

— Avec tous ces sauvages qui dansent dans les rues, qui allument des feux? Ils vont tous nous tuer! dit-elle d'une voix perçante.

— Mais non.

Scott se sentait mieux maintenant et, ayant dormi un peu, il prit conscience qu'il se trouvait en danger dans cette ville. Il ne comprenait pas pourquoi il était revenu. Il aurait dû fuir.

— Écoute! continua-t-il en lui prenant la main, ils célèbrent leur petite victoire. Demain, ils seront partis. La vie reprendra son cours normal.

Elle retira sa main des siennes et s'enveloppa dans un drap.

— Et après?

— Tu renverras ces femmes chez elles; tu agiras comme d'habitude et tu attendras.

Elle pressentait qu'il avait raison. Les Métis ne lui feraient aucun mal et, en temps opportun, tout se déroulerait comme elle l'espérait. Il ne s'agissait que d'un contretemps, un peu effrayant.

— Oui... Mais tu le tueras!

— Je lui mettrai une balle en plein coeur.

Cette réponse la fit sourire.

— Il va falloir attendre un peu, préparer le coup. Une semaine ou deux; ils me cherchent maintenant. Tu te souviens de l'histoire de Nault. Bon, eh bien, ça les a rendus un peu fous. Il faut que j'aille vers le sud pendant une quinzaine de jours. J'essayerai de trouver Evans et d'obtenir son aide.

— Mon mari est à Ottawa en ce moment. Je suis sûre qu'il peut nous venir en aide. Ils nous ont tant promis avant qu'on ne vienne ici, Tom!

— Bien sûr que le gouvernement va réagir! Seigneur Dieu! Il n'y a qu'à voir comment ces sauvages ont traité McDougall, ce matin!

— Quand vas-tu le tuer? C'est lui qui est cause de tout ça.

— Une bonne nuit. Je l'aurai, mais c'est encore trop tôt. Présentement, ils s'y attendent. Laisse-les s'imaginer qu'ils ont gagné. Laisse-les diriger le territoire pendant deux semaines. Qu'ils se sentent sûrs d'eux! Et une bonne nuit... j'abattrai ce sauvage.

Tom Scott se dirigea vers la fenêtre et regarda dehors. La place était déserte. Le feu se mourait lentement. Les violons avaient cessé leur musique et les danseurs étaient rentrés. Des morceaux de verre jonchaient les rues et les papiers emportés par le vent se heurtaient aux murs des maisons. L'Union Jack et le drapeau des Métis flottaient tous deux en haut du mât.

Chapitre 9
L'homme de Macdonald

Une révolution pacifique n'est pas un programme de prise du pouvoir. C'est un programme de transformation de la société.

Ghandi

La superbe voiture étincelante qui transportait le docteur Schultz et Donald Smith avançait lentement dans la rue Wellington, à Ottawa. Les sabots des chevaux résonnèrent sur le pont du canal Rideau dont les eaux calmes reflétaient le ciel gris. La "Colline" se dressait à gauche et vers l'arrière; la rivière Outaouais se perdait dans le lointain. Le Parlement s'élevait, majestueux, au milieu des vastes étendues d'herbe brune, citadelle au sein de laquelle commençait à battre le coeur d'une nation nouvelle. Les grandes fenêtres donnaient sur le sud et sur l'ouest ainsi que sur le petit village français de Hull, blotti sur la rive basse de l'Outaouais.

Les arbres étaient déjà presque tous dénudés, mais quelques feuilles orange ou jaunes s'agrippaient encore aux érables. Elles avaient l'air de vouloir s'accrocher désespérément à un reste de vie et elles tremblaient dans l'air froid venu du nord. Le chauffeur en livrée resserra sa veste. Novembre approchait et les nuages annonçaient que, cette année, il n'y aurait pas d'été des Indiens.

— Ma femme, personne délicate et douce, et mes amis sont pratiquement retenus prisonniers par ces voyous!

Le docteur Schultz tenait cette information d'une série de lettres que lui avait envoyées sa femme. Smith se demanda comment les prisonniers pouvaient envoyer tant de lettres et pourquoi le docteur, se posant en protecteur, mais demeurant à l'hôtel *Queen Victoria,* n'avait pas rejoint son épouse au lieu de se vautrer dans le luxe. Il se caressa la barbe et prit un air soucieux.

— Une situation déplorable, docteur Schultz...

Décidément la politique n'était pas son fait. Bien sûr, il trouvait la situation déplorable, déplorable mais non inattendue! D'autre part, il ne croyait pas sincèrement que madame Schultz fût en danger.

Schultz se redressa. Sa voix se faisait pressante:

— Déplorable? Mais la situation est dangereuse et même dégradante! Et quels efforts notre gouvernement entend-il déployer pour protéger les nôtres, là-bas?

Smith respira et ferma les yeux. Cet homme ne comprenait rien! Ses préjugés l'aveuglaient complètement. Comment s'adresser à un mur? Il était vraiment désolé de voir que des hommes comme Schultz, Scott et les autres présidaient à ce parti politique dont Ottawa attendait un appui. Les autres Anglo-Canadiens semblaient assez calmes. Eux aussi étaient bornés, mais la plupart d'entre eux comprenaient quand même mieux les Métis.

— Les Métis ne font pas de mal à ceux qu'ils retiennent captifs, docteur Schultz. Cela ne fait pas partie de leur culture.

À quoi bon! Schultz ignorait tout de la culture des Métis et même qu'ils en aient une...

— Et ce Louis Riel? Lui, il est civilisé!

— Oh! répondit Smith en souriant. C'est ce qui pourrait d'ailleurs le rendre dangereux.

Le docteur ne trouvait pas ça drôle du tout. Smith se croisa les mains sous le menton et plaça un index sur chaque aile de son nez. C'est ainsi qu'il réfléchissait le mieux. Oui, oui, pensa-t-il, les gens civilisés peuvent vraiment devenir dangereux.

— Lorsque nous avons été poussés à nous installer sur ce territoire, nous avons exigé certaines garanties... des promesses nous ont été faites...

Le docteur Schultz se tut. La voiture s'arrêtait à l'avant de l'aile est.

— Oui, fit Smith.

L'ami du Premier ministre savait très bien que chaque journée qui s'écoulait tendait à tasser les événements. Il se souvint de l'expression favorite de Macdonald: "Il n'y a pas d'ovation à la fin du premier acte d'une pièce. On attend que la représentation soit terminée." Le temps comptait sans doute pour beaucoup. Il fallait connaître le scénario en entier, savoir quels gestes, présents et à venir, seraient posés de chaque côté et les évaluer. Le Premier ministre calculait, pesait les conséquences, pensait et agissait et rien ni personne ne parviendrait à l'empêcher de réaliser son rêve.

* * *

La salle de billard était lambrissée de panneaux de chêne et sur les hauts murs étaient accrochées des toiles représentant des scènes de chasse. Au fond, un portrait de Sa Majesté était suspendu, seul, attirant l'attention et inspirant le respect. Sur la table de billard recouverte de feutre vert foncé, les balles multicolores se détachaient. Sir John tenait une queue de billard en main lorsque Smith entra. Le Premier ministre se redressa. Son visage mince s'éclaira d'un demi-sourire.

— Joignez-vous à la partie, Donald!

Donald se dirigea vers le support qui occupait un coin de la pièce tout en jonglant avec cette dernière plainte formulée par McDougall qu'il devait transmettre à Sir John.

— Sir John...

— J'ai lu sa dépêche. Pauvre McDougall! Voilà un mois maintenant qu'il fait la noce à Saint-Paul, se moqua Macdonald. Pauvre McDougall! Mais parlez-moi plutôt de ce Riel. Dites-moi qui il est; surtout, est-il possible de lui faire entendre raison?

Le Premier ministre s'apprêtait à prendre une décision. Il voulait qu'on le confirme dans ses soupçons.

— C'est un Métis, commença Smith. Il a été éduqué au Québec. D'après ce que j'ai cru comprendre, il s'agit d'un protégé de Monseigneur Bourget.

Le Premier ministre parut intéressé.

— De Monseigneur Bourget? Oh! un de ceux-là!

— Pas forcément, continua Smith. On ne saurait affirmer qu'il soit vraiment ultramontain. Pas plus d'ailleurs qu'en ce qui concerne l'évêque.

— Faire renaître l'esprit catholique médiéval et l'union entre l'Église et l'État; subordonner le pouvoir politique! Que voilà des idées dangereuses...

Smith ne s'étonna pas de voir Sir John si bien informé. Le Premier ministre, homme calme et réfléchi, au caractère décidé et à l'esprit clairvoyant, se faisait un devoir de connaître tout ce qui pouvait éventuellement heurter ses projets concernant le pays.

— Eh bien! Donald, vous connaissez le territoire et ses habitants. À quel point est-ce sérieux? Faut-il envoyer les troupes?

Sir John but quelques gorgées de scotch. Il n'avait pas l'intention d'envoyer l'armée, du moins pas pour le moment et il se demandait ce qu'allait lui répondre son ami.

— Si vous envoyez les troupes dans l'Ouest, réservez un bataillon pour calmer les esprits à Montréal.

Les yeux de Macdonald étincelèrent.

— Une résistance armée à Montréal en vue de protester contre le sort fait au protégé de l'évêque? En ce cas, c'est bien plus qu'un *simple* protégé!

— Il faut envisager une telle réaction, Sir John. Une parmi tant d'autres, je le crains.

Smith visa et envoya d'un coup sec la balle rouge dans le trou.

— Bravo, Donald! Vous êtes doué!

Smith se redressa. D'un signe, il indiqua la bouteille de scotch sur la table.

— Vous permettez?

— Je vous en prie! Vous trouverez les verres là-bas, avec les glaçons.

Donald Smith se dirigea vers le buffet en acajou. Il se servit et relança leur conversation:

— On peut le raisonner, Sir John. Ce qui l'intéresse, ce sont les droits de propriété des Métis.

— N'est-ce pas là notre problème à tous! Envoyer les troupes constituerait vraiment une erreur politique?

— Tout à fait déplacé pour le moment, concéda Smith, soulagé.

— Et que faudrait-il faire, Donald?

Le Premier ministre le dévisagea tout à coup. Smith réfléchit. Il avait la certitude de pouvoir régler cette affaire.

— Comme vous l'avez signalé vous-même, je connais les Métis.

Sir John eut un signe d'acquiescement.

— Combien de temps vous faudrait-il?

Donald Smith se le demandait lui-même. Il fallait faire preuve de diplomatie, d'équité, mais surtout agir. Il avait l'impression que Riel désirait conserver le territoire sous l'autorité britannique.

— Pas très longtemps, fit-il enfin.

Mais sa réponse manquait de conviction et il s'inquiéta de ce que le Premier ministre ait pu remarquer ce manque de fermeté.

— J'ai besoin de vous, Donald. J'ai besoin de vous pour "notre" voie ferrée.

Maintenant la voix de Smith se montrait plus rassurée:

— Elle n'atteindra pas le Pacifique tant que le problème de l'Ouest ne sera pas réglé, Sir John.

Le Premier ministre regarda son ami.

— La politique, Donald, consiste souvent à choisir entre ce qui est désastreux et ce qui est déplaisant. Agissez rapidement, mon ami. Calmez les esprits. Sortez-moi Dumont et Riel de Fort Garry. Chassez-les du territoire s'il le faut!

Entre ce qui est désastreux et ce qui est déplaisant... Smith se demanda où intégrer le mot "possible". Sir

John A. Macdonald était revenu à son jeu et à son verre. La discussion était close.

Le Premier ministre prit appui sur la queue de billard. Le temps était tellement important! Bientôt novembre. Et la Chambre qui allait ajourner pour les vacances de Noël... Maudit Louis Riel! Peu importe sa personnalité et ses idées! Ce Métis élevé par les curés avait fait un coup politiquement brillant... bien trop brillant pour un simple protégé de l'évêque!

Chapitre 10
Que le destin s'accomplisse!

En démocratie, on n'atteint au mieux-être de tous que lorsque les intérêts propres aux diverses minorités, par hasard, coïncident ou divergent tant qu'ils s'annulent les uns les autres.

Alexander Chase

Quelques heures seulement après l'arrivée de Donald Smith à Fort Garry, les Métis se réunirent sur la place du fort. Smith espérait pouvoir s'adresser à la foule, mais les événements en décidèrent autrement; on l'avait vu en compagnie du docteur Schultz et de sa femme et il fut immédiatement catalogué comme un ennemi. Riel commença:

— Le Conseil du Nord-Ouest a officiellement constitué un gouvernement provisoire dont le rôle est d'établir et de protéger les droits des habitants du territoire...

Le jeune homme s'arrêta un moment, jeta un coup d'oeil aux partisans du Canada First et poursuivit:

— ...tous les habitants. Seul, ce gouvernement est reconnu sur ce territoire.

— Belle trahison, oui!

Schultz brandissait le poing. Smith avait tenté de le persuader de rester à Ottawa, mais le docteur l'avait malgré tout accompagné.

— Au contraire, docteur Schultz, si l'on en croit la Loi des nations, notre décision s'inscrit dans la légalité, répondit Riel.

Les représentants métis acclamèrent Riel, tous à l'exception de O'Donoghue qui ne broncha pas. Smith nota que les Irlandais et les Métis divergeaient d'opinion. Au moins, il existait une faille dans ce beau mur de solidarité!

— Je suis prêt à conclure des arrangements avec le gouvernement canadien, à condition qu'ils ne soient pas contraires à nos intérêts à nous tous: les Métis, les Indiens, les Anglais.

Madame Anderson cria à l'intention de Riel:

— Essayez donc de nous chasser d'ici, nous, les Canadiens!

Louis lui répondit calmement:

— Pourquoi le ferions-nous? Les Métis savent ce que représente le statut de minorité. Qu'est-ce qui vous porte à croire que nous voulons placer qui que ce soit dans une situation d'infériorité? Les terres ne manquent pas. Inutile de se battre pour les partager!

Sur ce point, Smith s'entendait avec Riel. Pourquoi se battre, en effet, se demanda-t-il. Ses yeux parcoururent les vastes prairies qui s'étendaient à perte de vue.

— Qui vous a désigné pour nous dire quoi faire? lança MacAndrews.

Assez de terres, oui; mais le temps, pensa Smith; le temps!

Riel fixa MacAndrews, un léger sourire aux lèvres.

— Joignez-vous à nous, à la messe, ce dimanche, monsieur MacAndrews et interrogez Dieu.

Tous les Métis s'esclaffèrent.

— Le Père Ritchot, continua Louis, est allé transmettre nos revendications à Ottawa.

— Revendications!

Madame Schultz, en disant cela, était rouge de colère des pieds à la tête. Riel la toisa.

— Oui, des revendications. Des titres pour nos terres. Un statut provincial. De l'argent pour nos écoles!

Elizabeth Schultz fit un pas vers Riel.

— Pour apprendre quoi? Le français? Le cri? Ou à baragouiner? Et que ferez-vous si le gouvernement envoie ses troupes?

Riel la considéra, fixa le sol, puis récita une brève prière en silence. Il pesa ses mots avec soin:

— Il s'agirait d'une invasion, madame Schultz. Je prendrais les armes pour la repousser.

— Mon Dieu! lança l'un des Canadiens estomaqué. C'est de la sédition... Ces sauvages nous tueront tous!

Le docteur jeta un regard noir à Smith.

— Et vous pensez pouvoir raisonner ces espèces de Métis!

Le Premier ministre avait envoyé son ami, Donald Smith, pour le représenter auprès des Métis, mais pour le moment personne ne connaissait sa mission. Les événements tournaient au plus mal sur la place à un point tel que Smith ne pouvait même pas songer à se faire entendre. Les Canadiens lançaient des pierres et des bouteilles en direction des Métis et tout le monde hurlait et criait.

Dumont s'avança rapidement pour protéger Riel. Des coups furent tirés en l'air. Parmi les Blancs qui faisaient face à ces deux ou trois cents Métis armés et à cheval, certains furent renversés, des femmes et des enfants surtout. Les Métis n'avaient encore eu aucune raison de tirer. Grâce à Dumont, personne ne fut tué. Smith aurait dû, à ce moment-là, se diriger tout droit vers Dumont ou Riel, mais il commit une grave erreur en regagnant plutôt la demeure des Schultz. Certains des Canadiens se précipitèrent vers leurs foyers, mais vingt-cinq d'entre eux environ cherchèrent refuge chez les Schultz. Ils y étaient maintenant tous ensemble coincés.

Smith décida d'attendre avec eux que le calme revienne. Puis il annonça qu'il devait rencontrer Riel.

— Vous ne pouvez pas nous laisser, insista madame Schultz. Ils n'oseront pas nous attaquer tant que l'envoyé spécial du Premier ministre demeurera avec nous!

— Ma chère madame, lui répondit-il, pour l'instant, personne ne sait que je suis l'envoyé du Premier ministre.

— Oh, oui! dit-elle d'un air embarrassé.

Donald Smith empoigna un drapeau blanc, au cas où il en aurait besoin, mais cela s'avéra inutile. Il ouvrit la porte lentement et sortit de la maison. Goulet observa cet homme seul, barbu, qui s'approchait. Les cavaliers derrière Goulet continuaient à converser entre eux tandis que Smith avançait vers lui.

— Je m'appelle Donald Smith, dit-il en tendant la main au Métis étonné. Je suis venu d'Ottawa pour parler à Louis Riel.

Goulet sourit et lui indiqua le comptoir de la Baie d'Hudson, au bout de la rue. Smith se dirigea vers le comptoir sans être inquiété.

Louis Riel et Donald Smith parlementèrent jusque tard dans la nuit. Donald Smith prit conscience que Riel n'avait rien d'un fanatique religieux investi d'une mission. Le jeune homme était doué d'un esprit politique des plus brillants. De toute évidence, Riel se définissait d'abord et avant tout comme un humanitaire. Il s'intéressait à son peuple, mais les autres ne le laissaient pas indifférent. Qu'il s'entête à certains propos ne devait pas surprendre. Puis, lorsque les cartes furent mises sur table, Riel se montra prêt à discuter des termes d'une entente. Certaines de ses idées semblaient irréalistes, mais lorsque Riel se laissait emporter, Dumont se mêlait à la conversation. Dumont parut à Smith comme l'un des hommes les plus sympathiques qu'il ait jamais rencontrés. Direct, avec l'étoffe d'un chef. Riel pouvait gouverner les esprits, non les hommes. Dumont savait organiser, il pouvait mener les hommes, mais il ne savait pas maîtriser les esprits. Ces deux-là se complétaient merveilleusement bien, il fallait l'admettre. Finalement, ils décidèrent de poursuivre leurs pourparlers le lendemain matin.

L'envoyé de Macdonald rejoignit la demeure des Schultz. Il n'avait pas prévu ce qui allait se produire peu après.

— Eh bien! questionna Schultz en l'accostant dès qu'il eut refermé la porte.

— Il est têtu.

— C'est un dangereux sauvage! Tout le monde le sait. Sinon, toutes ces gens dormiraient en paix chez eux en ce moment, au lieu d'être barricadés ici, avec nous!

Smith n'avait pas remarqué de barricades.

— Il se doit de respecter les promesses qui nous ont été faites avant que nous venions nous installer ici, continua madame Schultz qui semblait s'être ressaisie un peu.

— Ma chère madame Schultz, commença Smith avec beaucoup de patience (bien qu'il ait été sur le point de la perdre), nous voulons d'abord faire partie du Canada. S'il décide de donner à son gouvernement provisoire un statut de permanence, comme il en a d'ailleurs le droit, nous n'aurons plus qu'à plier bagages.

— Voulez-vous un peu de soupe, monsieur Smith? suggéra Elizabeth.

Il était épuisé, mort de fatigue. S'il n'avait pas été si las, il aurait perçu la menace qui pointait dans les paroles du docteur Schultz:

— Certains d'entre nous connaissent d'autres moyens...

Seigneur! Comme il souhaita par la suite avoir entendu ces paroles.

Au bout de la rue où demeuraient les Schultz, au comptoir de la Baie d'Hudson, Louis continua à élaborer ses projets longtemps après le départ de Donald Smith. Il s'assit au vieux bureau éclairé par une lampe à l'huile qui brûlait au-dessus de lui tandis que Gabriel se reposait dans la pièce voisine. Louis réfléchissait à sa conversation avec Smith. Il se demandait s'il pouvait ou s'il *devait* lui faire confiance. Jusqu'à quel point il embrassait la cause du Canada First, Louis ne pouvait le deviner. Il avait toutefois remarqué que Smith ne s'exprimait pas comme les autres et qu'il semblait mieux comprendre les Métis et leurs problèmes. De plus, Smith connaissait bien le Premier ministre. Cet homme était peut-être honnête; sans doute allait-il plaider en faveur du gouvernement provisoire et des Métis à Ottawa.

Louis tenait à revoir en détail d'autres points à débattre. Une énergie étrange et excitante l'envahissait. Il se leva lentement et traversa la pièce dépouillée afin de fermer la porte de la chambre. Gabriel ronflait et ce bruit le distrayait de son travail. Il s'inquiétait à la pensée que certains Métis pourraient refuser les terres auxquelles ils avaient droit et il se demandait s'il ne fallait pas prévoir des clauses en vue de compensations équitables. Il s'attela à cette tâche, profondément plongé dans ses pensées.

Dehors, devant la dernière fenêtre de la pièce où Louis travaillait, Scott chargea tranquillement son fusil. Un bon coup bien placé ferait l'affaire! Il visa et tira. Au moment même où la balle sortait du canon, il tournait déjà les talons pour regagner la maison des Schultz par une voie détournée. Il entra silencieusement par la porte qui ouvrait sur la cour arrière et donnait sur la dépense des Schultz.

La balle tirée par Scott toucha la lampe à l'huile qui se brisa avec fracas. L'explosion qui s'ensuivit ébranla la pièce et envoya Louis rouler par terre. Les flammes se répandirent rapidement dans les papiers étalés sur le bureau. À ce moment-là, Gabriel Dumont poussa la porte et traîna le corps inanimé loin des flammes. Puis il revint pour combattre le brasier qui prenait de l'ampleur. En l'espace de quelques minutes, Goulet et Tremblay l'avaient rejoint et, ensemble, ils maîtrisèrent l'incendie.

Dumont se précipita vers Louis. Il prit dans ses bras le corps qui semblait sans vie et poussa un grand cri. Cela dura une éternité, mais Louis ouvrit enfin les yeux. Le choc l'avait étourdi; il n'était pas blessé.

Mi-soulagé, mi-furieux, Gabriel hurla:

— Pourquoi est-ce que je t'écoute?

Louis sentit l'affection que trahissait cette question et il essaya de sourire à son compagnon. Celui-ci hocha la tête et répondit lui-même:

— Parce que tu es fou... et moi aussi!

Chez les Schultz, Smith s'éveilla juste à temps pour voir le docteur et Scott plier rapidement bagages dans la pièce d'en avant. Tous étaient debout et parlaient vivement. Personne ne comprenait comment Scott avait pénétré dans la maison. Il fallut à Smith, titubant de sommeil, plusieurs minutes pour saisir ce qui se passait.

Quelqu'un de garde à la fenêtre s'écria:

— Un cavalier métis quitte le fort!

— C'est tout? demanda madame Schultz.

Et elle s'effondra sur une chaise, abattue. Puis elle accusa Scott du regard.

— Il est encore vivant! Sinon, ils seraient déjà rassemblés.

Smith les observa. Il prit un malin plaisir à leur dire:

— Ce sont des chasseurs. Ils savent où se terre le gibier... Pourquoi perdre des munitions dans l'obscurité? Dans quelques heures, il fera jour et ils pourront nous faire sauter tous à la fois.

Ses yeux circulèrent sur toutes les personnes présentes et s'arrêtèrent sur Scott.

— Maudit imbécile, laissa-t-il échapper.

Scott soutint son regard.

— Je vais vous dire une chose, monsieur. Je ne vous fais pas plus confiance qu'aux Métis. Que dites-vous de ça?

L'ami du Premier ministre ne daigna même pas lui répondre. Il aurait été capable de tuer ce stupide enfant de chienne de ses propres mains. Si le Canada devait perdre la moitié d'un continent, la faute en reviendrait probablement à cet idiot coléreux. Il se demanda comment les historiens relateraient cette suite d'événements!

Lorsque le soleil se leva, deux cents Métis à cheval occupaient la place et un gros canon était pointé sur la porte de la maison des Schultz. Gabriel Dumont tirait joyeusement en direction du toit lorsque Riel le rejoignit.

— Ça va, Louis?

Riel eut un signe affirmatif et regarda autour de lui.

— Je ne connaissais pas tes intentions, reprit Dumont, en riant. J'ai donné un peu de travail aux hommes. Tu vas commencer par parler, c'est ça?

Riel acquiesça. Dumont arborait un large sourire.

— Peut-être même qu'ils ne t'entendront pas! Quelle chance, alors!

Gabriel ordonna à ses hommes de rester tranquilles. Isidore tenait la charge. C'était son rêve de tirer du canon *anglais**.

Le jeune Métis s'avança encore, puis descendit de monture; Dumont pointait toujours son fusil vers la maison.

— Eh! vous tous, là-dedans! Craignez-vous le jugement de Dieu? Vos pensés et vos actions sont-elles si répréhensibles, même aux yeux de vos propres législateurs?

La voix de Louis portait loin, forte et claire.

— Y en a-t-il un parmi vous qui osera nous affronter d'égal à égal?

Louis tremblait. Il avait prié longtemps, dès avant l'aube. Pourquoi ne voulaient-ils pas reconnaître les Métis comme leurs égaux? Ne leur avait-il pas prouvé...

Dumont s'approcha à son tour et, dans un mugissement qui aurait dominé le tonnerre d'un millier de bisons en fuite, il hurla:

— On vous donne une minute pour sortir de là, sinon on vous fait tous sauter! C'est Gabriel Dumont qui parle!

Les secondes s'écoulèrent.

— Trente secondes!

La voix de Dumont venait de retentir sur la place. Il ne restait plus que dix secondes lorsqu'une des femmes sortit, portant un bébé. Lentement, derrière elle, les autres suivirent.

— Je ne veux pas qu'on blesse qui que ce soit! ordonna Riel.

Donald Smith quitta la maison derrière MacAndrews. Il fut surpris de constater que le docteur, sa femme et Scott n'étaient pas du groupe. Riel les regarda et fit quelques pas vers la maison.

Subitement, madame Schultz sortit de son foyer à grands pas et courut vers Riel. Cela se produisit si brusquement que Smith en fut renversé. Elle dirigeait le canon d'un fusil sur la tête de Riel.

— Que personne ne bouge, sinon je l'abats!

Tous restèrent figés sur place, comme pétrifiés par ce renversement de situation. Puis Smith comprit ce qui était arrivé: Scott et Schultz avaient fui par derrière, par la porte de la dépense. Pas un seul ne se lança à leur poursuite, car Elizabeth tenait toujours Louis en joue. Elle ne paraissait guère sûre d'elle-même et Smith souhaita qu'elle perde connaissance.

Une éternité sembla s'écouler avant que Scott et le docteur franchissent la porte, couchés sur leur monture, et disparaissent. Madame Schultz suivit des yeux son mari et son amant. Napoléon Nault se trouvait près d'elle. D'un geste brusque et rapide, il se jeta sur elle et lui fit lâcher son arme. Lorsqu'elle se releva, déjà vingt cavaliers partaient en trombe à la poursuite des coupables.

Malgré tout, Riel semblait assez calme.

— Ils sont en état d'arrestation!

Smith voulut s'éloigner, mais aussitôt Riel déclara, au grand étonnement de l'envoyé spécial du Premier ministre:

— Monsieur Smith, s'il vous plaît! Vous aussi.

La prison de Fort Garry, déjà inconfortable, dans de telles conditions devenait intolérable. Les femmes avaient été enfermées dans une cellule; seuls la jeune mère et son enfant avaient été envoyés chez eux. Les hommes occupaient l'autre cellule, d'une saleté repoussante. Pendant deux jours, on ne leur donna que du pain noir rassis, de l'eau et de la viande de bison séchée. Scott et Schultz n'étaient pas là pour raconter leur version des faits et madame Schultz, pour une fois, se tenait tranquille: voilà ce qui consolait Smith.

Puis Riel demanda qu'on lui amène l'envoyé du Premier ministre. Smith regarda Riel et se décida à parler sur-le-champ:

— Vous ne pouvez pas garder toutes ces gens-là comme ça...

Louis se dirigea vers la porte et jeta un regard sur le corridor qui menait aux cellules.

— Ils ont choisi d'agir comme des criminels; nous respectons ce choix et les traitons comme tels.

Smith ne pouvait le contredire.

— Et ensuite, qu'allez-vous faire?

Riel se saisit du canif qui traînait sur son bureau et en martela la paume de sa main.

— Ils ont décidé que nous étions des sauvages, alors peut-être allons-nous les scalper. Ou encore mieux, on les peindra aux couleurs de la guerre et on les brûlera au poteau.

Le fonctionnaire savait que Riel plaisantait. Pourtant le fond de ses intentions se lisait dans ces mots qui certes outrepassaient sa pensée.

— Soyez raisonnable, dit-il.

Le jeune Riel se tourna vers lui.

— Pour l'amour du ciel, j'ai été plus que raisonnable, monsieur Smith. Vous nous prenez pour des enfants qui auraient besoin de votre bienveillance afin de constituer un gouvernement. Si vous persistez dans cette voie... c'est que la stupidité vous connaît, vous et vos amis!

Riel s'apprêtait à partir, mais Smith le retint.

— Relâchez ces gens et laissez-moi rapporter les faits au Premier ministre.

Louis se sentait las.

— Le Père Ritchot a essayé. Votre Premier ministre ne l'a même pas reçu.

— Je peux tenter quelque chose, je vous en donne ma parole.

Il n'avait pas vu Dumont qui entrait et le son de sa voix le fit sursauter.

— La parole d'un politicien? *Merde**!

Dumont avait de bonnes raisons de se montrer soupçonneux.

— Non, monsieur Dumont. Ma parole d'honnête homme.

Louis lui dit d'un ton las:

— Vous partirez demain.

— Et les prisonniers? insista Smith.

— Je libérerai madame Schultz et les autres dès que vous serez parti, mais je ne leur permettrai pas de se réunir. Il leur faudra rester chez eux et se conformer à la loi.

— D'accord!

Dès l'aube, il s'en alla comme prévu. À cinq milles de la frontière environ, un homme sale et crasseux se jeta devant sa voiture. De toute évidence, le docteur Schultz n'avait pas l'habitude de se débrouiller dans les bois. Les Métis ne l'avaient probablement pas suivi très loin. Ils savaient qu'il se perdrait.

— Où est Scott? demanda Smith.

— Je ne sais pas. Nous nous sommes séparés.

— Bon! Eh bien, glissez-vous sous la couverture, reprit Smith d'un ton sec. Et restez-y!

Il en avait jusque-là de ce "bon" docteur Schultz!

Maintenant que Schultz avait disparu sous la couverture, immense tortue à carapace quadrillée, Smith ne parvenait pas à décider s'il devait se montrer ou non satisfait. La situation ressemblait à celle qui précède une avalanche: une petite motte entraînerait des masses de neige et de rochers au bas d'une montagne imaginaire d'incompréhension. Le Premier ministre, en homme pratique, s'en accommoderait. La situation requérait au moins du pragmatisme. Il n'arriverait pas à imaginer ce qui pourrait s'envenimer encore et cela vaudrait mieux à ses yeux.

Dumont mit fin aux recherches pour retracer Scott. Schultz, il n'en doutait pas, se dirigerait vers Ottawa.

— Ces colons *anglais,** disait-il à Goulet, c'est des bons à rien.

Si Schultz ne va pas vers la frontière américaine, pensa-t-il, c'est un imbécile! Cet homme ne sait rien de la survie dans les bois, sans compter que l'on est en hiver.

Pour Scott, c'était autre chose. Cet homme, un serpent rapide et venimeux, saurait s'en tirer. Alors Dumont et Goulet attendirent en silence, sans se montrer. Si Scott revenait, Gabriel savait exactement où le pincer.

Vers minuit, lors de leur troisième nuit de veille, une silhouette se glissa furtivement derrière la demeure des Schultz, s'immobilisa un moment, puis pénétra dans la maison par la porte de la cave.

— Maintenant? murmura Goulet.

127

— Non, dit Dumont dans un sourire malin. Laisse-le d'abord se déshabiller et s'installer.

Les deux hommes échangèrent un sourire.

— Tu es vraiment un salaud, Gabriel!

— Rien qu'un peu de justice pour nos amis *anglais,** rien qu'un peu de justice!

On fit de la lumière en haut, dans la chambre d'Elizabeth Schultz et, après quelques instants, on éteignit.

— Maintenant! dit Dumont.

Ils entrèrent dans la maison de la même manière que Scott et gravirent les escaliers en silence. On aurait même pu les entendre respirer lorsqu'ils s'arrêtèrent devant la porte de la chambre.

Madame Schultz gémissait à l'intérieur et le lit grinçait. Dumont attendit le bon moment, puis brusquement il ouvrit la porte. En un instant, il avait séparé l'homme de la femme et projetait celui-ci sur le sol. Elizabeth hurla et se cacha sous les couvertures. Goulet alluma la lampe de table et grimaça.

— Sauvages! criait-elle.

Cette fois, Scott était terrorisé. De l'une de ses énormes mains, Dumont serrait le cou du fuyard; de l'autre, il maintenait un pistolet sur sa tempe.

— Les chiens des prairies reviennent toujours, lança Gabriel.

Ils abandonnèrent madame Schultz qui n'avait pas cessé de crier et traînèrent Scott dans l'escalier, hors de la maison, puis dans la rue jusqu'au comptoir de la Baie d'Hudson. Ils le jetèrent à l'intérieur, sur le plancher. Lorsqu'il leva les yeux, six Métis l'entouraient. Tous étaient armés.

— Tu ferais mieux d'enfiler ça, dit Goulet en lui lançant son pantalon, tandis que Riel arrivait.

(En haut) Gabriel Dumont (à droite), le général métis, lors d'un spectacle de Buffalo Bill Cody.

(En bas) Dumont raconte la fin du rêve déchu d'une nation métisse et de son chef, Louis Riel.

Louis Riel (à gauche) et Gabriel Dumont: le "cerveau" et le "coeur" du peuple métis.

(En haut) Thomas Scott (à droite), lors de la rencontre entre les arpenteurs et un groupe de Métis en colère. Scott et ses hommes, après avoir menacé les Métis, sont obligés de se retirer.

(En bas) Les Métis non armés défendent leurs positions.

(En haut) **Riel et ses partisans célèbrent la prise de Fort Garry, comptoir de la Compagnie de la Baie d'Hudson.**
(En bas) **Dumont et Riel établissent le Comité national des Métis de Red River.**

William McDougall, gouverneur désigné par Sir John A. Macdonald, se voit interdire l'entrée de Fort Garry.

(En haut) Monseigneur Bourget de Montréal (à gauche) et Sir John
A. Macdonald (à droite) se rencontrent à Montréal pour parler de
Riel et des évènements de Fort Garry.
(En bas) Au fort, les relations entre Anglais et Métis s'enveniment.
Ici, madame Schultz menace Riel.

L'exécution de Thomas Scott, condamné pour avoir tenté d'assassiner Riel.

Départ des troupes canadiennes et de la garde nationale pour le Nord-Ouest.

Le major Crozier, à la tête des troupes canadiennes doit battre en retraite à Duck Lake devant Dumont et les Métis.

Louis Riel, prophète et martyr, prie pour la cause de son peuple.

La bataille de Batoche.

La croix des plaines: Riel exhorte ses hommes à vaincre.

La défaite des Métis à Batoche marque la fin d'un rêve.

Le procès de Louis Riel, en juillet 1885.

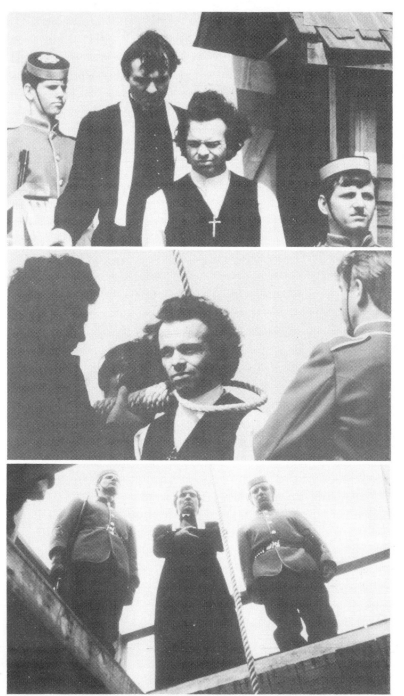

Louis Riel est pendu pour trahison, à Régina, le 16 novembre 1885.

— Salaud! marmonna Scott.

Dumont éclata de rire. Scott était redevenu lui-même immédiatement après avoir mis son pantalon. Peut-être que les *Anglais** se montraient plus gentils lorsqu'ils étaient tout nus! Riel observait la scène avec indifférence.

— Ces hommes vont vous tuer si je les laisse faire, dit-il.

Scott frissonna, mais il se contrôla peu à peu.

— Qu'on le juge plutôt, reprit Louis.

— Louis, intervint Dumont en regardant Riel droit dans les yeux, la loi des Métis, la loi des chasseurs, c'est celle qu'il faut appliquer. Celle de notre peuple. Toute autre façon...

Louis refusa.

— Scott s'y attend, tous l'espèrent... Nous devons avoir recours à la justice canadienne, à un procès devant jury; nous devons leur prouver que nous comprenons leur système.

Dumont était déçu. Louis ne leur permettrait pas d'asseoir Scott tout nu sur un cheval et de l'envoyer ainsi dans la prairie. Mais il ne rouspéta pas. Ils emmenèrent Scott jusqu'à la prison de Fort Garry et désignèrent quatre Métis pour y monter la garde.

Le Conseil nomma un jury de douze membres et, le lendemain, le procès débuta. Il se tint dans la petite salle du tribunal attenante à la prison. Dumont témoigna, affirmant que l'Anglais avait tenté d'assassiner Louis. On parla aussi de l'attaque contre le jeune Napoléon Nault.

Maxime Lépine avait été désigné juge. Il écouta tous les témoins à charge. Les Canadiens refusèrent d'assister au procès. Ils ne voulaient témoigner ni en faveur, ni contre Scott. Le jury, présidé par Moïse Ouellette, n'eut pas à délibérer longuement; la culpabilité de Scott sautait aux yeux.

Ouellette se leva et déclara:

— Si nous comprenons bien, cet homme, Tom Scott, est coupable d'avoir défié notre gouvernement. On appelle ça de la trahison.

Un lourd silence s'imposa. Tous les regards étaient braqués sur Tom Scott, même pendant que Ouellette poursuivait son discours:

— Et d'après ce que je connais des lois, les gens qui se rendent coupables de trahison... on les exécute.

Scott pâlit lorsqu'il entendit la sentence.

— Vous avez perdu la tête, vous m'entendez! Espèces de sauvages stupides! Je suis sujet britannique!

— On n'est pas en Grande-Bretagne! rétorqua Goulet.

Cet imbécile d'*Anglais** ne savait même pas où il était!

Scott, condamné à mort, fut ramené à la prison de Fort Garry. Riel regagna son bureau, au comptoir de la Compagnie.

— Travaille, se dit-il. Il y a tant à accomplir.

Il établissait les plans détaillés pour le territoire, les points à négocier, ceux que lui, Smith et le Conseil auraient à débattre. Deux ou trois heures s'écoulèrent. Dehors, il faisait nuit et Louis se sentit soudain très fatigué. La porte s'ouvrit. Madame Schultz se présenta à lui!

— Une fois de plus, vous tombez mal, madame Schultz, lui dit-il froidement.

— Et vous, monsieur Riel! En outre, vous êtes présomptueux et impoli. Me laisserez-vous au moins entrer?

Louis l'invita dans la pièce. Elle s'arrêta et soudain, de la façon la plus agréable qui soit, elle lui dit:

— Je n'avais pas imaginé commencer cette conversation comme ça!

Riel l'observait en silence et la laissa poursuivre. Il devinait pourquoi elle était venue.

— Vous êtes toujours convaincu que nous ne vous comprenons pas, monsieur. Je crois plutôt que vous ne nous comprenez pas.

Maintenant, elle veut faire preuve de compréhension, songea Louis. Ses yeux se plissèrent; il ne put s'empêcher de répondre:

— Je comprends ce qui existe entre vous et Scott.

Madame Schultz se redressa, indignée.

— Monsieur Riel! Je ne suis pas venue ici pour plaider la cause d'un amant. D'ailleurs il s'agit d'un bien grand mot! Un divertissement tout au plus... Tom Scott, un amant?

Elle secoua la tête.

Le jeune Riel aurait pu éprouver un semblant de respect pour cette femme si elle avait aimé Scott, si elle avait tenté de le défendre.

— Je ne tiens pas à entendre votre confession, acheva-t-il. Je ne suis pas prêtre.

Elle se pencha et le regarda droit dans les yeux.

— Pour nous, Monsieur Riel, pour les Anglais! Je suis venue ici en tant que sujet britannique et je vous l'affirme, si vous pensez que cet acte de violence nous effrayera au point de nous forcer à céder à vos exigences, vous, monsieur Riel, vous ne comprenez rien de rien aux Anglais.

— Nous l'avons jugé en vertu de la loi anglaise, rétorqua Riel d'une voix lasse.

— Pour partager nos lois, vous devriez d'abord les connaître, insista-t-elle au point de l'ennuyer.

— Je connais ces lois, madame Schultz. J'ai étudié le droit à Québec.

Mais la faire taire n'était pas une tâche facile. Elle ignora sa réponse et continua:

— Vous ne comprenez rien à la justice anglaise. En le jugeant coupable, vous défendez votre point de vue. En l'exécutant, c'est le nôtre que vous confirmez.

Louis se leva. Comme elle ne partait pas, il crut bon de sortir.

— Je dois m'en aller, madame Schultz!

— Moi aussi! À Ottawa, monsieur Riel. Je dois voir mon époux.

Riel la regarda. Il était grand temps qu'elle s'inquiète de son mari! Elle dut déchiffrer cette pensée sur son visage, car elle ajouta aussitôt:

— Le mariage n'est pas une chose naturelle, monsieur Riel.

Ah! se dit Louis; un peu de philosophie de sa part! Naturellement elle n'avait pas terminé.

— L'être humain est la seule espèce créée par Dieu qui s'embarrasse d'une telle obligation. Sans compassion, sans le respect des besoins de l'autre, cette forme d'alliance se transforme vite en prison. Si votre peuple et le mien sont voués à ce genre de mariage, que Dieu ait pitié de nous!

Elle quitta la pièce et Louis s'assit, soulagé. Il se demanda comment cette femme pouvait si facilement invoquer le nom de Dieu, en appeler pour justifier ses désirs et ses espoirs mesquins. Le Dieu de madame Schultz n'avait rien du Dieu des Métis!

Cette nuit-là, Louis se rendit à l'église. Il y médita pendant plusieurs heures, remercia Dieu et lui demanda de le guider. Aider les opprimés, nourrir ceux qui avaient faim, loger les sans-abri, guérir les malades: à cela Dieu pourvoyait. Dieu l'aiderait à atteindre ses buts. Son coeur s'ouvrait à tous: les Métis, les Indiens, même les Anglais. On disposait de tout le temps nécessaire. Les terres et la bonne volonté ne manquaient pas. Dieu montrerait la voie...

Le soleil se leva sur les plaines recouvertes de gelée, sur les collines blanchies qui s'étendaient dans le lointain. Dans la lumière matinale, la cour du fort était déserte. Un canon solitaire était dirigé vers l'est. Deux drapeaux flottaient au mât. Les chevaux, attachés à une barrière, se blottissaient les uns contre les autres et secouaient leurs lourdes têtes comme s'ils s'étaient parlés entre eux. Deux Métis gardaient les portes; les autres se regroupaient et nettoyaient leurs armes. Tom Scott, pâle et tremblant, fut poussé hors de la prison, puis du fort, et lié à un poteau. Quelques Canadiens s'étaient rassemblés. Charles Mair tirait Dumont par la manche:

— Arrêtez-les, Dumont... pour l'amour de Dieu!

— La loi des Métis est claire. Pour ce crime, on abandonnerait le coupable, seul, dans la plaine. Sans cheval, sans arme. Si Dieu voulait qu'il survive, il survivrait. Mais si vous ne reconnaissez pas les Métis, comment pouvez-vous comprendre leurs lois? Ça, termina-t-il, c'est votre loi.

— Prêt! lança Goulet.

Tous se raidirent.

— En joue!

Les respirations cessèrent.

— Feu!

Les coups de fusil partirent et les détonations se répercutèrent contre les murs du fort et se perdirent dans la prairie. Scott s'écroula. Riel s'avança aux côtés de l'homme agonisant.

— Je vous pardonne vos péchés, Tom Scott. Nous nous retrouverons au ciel où notre Père nous réunira. Je recommande votre âme à Dieu.

Louis fit un signe de croix et ferma les yeux, le visage grimaçant de douleur. Goulet s'approcha et, plaçant son arme sur la tempe de Scott, lui porta le coup de grâce. Scott se renversa sur le côté.

Ce coup, on devait en entendre les répercussions sur des milliers de milles, pendant des années.

Chapitre 11
Les plans les mieux établis...

Les diverses éventualités, surtout les
plus souhaitables, sont le fruit d'ar-
bres imaginaires.

Saul Bellow

— Où est le Père Ritchot? demanda Donald Smith.

Sir John A. Macdonald se rasait dans la petite pièce
jouxtant son bureau. Il attrapa une serviette et étudia son
ami avec intérêt.

— À Montréal, avec Monseigneur Bourget.

— Vous ne l'avez donc pas reçu?

— Je l'ai vu à Montréal.

— Pourquoi?

Sir John ajusta son col et sa veste sombre.

— Pour savoir ce que voulait Riel, évidemment!

— Avez-vous accédé à ses demandes?

Smith ne savait rien de ce qui s'était passé durant
son absence. Les membres du Parlement étaient maintenant en vacances et Sir John paraissait plus détendu.

— Non, répondit le Premier ministre. Je lui ai simplement signalé qu'Ottawa s'y montrerait plus favorable si jamais vous reveniez.

— Heureusement que vous ne les avez pas rejetées!

Le visage du Premier ministre resta impassible.

— Eh bien! Racontez-moi ce qui s'est produit, Donald. Dites-moi ce que trame exactement ce Riel.

— Rien que vous ne lui offririez pas. Accordez-lui le moyen de s'intégrer à la Confédération, un moyen réaliste et vous obtiendrez et votre voie ferrée et l'Ouest! Riel ne désire pas se séparer du Canada, Sir John.

— Bon à savoir! commenta l'homme d'État. Bon à savoir!

Sir John entra dans son bureau et tira une lettre de son tiroir.

— Une dépêche que j'ai reçue ce matin.

Son interlocuteur la déplia et la lut. Les mots dansaient devant ses yeux. Il n'était pas vraiment étonné. Il n'était pas même désolé. Il aurait seulement souhaité que cela ne se produise pas.

— Ils ont fusillé Scott.

Prononcé à haute voix, cela semblait encore plus terrible. Smith s'assit dans le fauteuil en cuir qui faisait face au bureau du Premier ministre. Il se laissa aller et la fatigue accumulée pendant ces quelques semaines l'envahit. Il était las, épuisé.

Singulièrement le Premier ministre gardait son calme. Cet homme pensait sincèrement, en raison de son expérience passée, que lorsqu'une situation devait mal tourner, elle tournait mal — et cela avait eu lieu.

Après quelques instants de réflexion, Smith déclara d'une voix égale:

136

— Nous ne pouvons pas chasser Dumont et Riel de Fort Garry. Peu importe ce qui est arrivé à Scott et pourquoi, la réalité n'en demeure pas moins la réalité: leur gouvernement est parfaitement légal.

Le Premier ministre se frotta le menton.

— Pas plus que nous ne pouvons nous soumettre, Donald!

Donald Smith remarqua la lueur qui traversa le regard du Premier ministre. Il se demanda s'il avait élaboré un plan. Et si c'était le cas, souhaitait-il vraiment en être informé?

— Nous sommes en décembre, Donald. On ne peut agir efficacement avant le printemps. Cependant vous avez raison; certaines mesures s'imposent sans délai.

Smith fut soulagé. Mais Sir John avait une idée derrière la tête, car il se rendait compte de ce que signifiait la mort de Scott pour le reste du pays.

— Faites venir le Père Ritchot, Donald. Soustrayez-le à notre ami, Monseigneur Bourget.

Il fallut deux jours au Père Ritchot pour revenir de Montréal et, durant cette courte période, la nouvelle de la mort de Scott se répandit en Ontario. Son nom fut glorifié par tous les orangistes. Évidemment, le procès et le jugement ne signifiaient rien. Il avait été "assassiné" par les papistes métis.

Le Père Ritchot devait rencontrer le Premier ministre à deux heures. Donald Smith serait également présent. Le prêtre fit arrêter la voiture immédiatement après la traversée du canal Rideau. Il sera plus facile et peut-être plus sûr de marcher, pensa-t-il, même dans la neige. Il s'enveloppa dans son manteau et releva son col, puis entortilla son écharpe autour de son cou. Ses vêtements cachaient sa barbe légendaire et le rendaient méconnaissable. Il faisait bon marcher incognito, en ce jour.

La foule s'entassait autour de l'aile est, mais elle était tenue en respect par des gardes armés dont les capes noires battaient au vent glacial. Leurs bonnets de fourrure allongeaient démesurément leurs silhouettes. Si les protestataires n'avaient pas fait preuve de tant de haine, si les pancartes qu'ils brandissaient n'avaient pas été aussi vindicatives, on aurait pu croire qu'il y avait carnaval. Un orchestre jouait des airs patriotiques; un vieil homme vendait des marrons chauds qu'il faisait griller dans une ancienne charrette et presque tous agitaient des bannières orange et l'Union Jack.

— Assassin! Riel assassin! À bas Macdonald! Vengez Tom Scott! rythmait la foule.

Smith reconnut le docteur Schultz et Evans avant qu'ils ne le voient. Il inclina la tête et emprunta un chemin détourné qui contournait l'aile est et menait à la porte arrière de l'édifice.

Petit, le Père Ritchot s'assit sur le bord du gros fauteuil en cuir afin de ne pas y disparaître littéralement. Ce berger impatient de rejoindre ses ouailles se sentait mal à l'aise à Ottawa et à Montréal surtout, trop grande ville qui le troublait. L'Église était-elle divisée? Il l'ignorait et ne s'en inquiétait guère. Que représentaient ces luttes religieuses pour lui? Il n'était qu'un simple prêtre de campagne. D'ailleurs, tout à coup, il se demanda ce qu'il faisait dans le bureau du Premier ministre.

Sir John A. Macdonald lui tendit une enveloppe brune portant le sceau officiel de sa charge.

— Vous annoncerez à monsieur Riel que, selon ses désirs, cette nouvelle province s'appellera le Manitoba et que nous y enverrons un nouveau gouverneur au printemps. Les élections provinciales se dérouleront à ce moment-là.

Le Premier ministre serra la main du Père Ritchot et continua:

— J'espère que cette mesure sera bien accueillie par les gens de Red River.

Le Père Ritchot se râcla la gorge et jeta un coup d'oeil à Donald Smith qui se tenait à droite du Premier ministre. Il cherchait à être rassuré.

— Monsieur le Premier ministre, il y a aussi...

D'un geste, il indiqua la foule en colère.

— Il y a aussi la question de l'amnistie.

Cette question sembla contrarier Macdonald.

— Nous ne poursuivrons aucun des membres du gouvernement provisoire. Nous ne pouvons pas décemment intenter des poursuites contre les membres d'un gouvernement que nous avons considéré pendant trois mois comme un gouvernement légitime.

Le temps, se dit Macdonald en lui-même, le temps pourvoira à tout ça...

Le visage du Père Ritchot s'épanouit. Peut-être n'était-il pas si mauvais diplomate que ça, après tout!

— Merci! ajouta-t-il en terminant.

— Vous feriez bien de parler à mon secrétaire, mon Père.

Le Premier ministre ne s'était pas départi de son air sérieux, bien que les arrangements aient été conclus.

— Il prendra les dispositions nécessaires, continua-t-il, pour que les gardes vous mènent hors d'ici et vous permettent de quitter Ottawa et l'Ontario sans encombre.

— Je vous suis très reconnaissant, répondit le Père Ritchot.

— Il ne serait pas convenable que la figure d'un prêtre soit éclaboussée par un oeuf, ajouta sarcastiquement Macdonald.

Le Père Ritchot sortit discrètement, en jugeant très étrange le Premier ministre. Oui, très étrange...

Sir John s'approcha de la fenêtre.

— Ce n'est qu'un petit groupe, lança Smith, chassant la foule de ses pensées.

Le Premier ministre soupira.

— Les petits groupes peuvent prendre des dimensions importantes en criant bien haut!

Il se pencha et scruta le rassemblement.

— C'est Schultz, là, en bas?

— Oui, c'est lui qui a organisé tout ça, admit Donald Smith.

— Ces gens-là représentent peut-être un millier de votes... ou dix mille, qui sait?

— Vous venez de prendre un engagement, ne l'oubliez pas!

Smith ne put retenir ces mots. Il aurait voulu connaître les pensées du Premier ministre. Pour atténuer ses paroles, il ajouta:

— ...en ce qui concerne la voie ferrée. Vous avez pris un engagement pour la réalisation de la voie ferrée.

Sir John A. Macdonald se tourna, le pouce dans son gousset.

— Donald, vous avez de la chance d'être un homme d'affaires. Votre vie n'est soumise qu'à une seule valeur: l'argent. La vie de Monseigneur Bourget l'est à deux: l'Église et le français. Pour mon malheur, je suis politicien. Un homme d'affaires est insensible à l'amour; un évêque en hérite en même temps que de la mitre et de la crosse; un politicien essaie de gagner celui de ses électeurs en faisant ce qu'il pense le meilleur et en espérant que les diverses factions qu'il gouverne le comprendront. Il y a trop de... symboles! Maintenant Thomas Scott et Louis Riel sont devenus des symboles: les protestants anglophones et les catholiques francophones; l'Est et l'Ouest; les Blancs et les Métis. La vie est brève, Donald, mais les symboles demeurent.

*   *   *

L'hiver passa. Aucun incident notable ne survint dans cette province maintenant appelée le Manitoba. Les diverses parties s'étaient calmées. L'hiver avait été dur et la politique, l'animosité, les désaccords avec le gouvernement laissaient place à la lutte pour la survie. Louis travailla à ses projets et consacra beaucoup de temps à la contemplation et à la prière. Dieu avait guidé ses pas. Son peuple allait hériter de terres.

*   *   *

Sir John A. Macdonald traversa à pied la distance qui séparait la Chambre du bloc est. Les vents humides balayaient l'étendue neigeuse et les flocons blancs dansaient dans l'air. Donald Smith marchait à ses côtés, les mains enfoncées dans les poches de son mateau. En regardant autour de lui, il n'arrivait pas à croire que, d'ici quelques semaines, la neige aurait disparu et que l'herbe verte recouvrirait à nouveau les pelouses du Parlement. Ni l'un ni l'autre ne prononça un mot avant de pénétrer dans les appartements du Premier ministre.

— Un verre, Donald?

— Petit. Pour me réchauffer.

— Eh bien, c'est fait! dit Sir John en lui tendant un

verre. Le Manitoba est officiellement devenu une province.

— Et quand doit partir le gouverneur Archibald? s'informa Smith.

— Aux alentours du premier ou peut-être vers la mi-avril.

— Avril! répéta Smith, abasourdi. Pourquoi si tard? Pourquoi pas la semaine prochaine?

— Parce que le général Wolseley, reprit Macdonald en souriant, ne peut envoyer ses troupes là-bas avant...

— Des troupes! laissa échapper Smith, ahuri par ce qu'il venait d'entendre. Vous n'avez pas besoin de troupes!

— J'en ai besoin, Donald.

Le Premier ministre se détourna un instant et laissa errer son regard par la fenêtre.

— Les Américains ne vous laisseront pas passer. Je suis certain qu'ils vous empêcheront d'arriver.

— C'est vrai, Donald. Ils ne nous laisseront pas passer. Ce Seward s'est à peine montré poli. Maudits impérialistes américains!

Les idées dansaient dans la tête de Smith.

— Vous ne pouvez forcer des troupes à traverser toutes ces terres!

— C'est pourtant ce que j'ai l'intention de faire. Si tout va tel que prévu, elles se mettront en route dès demain.

— On n'a jamais réussi. Je ne crois pas que ça soit possible.

Smith avait déjà fait ce voyage-là plusieurs fois et, même l'été, c'était un véritable cauchemar. Il fallait être un homme des bois de première classe. Envoyer une armée dans de telles conditions: pure folie!

— Il le faut.

Le Premier ministre le regardait maintenant d'un oeil indigné.

— Les Américains, continua-t-il, ne cesseront de convoiter l'Ouest que le jour où nous l'aurons obtenu. Nous devons leur prouver que nous pouvons y accéder, que nous pouvons l'occuper et le gouverner!

— Sans la voie ferrée...

Donald Smith ne termina pas sa phrase. Il sentait que Sir John avait raison en ce qui concernait les Américains. Si le Canada ne pouvait accéder à ce territoire, ils y verraient une preuve de faiblesse. Les Irlandais complotaient toujours avec les Américains et certains Métis lorgnaient du côté de leurs voisins du Sud. Il soupira en constatant que Sir John voyait juste. Pourtant il s'inquiétait au sujet des Métis.

— Vous tiendrez les promesses faites à Riel?

— Oui. Nous n'avons pas l'intention d'entamer des poursuites.

— Sir John, insista Smith, le bataillon du général Wolseley, ses troupes, elles se composent en majorité d'Ontariens, la plupart des orangistes. Ils voudront la peau de Riel et ils ne comprendront pas les Métis.

— Le général Wolseley, reprit Macdonald d'un air ennuyé, est un excellent officier. Je suis persuadé qu'il peut contrôler mille deux cents hommes.

À condition, pensa Smith, qu'il ait vent de leurs projets et qu'il s'y oppose.

L'expédition militaire fut mal engagée, tout comme l'avait craint Donald Smith. Les troupes célébrèrent le départ dans une liesse difficile à imaginer. Les gares étaient bondées de bannières orange, d'orchestres ambulants, de mères embrassant leurs fils et de filles disant

143

adieu à leur amoureux. Ces troupes croyaient partir dans le but de mâter une rébellion violente fomentée par les Indiens et les Français et rien ne pouvait empêcher cette rumeur de se répandre.

Plus le voyage devenait pénible, plus la haine des soldats grandissait pour Riel et ses "rebelles". Et l'expédition se transformait en un véritable cauchemar. Quatre-vingt-seize jours de froid, de boue, d'engelures et d'angoisses, d'insectes et de chaleur suffocante. D'abord les moustiques: ils étaient partout et avaient soif de sang. Fin avril, les journées étaient assez chaudes pour que les mouches sortent de leur cache; des mouches qui piquaient et tourmentaient les hommes sans arrêt. La neige qui fondait gonflait les rivières et les cours d'eau en torrents tumultueux; le sol était glacé, humide et détrempé. Les soldats étaient trempés toute la journée et gelaient ensuite pendant les nuits encore fraîches. Ils bandaient leurs pieds enflés, mais les bandages se salissaient dans la boue. Rares étaient ceux qui avaient apporté suffisamment de vêtements, de couvertures et de nourriture pour une telle expédition. Ils progressaient péniblement et la dysenterie décimait les rangs; la fièvre s'attaquait aux survivants et certains souffraient même d'empoisonnement. Dans leurs vêtements détrempés, gelant la nuit, ils rêvaient de vengeance.

— On va ficeler ce chien de Métis dès qu'on l'aura sorti de son trou, disaient certains.

D'autres lançaient:

— À mort les papistes! Sales Métis!

Les conversations que l'on surprenait dans le camp n'annonçaient rien de bon pour les Métis. Smith espérait que Sir John ait vu juste et que Wolseley parvienne à contrôler ses hommes. Une décision au moins lui plaisait: la nomination, comme nouveau gouverneur, de Adams G.

Archibald, homme juste et généreux qui tenait ses promesses.

* * *

Sapin Argenté chevauchait en silence dans la nuit. Depuis des semaines, il observait les feux et les soldats. Il s'approcha des feux en rampant et écouta ce qui se disait, mémorisant chacun des mots qui s'envolaient dans l'air nocturne.

Sapin Argenté s'interrogeait. Quel genre de femmes avaient les hommes blancs? Lorsque ses braves à lui voyageaient, les femmes préparaient tout ce qu'il fallait. Ces hommes-là n'avaient rien. Leurs squaws n'avaient sûrement rien à la place du coeur!

Un après-midi, il surveilla les soldats qui traversaient à gué une rivière rocailleuse. Comme on était au printemps et les eaux étaient hautes et rapides. La neige et la glace qui fondaient refroidissaient la rivière. Il observa qu'ils se traînaient dans la boue le long des deux rives, s'enfonçant autant qu'il était possible de le faire. La boue froide collait à eux. Il s'aperçut que certains des guerriers marchaient avec peine. Leurs bottes d'hommes blancs ne convenaient pas à ces régions. Il les regarda manger aussi, et il sut que la nourriture était insuffisante. Les hommes blancs craignaient la mort. Sapin Argenté avait pu le constater. Pas étonnant, pensa-t-il, qu'ils ne sachent pas vivre. S'ils étaient allés en reconnaissance, ils auraient trouvé un meilleur lieu pour traverser en amont. Cela leur aurait évité la boue et ils auraient gagné du temps.

Sapin Argenté suivit les soldats pendant une autre semaine, puis il reprit sa route vers l'ouest, le long d'une piste qu'il connaissait. Aucun soldat n'aurait pu l'y suivre. Lorsqu'il atteignit le village de ses frères, il communiqua les renseignements qu'il avait obtenus et un autre cavalier se mit à son tour en route vers l'ouest. Les renseignements étaient transmis de bouche à oreille, d'un cavalier à un autre, jusqu'à ce qu'un Ojibway, du nom de Grand Ours, rejoigne Gabriel Dumont à Fort Garry et lui parle longuement.

* * *

Riel priait. Ses yeux scrutaient les peintures qui ornaient les murs de l'église. Il s'attardait à Moïse énonçant les Commandements à son peuple. Le guide choisi par Dieu... à travers le désert; il a mené son peuple à travers le désert. Et David, David roi, qui a tenu tête au géant Goliath. Son regard s'immobilisa sur le Christ. Des larmes coulaient de ses yeux et il tremblait.

— Prends ma main, mon Dieu. Guide-moi. Aide-moi à diriger mon peuple... mon destin, mon dest...

— Louis! appela une voix rompant le silence qui régnait dans l'église.

Louis, le visage encore couvert de pleurs, se tourna vers Gabriel Dumont.

— Tu es l'ange exterminateur, Gabriel.

Le visage de Dumont reflétait le désarroi. Sa barbe avait allongé car il chassait depuis plus d'une semaine et ses yeux étaient affolés. Ainsi, il ressemblait plus à un Indien qu'à un Français.

— Louis! Il faut qu'on s'en aille. Toi, moi, Goulet, Lépine, les autres. Les Canadiens envoient les troupes par voie de terre et ces troupes, elles veulent Louis Riel et Gabriel Dumont!

Louis était abasourdi, mais il se releva et suivit Dumont en silence à l'extérieur de l'église. Son esprit se perdait en questions.

— Tu parleras à Dieu plus tard! lança Gabriel tandis qu'ils enfourchaient les deux chevaux de relai que Lépine et les autres venaient tout juste d'amener. Pour l'instant, tu me suis!

* * *

— C'est encore loin? s'informa Julie Riel à son compagnon de voyage, Napoléon Nault.

— On arrive, cria-t-il joyeusement.

Aujourd'hui, les longs cheveux de Julie étaient nattés et elle était vêtue comme une femme crie. Ils galopaient depuis l'aube et elle se sentait raide et courbattue. D'habitude, elle empruntait la carriole. Pour la première fois depuis des années, elle était remontée à cheval. Napoléon avait lui aussi renoncé à ses vêtements métis. Ses cheveux pâles avaient été teints en noir par les femmes cries et son visage, baigné dans un jus de mûre pour paraître plus foncé. Quelque part, en avant d'eux, se trouvaient Madeleine, la femme de Dumont, le vieux Ouellette et une fille qu'ils appelaient Marie. Tous les trois voyageaient dans une voiture de Red River et emportaient avec eux leurs maigres possessions.

Napoléon approcha son cheval de celui de Julie.

— Tout va bien, dit-il. Nous avons quitté le Canada.

Elle lui sourit et ils ralentirent leur course.

— Êtes-vous très fatiguée? Aimeriez-vous qu'on fasse halte à Pembina pour se reposer?

Elle fit signe que non.

— Rejoignons directement Louis et les autres. Je me reposerai lorsque nous serons tous rassemblés.

— Je suis content que vous m'ayez accompagné, reprit Napoléon. Louis ne s'inquiétera plus maintenant. Votre présence le rassurera.

Julie se sentit envahie d'une grande tristesse, d'un vide étrange et de crainte.

— C'est plutôt mon fils qui me redonnera courage.

Ils progressèrent en silence pendant deux heures encore. Ils arrivaient en vue de quelques cabanes de bois, mais Julie ne vit pas les gardes métis qui les avaient attendus depuis si longtemps; elle aperçut toutefois la voiture. Dieu merci! Les autres étaient là.

Louis ouvrit la porte et se précipita pour accueillir sa mère. Elle descendit de cheval et ils se jetèrent dans les bras l'un de l'autre.

— Je me porte bien, Louis. Ça va. Ils ne m'ont pas fait de mal.

Louis releva des meurtrissures sur ses bras.

— Et ça, qu'est-ce que c'est?

— Rien. Rien. Je te raconterai tout. Mais laisse-moi d'abord m'asseoir un peu et me reposer.

— Bien sûr, mère. Je m'impatiente. Excuse-moi, mais j'étais tellement inquiet!

Le feu crépitait dans la cheminée; ils burent du thé et mangèrent du pain noir. Le regard de Julie se perdait dans les flammes pendant qu'elle parlait. Madeleine tenait la main de Gabriel et Ouellette berçait doucement Marie sur ses genoux. Julie s'enroula dans une couverture; elle avait toujours froid et, de temps à autre, elle toussait. Juin approchait, mais les nuits étaient encore fraîches.

— Ils brûlent nos maisons et nos fermes, Louis. Ils sont venus pour te chercher.

— Et les coups? demanda-t-il.

— Ils ont détruit les meubles; ils ont cassé toutes les lampes et ils ont même commencé à démolir le lit et à brûler les couvertures. Je n'ai pas pu le supporter. Je me suis précipitée et ils m'ont jetée par terre.

Les yeux de Louis se remplirent de larmes. Sa mère chérissait tant son lit en chêne, son bien le plus précieux, le symbole de sa vie passée avec son père.

— Je t'ai apporté la tristesse. C'est ma faute, mère.

— Non! Non! protesta-t-elle en pleurant. Tu as fait ce qu'il fallait. Les Anglais ont apporté le malheur.

— Notre maison aussi? demanda Gabriel à Madeleine.

— Oui, ils ont tout détruit. Comme une nuée de sauterelles sur les prairies. Ils ont tout détruit; ils ont mangé ce qu'ils trouvaient pour le recracher au visage des Métis.

Madeleine se leva et pointa du doigt la jeune fille endormie.

— Regardez-la! Pas encore femme, mais déjà plus enfant!

Sa voix tremblait de colère.

— Ils ont tué ses parents; ils ont brûlé son foyer. Et ils l'ont abandonnée dans le foin quand ils en ont eu fini avec elle... *Crisse*!* Elle n'a que dix ans! De vrais animaux, ces *Anglais*.*

Madeleine s'effondra dans les bras de Gabriel dont les yeux s'emplissaient maintenant de haine. Il connaissait le langage qu'entendaient ces soldats.

— Quand est-ce qu'on a brûlé leurs maisons, violé leurs femmes ou détruit leurs fermes? *Maudits Canadiens*!* Laisse-moi me battre, Louis! On aurait dû les attaquer quand ils sont arrivés! Ils étaient crevés à ce moment-là.

Louis ferma les yeux. Il se sentait responsable. Il avait échoué dans sa mission. Julie lui caressa la main.

— Tu as fait tout ce que tu as pu, Louis. Personne ne te blâme, bien au contraire.

— Que veux-tu dire? Comment peuvent-ils ne pas me blâmer?

— Personne ne t'en veut; on ne t'en veut pas, reprit Madeleine. Les élections approchent. Ton nom, le nom de Louis Riel est sur toutes les lèvres.

— C'est vrai, répéta le vieux Ouellette. C'est vrai.

— Partout, il y a des affiches avec ton nom. Ils les ont déchirées, mais les Métis en ont placé d'autres. Ils écrivent même sur les murs des maisons avec de la peinture, renchérit Napoléon.

— Ils écrivent?

— Oui, reprit Napoléon. Ils ne savent rien écrire d'autre que "Louis Riel". Ils *savent* écrire "Louis Riel".

Riel en fut réconforté, mais il se sentait toujours coupable. Où s'était-il trompé? Pourquoi n'avaient-ils pas respecté leurs propres lois? Il n'aurait jamais dû leur faire confiance!

Les jours s'écoulaient rapidement en ce lieu de retraite, de l'autre côté de la frontière. Madeleine et Julie préparaient les lapins que les hommes rapportaient; parfois, ils tuaient un poulet qui venait se percher à l'arrière des cabanes. C'était un ancien camp de bûcherons, avaient-ils appris, mais il était maintenant abandonné. James Wickes Taylor, l'Américain, avait organisé leur exil temporaire; il leur avait fourni des poulets et, parfois, il leur apportait du vin. La vie n'était pas trop pénible, mais il s'agissait d'une solution temporaire et cette maison ne leur appartenait pas.

Marie récupérait tranquillement. Les semaines passaient et le soleil réchauffait les journées. Elle conversait avec Madeleine et Julie qui lui apprenaient à coudre et à ramasser les branchages pour le feu de la nuit. Le soir, le vieux Ouellette lui racontait des histoires de chasse au bison et des contes effrayants des Cris et des Pieds Noirs. Ouellette allait bientôt avoir quatre-vingts ans et la jeune Marie lui rappelait sa petite-fille.

— Les jeunes ont besoin des vieux, avait-il dit sentencieusement à Gabriel. Cela fait partie de la vie. Les jeunes apprennent des vieux, pas de leurs parents.

Riel marchait presque tout le jour. Parfois, il priait à l'autel qu'il avait érigé près des cabanes, se répétant les phrases bibliques. Le Christ avait pris sur lui les péchés du monde, mais le poids de sa propre culpabilité, à lui, Louis Riel, semblait trop lourd à porter. La lueur des chandelles vacillait. Madeleine s'était endormie; Julie était allée se coucher dans une hutte voisine et la petite Marie, blottie dans son lit, dormait dans un coin. Louis s'assit à une table, à la lueur mourante des chandelles, lisant ses livres; Gabriel regardait par la fenêtre, dans la nuit.

— Tu vas te rendre aveugle, Louis. Tu lis trop.

Riel releva la tête et ferma lentement son livre.

— Tu as raison, mon ami, il est tard. J'espère que Dieu me pardonnera. Je n'ai pas réussi. Pourquoi ne comprennent-ils pas? Pourquoi ne puis-je leur faire entendre raison?

— Ils ne veulent pas comprendre, Louis. Ils veulent des terres.

— Dieu leur fera comprendre.

Louis était encore plus pâle que de coutume. Ses yeux étincelaient dans le noir et sa chevelure sombre et défaite encadrait son visage. La culpabilité l'obsédait. Son échec l'avait désespéré.

Il se rapprocha de Gabriel.

— Dieu leur fera comprendre, Gabriel.

Il étreignit le bras de Dumont qui sentit l'intensité de ce geste, la puissance de cette poigne. Comme si toute la force de ce corps s'était réfugiée dans ses doigts. Ils se resserrèrent encore et, malgré sa musculature, Gabriel faiblit.

— Dieu leur fera comprendre, répéta Riel.

Gabriel posa sa main sur celle de Louis et lui fit lâcher prise.

— Oui, dit-il calmement. Bien sûr!

Il allait s'éloigner de la fenêtre lorsqu'il entendit le signal. Il attendit le second appel, le cri de l'oiseau de nuit.

— Deux cavaliers approchent.

— Des amis? demanda Louis.

Riel ne voulait plus rien savoir des faits et gestes des soldats; y penser seulement le rendait malade.

— Oui, des amis, reprit Gabriel. Des amis.

Les chevaux arrivaient à vive allure et Dumont pouvait entendre les sabots qui résonnaient dans la plaine. Il ouvrit la porte et vit deux hommes à cheval dont les silhouettes se découpaient dans la clarté lunaire. Il cligna des yeux et essaya de les reconnaître. Le premier était Pierre Nault, le père de Napoléon; l'autre, le Père Ritchot. Gabriel entendit leur cri de loin. Quelque chose s'était passé, quelque événement heureux.

— Nous avons gagné! Nous avons gagné!

Pierre n'était pas encore descendu de cheval que tous l'entouraient déjà.

— Nous avons gagné! Nous avons gagné! répétait-il inlassablement. Louis Riel est membre du Parlement!

Dumont, soulagé, rit et se retourna pour étreindre son ami et le féliciter. Il s'inclina en se moquant.

— Votre Honneur, soyez le bienvenu au Parlement!

Il se releva. Le visage de Riel était transfiguré. L'obsession avait quitté son regard; ses joues avaient repris leurs couleurs et il souriait.

— Gabriel, tu viendras avec moi à Ottawa.

— Essaie de m'emmener, répondit Gabriel en blaguant.

Tous rirent avec lui. Mais le Père Ritchot ne soufflait mot. Enfin, il murmura:

— Je ne pense pas que tu devrais t'y rendre!

— Je dois y aller, déclara Louis. Je dois y aller et tout régler avec eux, là-bas, au Parlement. Je vais leur faire comprendre.

— L'Église n'acceptera pas, continua le prêtre tristement.

— Oh oui! Elle acceptera! C'est la volonté de Dieu. J'accomplis la volonté de Dieu.

Chapitre 12
Un pas vers la folie

*L'injustice, en ce bas monde, n'a rien
de relatif; le mal s'incruste profondément, net et absolu, dans chaque destin personnel.*

George Santayana

Gabriel Dumont se tenait dans la cour; il releva la tête. Il n'aimait pas Montréal. Il s'assit sur le banc de pierre et contempla les fleurs du jardin de l'évêché. Trop bien taillées, droites, rangée après rangée, jugea-t-il. Le Père Charles McWilliams, un ami de Louis du temps de ses études au séminaire, entra doucement dans le jardin. McWilliams prit place aux côtés de Dumont.

— Je suis un ami de Louis, dit-il simplement. Quand est-ce que tout ça a commencé?

Gabriel secoua la tête. Comment répondre?

— D'abord, on est parti à trois pour Ottawa. Lui, moi et notre frère, Elzéar Goulet.

Il eut envie de pleurer en prononçant le nom de Goulet et il s'arrêta un moment.

— On suivait une piste qu'on connaissait... on se pensait aux États-Unis; peut-être qu'on n'était plus tout à fait au Canada, qui sait?

— Il a parlé de Goulet, intervint McWilliams. Je n'ai pas compris.

— Des soldats *anglais,** continua Gabriel. De l'autre côté de la rivière qu'on venait de traverser, Louis et moi. Goulet, lui, était à mi-chemin. Un soldat a tiré. Il est tombé à l'eau; il a essayé de nager. Riel s'est précipité à son secours, mais ça n'a servi à rien.

— Il est mort?

— Oui, dans les bras de Louis. J'ai tué les trois... soldats.

— Puis vous êtes allés à Ottawa, tous les deux?

— Oui.

Gabriel sourit faiblement. Cette journée à Ottawa, il ne l'oublierait pas de si tôt.

*   *   *

— Je dois signer le registre officiel, insista Louis.

Il laissa Dumont auprès du grand escalier et s'avança jusqu'au bureau, tourna le grand livre vers lui et y apposa sa signature. *Provencher: Louis Riel, M.P.* L'employé, occupé ailleurs, ne releva même pas le nez. Et, tout à coup, Dumont les aperçut: le docteur Schultz, Charles Mair et d'autres. Il se précipita vers Louis.

— Nos poursuivants! Ici!

— Ils ne peuvent rien faire maintenant! Je suis officiellement inscrit.

— C'est ce qu'on va écrire sur ta tombe: "Louis Riel, abattu au Parlement." Officiellement inscrit! Merde! C'est à mon tour de décider.

Il entraîna Louis jusqu'à une porte voisine, dans une pièce remplie de livres et il le poussa dans un fauteuil.

— Ne bouge pas. S'il te plaît, ne bouge pas!

Riel le dévisagea sans comprendre.

— Ils ne m'effraient pas.

— Il *faut* que tu aies peur, pour l'amour de Dieu! Écris un discours, n'importe quoi, mais reste ici...

Dumont jeta un coup d'oeil circonspect dans le corridor et entendit Schultz qui engueulait l'employé:

— Espèce d'idiot! Pourquoi l'avez-vous laissé faire? Pourquoi l'avez-vous laissé signer?

Gabriel constata que les quatre hommes étaient armés. Lorsqu'il revint, Louis était toujours assis au même endroit. Il leva les yeux vers son ami, le regard interrogateur.

— On s'en va d'ici! ordonna Gabriel.

— Dès que j'aurai prononcé mon discours, répondit Louis, imperturbable.

Gabriel l'attrapa, le releva brusquement et l'entraîna derrière les étagères de livres.

— Écoute-moi, Louis. Ils sont armés! Ils veulent te tuer! Tu comprends, Louis? *Avant* que tu prononces ton discours.

Le jeune Riel cligna des yeux et se laissa emmener. Derrière le bureau, une femme remettait quelques livres à un homme de grande taille, aux cheveux poivre et sel. Mince, les joues creuses, les favoris grisonnants, les cheveux hirsutes. Gabriel se tourna vers Louis qui semblait abasourdi.

— Pas un mot, ordonna Dumont. Pas un seul mot.

Gabriel toucha l'épaule de l'homme aux cheveux gris.

— Excusez-moi, monsieur. Pourriez-vous nous indiquer la sortie? On a tourné en rond et on s'est perdu.

L'homme leur sourit et leur expliqua:

— Suivez ce corridor et descendez les escaliers.

Exprès, Gabriel partit en sens inverse.

— Non, non! reprit l'homme. Attendez, je vous accompagne.

Et ils partirent ensemble, de front. L'homme jeta un coup d'oeil à Louis.

— Vous êtes sûr que votre ami se porte bien, demanda-t-il. Il a l'air malade, vraiment!

— Il va bien, répondit Dumont. Seulement confondu par tant de splendeur.

Ils sortirent par une porte, une grande porte en chêne qui touchait au plafond.

— D'où venez-vous? s'informa l'homme.

— Du Manitoba, répondit Gabriel. Du Manitoba.

En courant, Gabriel entraîna Riel vers une voiture. Il se retourna à temps pour voir l'homme aux cheveux gris qui retenait Schultz et les autres. Le chauffeur les regarda tous deux en dirigeant la voiture vers la rue Wellington et leur lança:

— Le Premier ministre vous a fait faire une petite visite, hein?

Ça, Gabriel ne l'oublierait pas de si tôt!

* * *

Le Père McWilliams écoutait attentivement. En dépit de leur amitié profonde et mutuelle pour Louis, il ne pouvait s'empêcher de penser que toute cette histoire ne manquait pas d'ironie.

— Vous êtes un bon protecteur, dit-il à Dumont.

158

— Je n'ai pas encore assez fait, se contenta de répondre Dumont.

Ils se turent quelques instants.

— Et la suite? finit par demander McWilliams.

— On est venu ici. On s'est arrêté une nuit, mais on est venu ici directement. Louis était dans un drôle d'état. Il répétait sans arrêt: "Emmène-moi chez l'évêque, emmène-moi chez l'évêque!"

— C'est bien, reprit McWilliams. C'est bien. Je lui ai donné quelque chose pour dormir. Il se repose maintenant.

Le prêtre prit la main de l'homme des plaines.

— Venez, je vais vous conduire à votre chambre. Demain, Louis pourra parler à notre évêque.

Gabriel étouffait dans cette chambre pas plus grande qu'une cellule. Il y avait un lit étroit en fer, un matelas, des draps blancs et raides. Au-dessus était accroché un grand crucifix noir et, dans un coin, sur une table, brillait une lampe à l'huile posée devant un crayon, du papier, un livre de prières; derrière ces objets: une statue de la Vierge, le coeur mis à nu.

Dumont fit un signe de croix, comme il le faisait toujours dans l'église du Père Ritchot. Il se dévêtit et se mit au lit. Il ne se sentait bien qu'étendu sur le dos. Comme il s'agitait, essayant de trouver une position confortable, les draps glissèrent sur le plancher. L'homme n'est pas fait pour dormir comme ça, pensa Gabriel. Il est fait pour dormir à la belle étoile.

*   *   *

— Vous n'y pouvez rien, mon fils.

L'évêque Ignace Bourget croisa le regard fatigué de Louis Riel. Louis protesta:

— Le procès a été légal, Monseigneur. Il s'est déroulé conformément à la loi canadienne... *leur* loi. Le jury l'a déclaré coupable. Il faut leur faire comprendre. Je n'ai tué personne, je ne pourrais pas tuer...

Riel s'enfonça dans le fauteuil de velours rouge et regarda le prélat dans les yeux.

— Vous avez besoin de repos, Louis. D'un hâvre sûr.

— Je veux me rendre au Parlement; je veux siéger! Ils doivent comprendre!

Son poing martela alors le bureau.

— Ils vous ont enlevé votre siège, poursuivit l'évêque d'une voix douce.

— Ils n'en ont pas le droit! Ils ne peuvent pas faire ça! J'ai été élu par le peuple!

Soudain, Louis parut très alerte. Une mystérieuse énergie brilla dans ses yeux et il continua:

— Vous m'avez dit, une fois, que vous aimiez notre peuple.

— C'est vrai.

— Alors, aidez-moi! Au nom de Dieu, aidez-moi à leur expliquer!

L'évêque essaya de capter le regard de Louis.

— C'est ce que je suis en train de faire. J'essaie de vous aider, Louis. Pour votre bien, pour celui de votre peuple et de l'Église... il faut entendre raison!

Louis se redressa brusquement, les yeux étincelants, emporté dans un nouveau sursaut d'énergie.

— On m'a menti, on s'est servi de moi, on m'a trahi. L'un de mes meilleurs amis est mort dans mes bras. Et maintenant, on me traite de criminel, je suis poursuivi par des hommes qui croient juste de me tuer! Et vous voulez que j'entende raison? Quelle raison?

Il s'interrompit pour remettre de l'ordre dans ses pensées, puis ajouta:

— Il doit y avoir un moyen d'atteindre ces gens... d'obtenir ce que j'ai promis aux Métis... Je trouverai ce moyen!

Il chancela et se dirigea rapidement vers la porte, les yeux aveuglés par les pleurs.

— Je trouverai ce moyen, murmura-t-il.

Le prélat se tourna vers McWilliams qui ne disait mot.

— On ne peut le laisser partir dans cet état.

Le prêtre acquiesça.

— Oui, Monseigneur, il a besoin d'aide. Nous devons l'aider.

— Voulez-vous le rattraper immédiatement, Père McWilliams?

— Impossible, Monseigneur. C'est l'heure de la messe. Peut-être y assistera-t-il?

— Peut-être, répondit vaguement l'évêque.

En entrant dans la chapelle, McWilliams ne fut pas surpris de voir Dumont assis dans le dernier banc. Il lui fit un signe de tête et vint le retrouver.

— Où est Louis? Est-ce qu'il a parlé à l'évêque? chuchota Dumont.

— Oui, mais je ne sais pas où il est maintenant. Je pense qu'il viendra ici dès qu'il entendra les cloches.

Peu à peu la chapelle se remplit de jeunes prêtres et de novices. Dehors les cloches carillonnaient et personne ne s'étonna quand Louis se glissa aux côtés de McWilliams, s'agenouilla et fit un signe de croix. Le Père McWilliams ne pouvait distinguer qu'un pâle profil, un nez droit et une chevelure sombre. Louis avait fermé les yeux. Les minutes s'écoulaient; le rituel de la messe progressait. McWilliams jetait de temps en temps un regard à Louis, toujours plongé dans ses prières.

Le prêtre leva le calice et psalmodia:

— *Et spiritu sancti.*

Louis se raidit et s'assit. McWilliams se tourna, mais trop tard. Un sourire éclairait le visage de son ami qui rayonnait. Louis émit ensuite un son bizarre, puis fut pris d'un rire hystérique.

McWilliams le saisit par le bras.

— Louis! Louis! Ça suffit.

Mais Louis, le regard fixe, ne l'entendait pas.

— Dieu m'a parlé! Dieu m'a parlé! criait le Métis, secouant McWilliams qui étouffait sous son étreinte.

Un rire éclata dans la chapelle, un rire maladif. Les visages se retournèrent, les yeux écarquillés, terrifiés. Louis se frotta les tempes car la douleur, une fois de plus, l'avait traversé. Il lâcha un cri long et terrible et s'abattit sur le sol. Ses lèvres pâles écumaient.

— Dieu m'a parlé! répétait-il d'un ton de voix qui ressemblait à un gargouillement. Lève-toi, Louis Riel, m'a-t-il dit. Grâce à toi, tous les enfants du monde seront bénis!

Son corps se raidit subitement et il tomba en catalepsie. On aurait dit un être sans vie, les yeux révulsés.

La Vierge peinte au plafond l'enveloppait d'un regard bienveillant.

* * *

La tête lancinante et le corps endolori, Louis voyait trouble. Lorsqu'il remuait, il avait l'impression que ses pieds ne touchaient pas le sol et les objets flottaient devant ses yeux injectés de sang. Ses bras pendaient à ses côtés, sans vie. Il ne parvenait plus à coordonner ses mouvements et, alors qu'on le menait le long du corridor, il avait l'étrange sensation de se voir comme si son esprit s'était détaché de son enveloppe charnelle.

Dans le corridor sans fin, faiblement éclairé, gris et humide, des yeux le hantaient, le suivaient, le pourchassaient. Il remarqua vaguement quelques silhouettes blotties contre les portes qui longeaient le corridor. Quelqu'un grimaça en disant:

— Trois shillings, mes gâteaux. Vous en voulez un?

Mais il n'y avait pas de gâteaux. Le vieil homme édenté se mit en colère:

— Sale avare! lança-t-il à Louis et à ce bras étrange qui le guidait dans ce cauchemar.

Une vieille femme leur barra la route. Elle portait une robe de nuit trop ample et ses cheveux emmêlés touchaient son dos et se dressaient tout autour de son visage ridé.

— J'ai un bébé, chantonnait-elle fièrement. Voulez-vous voir mon bébé?

Les autres s'étaient rassemblés et regardaient dans le vague. Une femme assez jeune tomba comme une masse près d'une porte et se mit à hurler. Louis entendit un cri horrible, venant de loin. Il trembla. Il lui semblait que ce cauchemar avait quelque chose de réel. Il secoua la tête. Il ne souffrait plus.

Le bras l'emmena jusqu'à une porte. Ils s'arrêtèrent. La porte s'ouvrit et Louis découvrit une pièce claire, une pièce qui, après la grisaille du corridor et ses étranges habitants, lui parut remplie de couleurs et de vie. L'un des murs était couvert de livres; sur un autre, s'accumulaient des certificats. L'homme derrière le bureau en chêne était vêtu de blanc et des lunettes reposaient en équilibre sur le bout de son nez. Il observa Louis par-dessus ses lunettes pendant qu'on désignait une chaise à Riel:

Louis attendit un moment, puis demanda d'une voix lasse:

— Où suis-je? Qui êtes-vous?

L'homme sourit gentiment et lui répondit lentement, comme s'il s'était adressé à un enfant:

— Vous êtes à l'asile de Longue-Pointe. Je suis le docteur Roy. Vos amis craignaient pour votre santé et ils ont jugé que vous aviez besoin de repos. Cet endroit convient fort bien pour se cacher... et nous pouvons vous aider.

Dans un éclair, Louis réalisa qu'il ne s'agissait pas d'un cauchemar. Tout était réel. Ces gens dans le corridor: des fous. Était-il fou lui-même? Il ne se souvenait de rien, sinon de la messe. Puis il était resté dans une pièce; il avait écrit et des gens étaient venus et avaient essayé de l'emmener. Il se rappela une lutte, puis plus rien. Rien. Jusqu'à ce voyage cauchemardesque dans l'interminable corridor gris.

— Asile?

Ni question, ni constatation dans sa voix. En prononçant ce mot, il lui donnait réalité.

— Où est mon ami Gabriel Dumont?

Que s'était-il passé? Il était incapable de recomposer le puzzle. Quelle impression horrible de s'apercevoir qu'on a oublié tout un épisode de sa vie qui s'en trouve comme effacé, comme s'il n'avait jamais existé! Combien de temps? Des heures? Des jours? Des semaines? Le docteur lui tendit une tasse de thé. Pendant qu'il buvait, une scène lui revint en mémoire. Oui, il travaillait à un projet

164

pour le territoire, un merveilleux projet! Il offrait un refuge, une retraite à tous les opprimés. Les réfugiés libérés du joug s'installaient dans l'Ouest avec les Métis. Ils bâtiraient une nation où règneraient l'amour et la justice. Ce rêve de transformer l'Ouest en colonie ouverte aux réfugiés faisait-il de lui un fou?

— De quoi vous souvenez-vous? demanda doucement le docteur.

Louis le regarda attentivement.

— J'étais en train d'écrire... J'avais une idée... Je...

Il s'interrompit. Les souvenirs ressurgissaient.

— Des prêtres venus d'Ottawa... Ils m'incitaient à m'exiler... Je les ai peut-être attaqués.

De nouveau il fit une pause et fixa le docteur.

— Oui. Je les ai frappés. Vont-ils bien?

— Ils se portent bien. Vous étiez affolé.

Riel s'enfonça dans le fauteuil. Il commençait à se détendre maintenant. Ses muscles se décontractaient.

— Un accès de colère stupide. J'espère qu'ils me pardonneront.

Le docteur quitta sa chaise.

— Vous étiez agité, monsieur Riel.

À son tour Louis se leva. Il se sentit soudain très las, mais beaucoup plus calme qu'auparavant, et plus fort.

— Bon! Ça va mieux maintenant... Si vous vouliez me rendre mes affaires, j'aimerais m'en aller.

Louis acheva son thé et examina le dessin qu'avaient tracé les feuilles au fond de la tasse. Le docteur le regarda d'un air préoccupé.

— Mais vous êtes interné ici! Sous un nom d'emprunt, bien sûr! Louis David.

Le jeune Métis se sentit vaincu.

— Interné?

Il ne pouvait y croire.

— En tant que patient. Vos amis ont cru que vous étiez, comment dire?... *épuisé*. L'esprit, comme le corps, monsieur Riel...

Le docteur s'interrompit.

— Puis-je vous appeler Louis?

Louis accéda à sa demande et le docteur poursuivit:

— ...peut se fatiguer. L'esprit doit, lui aussi, se détendre parfois. Il faut lui laisser le temps d'assimiler et de s'expliquer les événements.

Riel se pencha.

— J'ai tellement à faire...

Le docteur eut un geste affirmatif.

— Parlez-moi de tout ça. Parlez-moi de vos visions...

— J'ai une mission à remplir, docteur Roy. Je dois retourner dans l'Ouest.

— S'agit-il d'une mission sacrée?

Le Métis choisit ses mots avec soin.

— Je pense que Dieu me guide.

Roy jeta un coup d'oeil par la fenêtre.

— Dieu vous "guide": c'est ça?

— J'ai prié. J'ai écouté.

Louis marqua un temps d'arrêt puis ajouta:

— J'ai entendu la voix de Dieu.

Le docteur Roy tourna son regard vers Louis.

— Et la voix de Dieu a prononcé que vous étiez le sauveur de votre peuple... un nouveau messie?

— Il n'y a qu'un seul Sauveur. Un seul Messie, poursuivit Louis, las et fatigué d'avoir à toujours expliquer. Je ne pense pas que vous puissiez comprendre.

— Mais je comprends, Louis. Parfois, les gens...

— Que dites-vous, docteur?

Le docteur reprit d'une voix égale, lentement et en pesant chacun des mots:

— Je dis que parfois, les gens qui ont des visions, qui entendent des voix et qui mettent leur vie en danger, je dis que ces gens-là ont parfois besoin d'aide!

Riel fut pris de vertige. Sa vue se brouillait. Il regarda le fond de sa tasse une fois de plus.

— Que m'avez-vous donné? gémit-il.

— Oh! un sédatif léger que nous utilisons ici... pour vous calmer. Pour commencer à vous aider.

Louis eut la sensation qu'il allait perdre conscience. Il n'avait pas besoin de sédatif. Il commençait à peine à se souvenir, à sortir de son rêve.

— Nous nous reparlerons dans quelques jours. Maintenant, je vous en prie, reposez-vous.

Les derniers mots du docteur lui échappèrent presque complètement. Un bras le prit en charge et l'emmena une fois encore le long de ce corridor gris et cauchemardesque qui n'en finissait plus.

Un jour, deux jours, un mois? Louis ne savait pas. On lui apportait ses repas. On le gorgeait de médicaments et il causait avec le docteur Roy. Il avait pris cet endroit en horreur. Les pensionnaires y vivaient toutes leurs angoisses personnelles, tous leurs rêves et leurs cauchemars. Des fantômes grisâtres le long des murs grisâtres d'un monde grisâtre... Louis luttait contre les sédatifs, luttait pour mettre de l'ordre dans ses idées, pour se ressaisir.

Une autre fois, le bras l'entraîna hors du bureau du médecin et l'emmena à la lumière d'une cour retirée. Il vit le visage du Père Charles McWilliams, son ami. Il tendit la main pour toucher sa soutane.

— Et l'un de vous me trahira. Est-ce vous, Charles? chuchota Riel de manière incohérente.

La phrase cingla McWilliams dont le visage refléta la peine.

— Louis, tout ira bien.

Le "malade" acquiesça, réellement désolé. Il reconnaissait en ce prêtre un ami véritable.

— Où est Gabriel?

— À Montréal. Monseigneur voudrait qu'il regagne l'Ouest, mais il refuse.

Louis saisit McWilliams.

— L'évêque! Je dois parler à l'évêque! Je suis sûr de pouvoir *lui* faire comprendre.

Le prêtre empoigna Louis par les épaules et scruta son regard sombre.

— Écoute-moi, Louis. Nous t'aimons tous, mais il te faut du repos. Trop d'événements se sont produits en peu de temps...

Riel se pencha et murmura à l'oreille de McWilliams:

— Ils me droguent sans arrêt. Je ne peux pas me rétablir. Jamais je ne me rétablirai ici! Je suis certain que je n'étais pas malade.

Calmement, McWilliams répondit:

— J'en parlerai à l'évêque. Mais, Louis, je t'en prie, repose-toi. Je te promets de t'aider. Sois patient.

— Je ne peux pas supporter tous ces médicaments. Je ne sais plus. Je ne me souviens plus. Aide-moi! *S'il-te-plaît,* aide-moi!

Le Père se détourna et quitta la cour encore plus bouleversé que jamais. Louis ne lui semblait pas fou. On le droguait, voilà tout! Il était résolu à rencontrer Monseigneur Bourget, mais ensuite, que faire d'autre? Il savait qu'il devait intervenir. Louis adorait Dieu et il était supérieurement intelligent. Il ne pouvait pas s'en désintéresser et l'abandonner dans un tel lieu.

Lorsque McWilliams entra, Monseigneur Bourget se tenait debout. Sa longue robe pourpre lui donnait un air majestueux. Un rayon de soleil toucha sa croix pectorale: on aurait dit qu'une lumière aveuglante émanait de son coeur.

— J'aimerais vous entretenir de Louis, dit McWilliams d'une voix pressante.

— Je ne peux rien faire pour le moment, mon Père, répondit l'évêque sur un ton impatient.

McWilliams avait déjà perdu espoir, mais il persista:

— Quelques mots seulement, Monseigneur. Je sais que cela le réconfortera.

L'évêque décroisa ses mains et se pencha sur les papiers qui encombraient son bureau, les remuant avec nervosité.

— Dites-lui que Dieu ne l'abandonnera pas. Cette mission lui est destinée... mais il *doit* faire preuve de patience.

Le prêtre insista:

— Monseigneur, s'il-vous-plaît... ne pourriez-vous lui écrire un mot? C'est tellement important pour lui...

Le prélat fixa le jeune prêtre. Toute cette affaire l'exaspérait... Que d'ennuis cela lui avait causés!

— D'accord, mon Père. J'accède à votre demande, mais ne vous méprenez pas. Les angoisses morales de Louis ne me laissent pas indifférent. Toutefois, *je ne suis pas mécontent* qu'en ce moment l'Église n'ait pas à souffrir de sa politique. Si le pays doit être déchiré par ce problème de l'Ouest, je préfère que le blâme retombe sur ceux qui le méritent: non pas sur les catholiques francophones, mais sur les protestants anglophones. Bon! Que désirez-vous que j'écrive? Faisons cela rapidement. Notre cher Premier ministre doit m'honorer de sa visite. Disons: "Cher Louis, vous êtes entre bonnes mains. C'est le meilleur endroit qui soit pour vous en ce moment. Dieu ne vous abandonnera pas; il sait que vous avez besoin de lui. Priez et soyez patient et notre Seigneur vous fera signe. Au moment voulu, votre voie sera toute tracée. Soyez patient!"

Bourget remit sa plume en place et tendit la lettre à McWilliams.

— J'espère que Louis en sera réconforté. Et, s'il-vous-plaît, tentez donc de convaincre ce Dumont de rentrer chez lui. Il faut l'assurer que nous prenons bien soin de son ami.

Dans un tourbillon de pourpre, l'évêque sortit de son bureau pour se rendre dans ses jardins privés. On y introduisait déjà le Premier ministre.

— Je vous remercie d'être venu, Sir John.

L'évêque serra la main du Premier ministre.

— C'est moi qui *vous* remercie, Monseigneur Bourget. Le pays semble assez calme en ce moment. Et un voyage à Montréal m'est toujours agréable.

— Je compte que ce calme perdure, Sir John. Subsiste toutefois cette question des écoles séparées — pour ceux qui les préfèrent, bien entendu! — dans notre nouvelle province du Manitoba.

Le Premier ministre choisit soigneusement ses mots. En présence de l'évêque, cela importait au plus haut point.

— Ce problème relève du gouverneur, Monseigneur Bourget. L'éducation, comme vous le savez, est un domaine de juridiction provinciale.

L'évêque étudia le visage de Macdonald.

— Un représentant du gouvernement envoyé par vos soins pourrait exercer une certaine influence au moment où le gouverneur devra prendre cette décision...

Sir John se montra intéressé. Il se frotta le menton.

— J'y réfléchirai, Monseigneur.

Le prélat poursuivit lentement:

— Un Métis du nom de Charles Nolin serait très qualifié... et, je pense, très acceptable à votre gouvernement.

— Je vois, dit Sir John, en prenant garde de ne pas se compromettre.

— Tous les catholiques francophones seraient réconfortés d'apprendre que, dans l'Ouest, ils sont représentés par... un des leurs!

Le Premier ministre eut un signe de tête.

— J'en conviens avec vous, Monseigneur.

Un échange, pensa le Premier ministre. Un Métis soumis pour remplacer le brillant Louis Riel et représenter le soutien de l'Église du Québec. Il fallait qu'il se renseigne.

Ils s'approchèrent d'un superbe rosier. L'évêque tendit la main pour le désigner au Premier ministre. Encore une fois, il s'adressa à lui d'une voix lente et claire:

— J'adorais ce rosier. Je l'avais moi-même planté. Mais il a poussé trop vite et de façon désordonnée. Il menaçait les autres fleurs. Cela m'affligeait et j'ai dû le tailler. Maintenant le jardin est sauvé. Un rayon de soleil ne nuira pas aux autres fleurs plus petites. Qu'en pensez-vous?

Quelle métaphore, se dit Macdonald. L'évêque était vraiment politicien dans l'âme.

— Vous avez peut-être raison, Monseigneur. Un rayon· de soleil peut parfois accomplir des merveilles.

Bourget eut un petit sourire.

— Nolin, Charles Nolin. Que diriez-vous d'une tasse de thé, Sir John?

* * *

Le Père McWilliams marchait vers la troisième station du chemin de la croix. Au séminaire, les douze stations étaient situées de part et d'autre d'un sentier boisé où s'entremêlaient des touffes de fleurs et d'énormes pierres. L'endroit idéal pour méditer. Même pendant l'hiver, par temps humide et froid, lorsque le sentier était désolé et les arbres dénudés, McWilliams venait y chercher un réconfort. Par cette soirée d'été, il avait décidé de prier en plein air, sous le toit de Dieu. Il s'immobilisa un moment pour admirer un écureuil qui se hâtait vers un arbre voisin. La liberté de toute créature vivante lui pesait. Il releva la tête et fut étonné de voir Gabriel Dumont qui se tenait devant lui.

— Quand avez-vous rencontré Louis pour la dernière fois? s'enquit Dumont d'un ton rude.

— Gabriel! Je pensais que vous étiez parti.

Il était à la fois surpris et content de le revoir. Dumont donnait toujours une impression de force, de calme, de bon sens. Mais surtout, Dumont lui ressemblait par son sens pratique.

— Louis n'est pas parti. Je ne suis pas parti! déclara Gabriel, terre à terre.

— Je l'ai rencontré voilà quelques jours, répondit McWilliams qui se sentait coupable de n'y être pas retourné après lui avoir remis la lettre de l'évêque.

— Je l'ai vu ce matin. Ils sont en train de le tuer là-bas. Il a besoin de repos, pas de ce qu'ils lui donnent.

McWilliams eut un geste las.

— Il n'est pas bien, Gabriel. Il n'est pas bien.

— Il y a des Indiens, reprit patiemment Dumont, ni furieux ni affligé... il y a des Indiens qui mettent des herbes dans leur pipe. Ça leur embrouille les idées et ça leur engourdit le corps. Après ça, ils disent des drôles de choses, ils crient et ils dansent. Puis ils s'endorment et, quand ils se réveillent, ils ne se souviennent plus de rien.

Le prêtre écoutait Dumont avec intérêt.

— Ils n'oseraient pas lui donner quelque chose de dangereux! protesta-t-il, essayant de se convaincre.

— Ils ne voulaient pas que je le vois, continua Dumont. Finalement, ils ont accepté, à condition que je promettre de m'en aller et de ne plus revenir.

— La situation devient dangereuse pour vous aussi, Gabriel. Certaines personnes aimeraient vous retracer.

Dumont n'entendait pas se laisser distraire par ce genre d'avertissement.

— Louis était dans un état de stupeur. Il pleurait comme un bébé en essayant de repousser les médicaments. Il a arraché ça de son cou.

Gabriel montra un crucifix au prêtre.

— Donne ça à McWilliams, qu'il m'a dit. Alors voilà. Qu'est-ce que ça signifie?

McWilliams prit le crucifix dans ses mains.

— Je l'ai offert à Louis quand il a quitté le séminaire.

Le chasseur métis jaugea l'homme qui se trouvait en face de lui.

— Si cela représente quelque chose pour vous, vous devez nous aider. Il faut que vous veniez immédiatement à l'asile avec moi!

Le Père n'hésita pas un moment. Dumont avait raison. Oh! Seigneur, oui! Il avait sûrement raison.

— Oui, mais il va nous falloir de l'argent. Attendez-moi ici. Je reviens tout de suite et nous partirons.

* * *

Le docteur Roy considéra McWilliams. Il n'aimait pas ce brusque revirement de situation. Cependant, McWilliams portait le titre d'évêque coadjuteur.

— Il a de bonnes intentions, marmonna-t-il d'un ton clinique. Mais certaines tendances à l'hallucination, en certaines circonstances, pourraient se manifester de nouveau. Je veux être relevé de toute responsabilité si vous le soustrayez à mes soins.

McWilliams ajusta sa soutane et, feignant l'impatience, continua:

— Un emploi l'attend aux États-Unis... une petite colonie au Montana. Ils cherchent un professeur et Louis est qualifié pour occuper ce poste.

Le docteur Roy réfléchissait. Il ne cachait pas qu'il était contrarié.

— D'habitude, nous ne...

Le prêtre l'interrompit:

— L'Église l'a interné et l'Église prend la responsabilité de lui rendre sa liberté. Préféreriez-vous que l'évêque abandonne quelque affaire importante et se présente lui-même pour arranger tout ça?

Il espérait que le médecin ne découvrirait pas son bluff. Sa vocation ne lui avait guère permis d'apprendre à mentir.

À contre-coeur, le docteur Roy tira un cordon qui pendait près de son bureau et un aide se présenta à la porte.

— Préparez monsieur Louis David. Il quitte l'établissement, dit-il d'une voix autoritaire.

McWilliams soupira de soulagement. Tout avait marché. Louis serait bientôt libre.

Trop lentement, une demi-heure s'écoula. McWilliams regarda dehors à plusieurs reprises. Là-bas, derrière la porte, il pouvait entrevoir la voiture et sa joie n'avait d'égale que son impatience. Finalement Louis arriva, guidé par l'aide. Il était vêtu d'un costume sombre d'où émergeait son haut col blanc. Au lieu de mocassins, il portait des chaussures. Il avait l'air ahuri, comme quelqu'un que l'on aurait tiré d'un profond sommeil. En faisant quelques pas vers son ami, il trébucha. Puis il embrassa McWilliams. L'aide lui tendit un paquet, un paquet pitoyablement petit, compte tenu qu'il renfermait tous les biens d'un homme.

— Viens, dit McWilliams avec douceur. Viens!

Ensemble, ils descendirent le grand escalier de pierre qui menait hors de l'asile vers le soleil. Louis cligna des yeux. La lumière semblait tellement vive après ces semaines dans l'ombre! Ses pupilles se dilatèrent dans l'éclat du matin.

— Gabriel! lança-t-il faiblement à l'intention du conducteur. Oh! Gabriel, je savais que tu me sortirais d'ici.

Louis s'enfonça dans le siège et McWilliams les salua tous deux de la main. Il souhaitait avoir agi pour le meilleur et que Dumont prenne soin de Louis, qu'il l'entraîne hors de portée de ses ennemis, hors du Canada.

Sur le chemin qui le ramenait à Montréal, McWilliams pensa à Louis. Son visage, ses yeux le hantaient.

Était-il vraiment fou? Pourquoi un fou aurait-il tant lutté contre des médicaments qui engourdissaient l'esprit? Comment un fou pouvait-il tenir un langage si logique? Des visions, se dit McWilliams, des visions... Si les visions faisaient d'un homme un fou, alors tous les saints de l'Église étaient fous. Non. Le monde sombrait dans la folie. Louis était sain d'esprit.

* * *

Le prélat arpentait son cabinet. À chaque pas, sa robe pourpre tourbillonnait.

— Stupide! Stupide! Stupide!

Il s'adressait aux murs qui ne lui faisaient même pas l'honneur d'une réponse. La porte s'ouvrit. McWilliams entra.

— Vous m'avez demandé, Monseigneur?

L'évêque se tourna vers lui, se demandant si pareil homme pouvait être aussi stupide.

— Vous avez redonné sa liberté à Riel?

McWilliams détourna les yeux, profondément étonné. Même la moquette rouge semblait l'accuser. Il releva la tête et affronta le regard de Bourget.

— Je pensais que cela vous réjouirait!

Le prélat porta la main à son front. L'imbécile! L'imbécile!

— Il était important... qu'il soit... interné. Pour sa santé! C'étaient mes ordres.

— C'est exact, Monseigneur. Mais sa condition s'est améliorée. Il a recouvré sa santé mentale.

— Recouvré! s'exclama l'évêque en proie à une vive colère.

Le prêtre n'avait jamais encore vu son supérieur dans un tel état.

— Miraculeusement, reprit-il avec calme. Sa force de caractère aussi. On ne peut attribuer un tel changement qu'à la lettre que vous avez eu la gentillesse de lui écrire.

— Ma lettre?

L'évêque pâlit et se mordit la lèvre.

— Où se trouve cette lettre maintenant?

Le Père McWilliams sourit.

— Louis doit sûrement la porter sur lui. En souvenir, Monseigneur!

Pris au piège, Monseigneur Bourget adopta un ton plus conciliant.

— Où est-il allé?

— Je ne sais pas exactement, Monseigneur.

McWilliams réfléchit pendant quelques secondes et crut qu'un autre mensonge s'avérait nécessaire.

— Il a dit qu'il voulait voyager un peu, Monseigneur. D'abord dans l'Est des États-Unis. Puis, peut-être en Europe, pour revenir enfin aux États-Unis, dans l'Ouest, cette fois. Je pense qu'on lui a offert un poste de professeur.

L'évêque restait perplexe.

— Il n'essaiera pas de revenir au Canada?

— Non, Monseigneur, répondit McWilliams, heureux d'avoir réussi une fois de plus. Non! Je vous l'ai dit, il a recouvré sa santé mentale. Un homme sensé, dans la position de Louis, ne se précipiterait pas dans la fosse aux lions. Peu à peu, les gens oublieront et on décrétera peut-être une amnistie générale...

Monseigneur Bourget évalua attentivement le jeune prêtre. Il l'avait peut-être trop bien formé!...

Chapitre 13
La fuite vers le sud

Bien qu'il pleuve de l'or et de l'argent en terre étrangère, il vaut encore mieux rester ici où ne tombent que dagues et épées.

Proverbe malais

La voiture roulait vers le sud, sur le chemin poussiéreux et passa sans encombre du Québec au Maine. La route longeait la rivière Kennébec, contournant des lacs tranquilles et traversant de petits villages. Les premières gelées s'étaient manifestées et les forêts d'érables et de vinaigriers resplendissaient des couleurs de l'automne. Certains encore verts, d'autres jaunes, orange ou rouges, les arbres du Maine se paraient d'une gloire éphémère.

Au Maine, Riel et Dumont restèrent pendant quelques jours chez le Père Bouchet, prêtre métis dont la famille s'était depuis longtemps établie en Nouvelle-Angleterre. Là, avec l'aide de plusieurs amis, ils organisèrent la suite du voyage.

— Il vaut mieux emprunter un chemin détourné, avait conseillé le Père Bouchet. Vous ne rencontrerez que peu d'ennemis ici, mais le Montana est encore trop proche de chez vous. Vous avez de l'argent, prenez votre temps.

— J'ai une mission à remplir, insista Louis. Je dois regagner l'Ouest.

— Tu ne retourneras pas au Canada, dit Gabriel avec fermeté. Pas avant une amnistie écrite. Pas avant qu'ils aient oublié Tom Scott.

Riel désespérait.

— Et ma mission, et mon projet concernant les opprimés?

— Tout cela peut attendre, lui répondit Dumont.

— C'est vrai, reprit Louis sans enthousiasme. Monseigneur Bourget m'a écrit que je recevrais un signe.

Gabriel ne souffla mot. Ne pas être d'accord avec l'évêque de Montréal ne calmerait certainement pas Louis. Mais être en accord avec lui l'associait à sa fourberie.

— Vous devriez d'abord aller au Massachusetts, suggéra le Père Bouchet. Il y a une petite communauté française à Worcester et je me suis arrangé pour que vous puissiez loger chez le Père Primeau, le curé.

Louis semblait seul, égaré. Il n'acceptait pas l'idée qu'il était officiellement exilé de son pays natal, éloigné de son peuple et de ce qu'il considérait comme son destin. Ses yeux portaient toujours ce regard halluciné et vide qui trahissait la terrible expérience qu'il venait de vivre.

— Ensuite, continua Bouchet, vous irez à Washington. Vous y resterez chez Pierre Mallet et sa famille.

— Combien de temps? demanda Louis. Quand pourrai-je retourner chez moi?

— Vous demeurerez à Washington pendant quelques mois. Puis vous prendrez le train jusqu'au Montana.

Riel était complètement abattu, totalement déprimé. Gabriel l'observa attentivement. Ils venaient à peine de se mettre en route et Louis était déjà épuisé.

— Pierre vous expliquera pour le Montana. Tout est arrangé.

Le Père Bouchet parlait très gentiment à l'ex-séminariste, comme s'il s'était agi d'un enfant qu'il fallait sortir de l'ombre. Pour la première fois depuis qu'ils avaient quitté Montréal, Dumont se sentit plus calme. Louis était maintenant en sécurité et il allait se rétablir.

*   *   *

Plus les jours s'écoulaient, plus l'espoir de Gabriel grandissait. Louis dormait un peu plus, mangeait mieux et parlait de moins en moins de sa mission. Son regard redevenait normal; les couleurs lui revenaient tranquillement.

— Parle-moi de Moïse, oncle Louis!

La petite fille de Pierre Mallet était une véritable merveille. Ses yeux couleur noisette brillaient et ses cheveux longs, épais, étaient toujours bien coiffés. Elle avait huit ans, cette petite "Métisse de Washington" dont le père était agent du gouvernement auprès des Indiens. Elle allait de Louis à Gabriel. L'un lui racontait des paraboles de la *Bible*; l'autre, des histoires de chasse aux bisons et elle les aimait tous deux.

Avec elle, Louis ne perdait jamais patience. Ils parlaient et jouaient ensemble pendant des heures.

— Cette enfant lui a rendu la santé, confia Gabriel à Mallet. Voilà ce qu'il lui fallait!

D'accord avec Dumont, Mallet eut un sourire.

— Les enfants ne jugent pas; ils reçoivent sans arriè-re-pensée et ils aiment sans condition ceux qui les aiment.

Dumont se détendait de plus en plus.

— J'ai pensé à tout pour le voyage, reprit Mallet. Je lui ai même trouvé un poste d'enseignant dans une petite école d'Indiens, près de Helena, dans le Montana. Il ne gagnera pas beaucoup, mais il partagera la vie d'une famille métisse.

Dumont but lentement le vin rouge qu'on lui avait offert.

— Lorsque tout sera en place, je le laisserai et je retournerai chasser le bison.

Mallet opina:

— C'est bien. Il doit refaire sa vie. Il a connu trop de déceptions.

Gabriel fit un signe affirmatif.

— Bizarre, mais Louis a toujours fait ce qu'il fallait. Il a établi un gouvernement selon leurs lois; il a jugé Scott selon leurs lois; il a été élu au Parlement selon leurs lois; il n'a jamais fait de mal à personne. Il se contentait de prier.

— C'est terrible de faire tout ce qu'il faut et de voir les événements tourner aussi mal.

— Oui! Ça l'a presque détruit, conclut Gabriel. Il ne comprendra jamais pourquoi les *Anglais** ne voulaient pas l'écouter. Prenez un coyote à la naissance. Élevez-le; nourrissez-le; soignez-le. Malgré tout ça, il demeure un animal sauvage. Il peut toujours se jeter sur vous. S'il ne le fait pas, c'est qu'il est bien nourri, pas parce que vous avez tué son instinct!

Mallet était d'accord.

— Les Anglais n'ont qu'un instinct: celui de prendre les terres des Indiens et des Métis!

— C'est différent avec les Américains? s'informa Dumont.

— Pas pour les Indiens, mais pour les Métis, oui! Les Américains pensent que les Indiens sont stupides. Ils distinguaient les Métis des Indiens. Pour eux, nous sommes des Français.

Gabriel hocha la tête.

— Comme on dit: certains animaux mangent de la viande; d'autres mangent de l'herbe!

Ils rirent tous deux.

Quelques jours plus tard, Gabriel et Louis quittaient Washington, par train, et se dirigeaient vers l'ouest. Assis près de la fenêtre, Louis regardait dehors. Son visage ne s'illumina que lorsque le train atteignit les terres plates des plaines américaines. Dans ce milieu, il se sentait chez lui.

Ils descendirent du train à Cheyenne, dans le Wyoming et, de là, ils voyagèrent à cheval jusqu'au Montana. Gabriel ressentait lui aussi la liberté d'une vie qu'il chérissait; c'était merveilleux de chevaucher sous des cieux infinis. Louis, qui n'avait jamais été un bon cavalier, gagnait de l'assurance et semblait maintenant prendre plaisir à cette cavalcade. Ils passèrent quelques nuits chez les Sioux, grâce à Dumont qui parlait leur langue et connaissait leurs coutumes. De belles nuits: dormir à la belle étoile ou sous la tente; danser, chanter et raconter des histoires, les histoires des plaines avant l'arrivée de l'homme blanc, de ses soldats, de ses fusils et de ses maladies! D'autres fois, ils dormirent dans les villes frontalières, sales et qui luttaient pour survivre. Lorsqu'ils buvaient dans les bars, les cowboys appelaient Dumont "Frenchie" et tous s'esclaffaient ensemble.

Après des semaines de voyage, ils arrivèrent où Louis devait habiter, chez Jean Monette, homme agréable et gentil tout comme sa femme qui se montrait très compréhensive. Tous deux accueillants comme seuls savent l'être les Métis entre eux... Gabriel sentit qu'il avait conduit son compagnon dans un endroit où il pourrait vivre en paix.

Le chef métis semblait s'être fait à l'idée de son exil. Et Gabriel pensa que Marguerite, la fille des Monette, y avait mis son grain de sel.

— Belle femme! dit Dumont à Riel. Tu as besoin d'une femme, de quelqu'un qui s'occupe de toi.

Louis rougit.

— Tu crois que c'est la volonté de Dieu?

— Pourquoi aurait-il arrangé votre rencontre.

En faisant cette réponse, Dumont pensa tout à coup à sa femme, Madeleine, qu'il avait quittée depuis plus de six mois.

— Eh bien! Louis, tu vas t'occuper de l'école, maintenant et des élèves. Bientôt, tu auras pris femme. Nous nous quittons ici, mon ami. Tu vas enseigner et moi, chasser.

Des larmes gonflèrent les yeux de Gabriel. Louis lui tendit la main.

— Sois patient, Gabriel. Aime notre peuple. Et comme tu l'as dit toi-même, nous nous retrouverons.

Ils se serrèrent la main et se séparèrent.

— Il sera toujours votre ami, dit Marguerite en prenant la main de Riel.

Louis suivit du regard la silhouette qui disparaissait au loin.

— Dieu me fera signe, se répétat-t-il. Dieu me fera signe!

Chapitre 14
Le second retour: 1884

La foi dans le surnaturel est une gageure désespérée de l'homme dans les plus grands revers de fortune.

George Santayana

Jean Tremblay retourna la viande lentement et la graisse grésilla sur le feu.

— On aurait pu y aller ce soir, dit Napoléon Nault.

Gabriel Dumont s'adossa contre sa selle et arracha un morceau de viande.

— Inutile! Les choses n'iront pas plus mal demain.

— Il vaut mieux le laisser réfléchir un peu, renchérit Pierre. Peut-être ne voudra-t-il pas venir avec nous. Il a une femme maintenant, et des enfants.

— J'espère qu'il a été heureux pendant toutes ces années, ajouta Gabriel.

Un sourire éclaira le visage de Napoléon.

— Il viendra, soutint-il. Nous sommes faits pour vivre ensemble. Nous avons été séparés trop longtemps.

— Quinze ans, c'est long! continua Pierre. Mais l'exil est terminé.

Pierre était trop jeune pour se souvenir de Louis, mais il connaissait bien son histoire.

— C'est un Américain maintenant, dit Dumont en haussant les épaules. Peut-être devrait-il rester là-bas? On va lui demander, c'est tout, seulement lui demander.

Henri saisit le morceau de viande que lui tendait Tremblay et s'appuya contre les roches encore tièdes.

— Il faut qu'il vienne! Il le faut! Nous avons besoin de lui. Il doit parler pour nous. Tout va de mal en pis!

— C'est intelligent de notre part de penser qu'on peut tout recommencer, hein! poursuivit Gabriel en hochant la tête. Cette terre, *hostie!* même les bisons ont compris qu'il valait mieux la quitter. C'est ce Charles Nolin!

Furieux, Gabriel haussa la voix:

— Un écoeurant. On le savait déjà à Red River, il y a plusieurs années. *Chien!** Et c'est notre "représentant" auprès du gouvernement! Il devrait s'occuper de nous comme il s'occupe de ses affaires.

— Rien à manger, aucun contrat d'abattage, mais ils ont assez d'argent pour payer une Police Montée pour s'assurer qu'on respecte la loi... continua Pierre, assis devant le feu, comme s'adressant aux flammes.

— Crozier, ce policier, il n'est pas si mauvais que ça, ajouta Dumont qui éprouvait un certain respect pour cet Anglais.

Crozier et Dumont avaient d'ailleurs chassé ensemble quelquefois et Gabriel lui traduisait même ce que racontaient les Cris.

— Pas un mauvais homme, reprit Pierre. Mais ses allégeances...

186

Là-dessus Dumont ne le contredit pas. Après tout, ils avaient écrit à Louis et ils allaient le voir bientôt pour cette raison.

— Nous ne sommes plus tellement éloignés. Pourquoi attendons-nous à demain? questionna Napoléon, impatient de revoir son héros.

Le jeune Nault avait grandi dans la vénération de Riel et, à ses yeux, ce géant importait plus que sa vie.

— Il est trop tard, répondit Dumont. Demain matin, ça vaudra mieux.

Délibérément, Dumont avait chevauché lentement toute la journée. Il avait finalement décidé qu'il avait besoin d'une autre nuit sous les étoiles pour réfléchir. Il souhaitait que tout aille bien pour Riel, qu'il soit en bonne santé. Sans Louis, les Métis avaient perdu la flamme; ils s'étaient transformés en un peuple de vaincus. Il leur fallait quelque chose, quelqu'un... un flambeau dont ils se souvenaient encore et dont ils parlaient. Lui-même, Dumont, aurait pu les guider, mais il ne savait ni lire ni écrire, ni parler à la manière de Louis. Le coeur, pensa Gabriel, avait été séparé de la tête.

*　*　*

Les cinq cavaliers qui débouchèrent en haut de la colline aperçurent la petite école blottie au creux de la vallée. Une silhouette se tenait devant la porte et Gabriel reconnut aussitôt Louis.

Les deux hommes s'embrassèrent, puis Napoléon et Jean serrèrent contre leur coeur ce héros et ami. Les autres lui furent présentés et Louis leur donna la main poliment. Gabriel jubilait. Avec ses cheveux toujours aussi noirs et épais, Louis avait bonne mine. Il semblait même avoir gagné du poids.

— Elle a su t'engraisser, dit Gabriel en riant et en pinçant Louis au bras.

— Comme tu l'avais prédit, Gabriel, une bonne femme.

Dumont s'écarta des autres, entraînant Louis par le bras.

— Marchons un peu, nous avons tant de choses à nous raconter, depuis le temps...

Les deux hommes s'éloignèrent.

— Qu'est-ce que pense Marguerite de tout ça? s'informa Gabriel.

— Marguerite est une Métisse. Elle comprend notre peuple. Elle vit ici et elle sait l'importance d'un bout de terre qui nous appartienne, de la reconnaissance de ce que nous sommes et de la liberté de vivre comme nous l'entendons.

— Alors, elle est d'accord pour que tu reviennes?

— Bien sûr! Nous savions tous les deux que ce n'était qu'une question de temps, qu'il fallait attendre que Dieu décide du moment opportun.

Même si Dumont devinait que Louis ne pouvait refuser, il s'était attendu à une plus grande surprise de sa part. Pourtant il connaissait bien Louis. Au fond, il était resté le rêveur d'autrefois. Il sonda le regard calme de Louis.

— Tout va recommencer comme avant, Louis.

— Pas tout à fait, répondit un Louis confiant. Cette fois-ci, je dispose d'un plan, en ce qui me concerne, en ce qui concerne notre peuple et tous les opprimés du monde entier. Cette fois-ci, on s'y prendra de la bonne façon, dès le début.

La voix de Louis avait retrouvé sa fermeté des jours anciens. Dumont buvait ses paroles.

— Comme ça, Louis, c'est décidé, tu reviens avec nous.

Louis s'arrêta et, au ton de sa voix, on aurait dit qu'il parlait de quelqu'un d'autre, d'autre chose.

— Dieu veut vous révéler que vous avez suivi la bonne route. Vous êtes cinq et vous êtes arrivés le cinquième jour du mois. Si vous voulez repartir à six, vous devrez attendre jusqu'au six... demain.. et à ce moment, je vous ferai connaître ma décision.

Gabriel demeura perplexe. Louis était sans doute un peu plus superstitieux qu'avant! Les gens intelligents ont parfois de drôles d'idées, se dit-il.

Le lendemain matin, Louis accepta officiellement de rejoindre son peuple. Ils entassèrent toutes ses affaires dans les voitures et se mirent en route pour les plaines de la Saskatchewan.

* * *

Ils arrivaient en vue du village de Batoche. Toute une foule s'était rassemblée: peut-être cinq ou six cents Métis avec leurs voitures. Les adultes se réjouissaient bruyamment et criaient:

— Vive Riel! Vive la nation métisse! Vive Gabriel Dumont!

Comme ils approchaient, la foule s'élança pour toucher Riel, lui taper dans le dos. Louis était ému. Des pleurs coulaient sur ses joues et il se pencha vers ses anciens amis et vers ceux qui ne le connaissaient que par les chants et les contes. Les enfants le détaillaient avec curiosité et battaient des mains, imitant leurs parents. Louis ne s'était jamais imaginé, même dans ses rêves, un tel accueil. Une Jérusalem nouvelle surgissait, un peuple qui avait attendu le retour de son messie, de son chef spirituel.

Puis, le visage ridé épanoui par un sourire, le vieux Ouellette vint saluer Louis.

— J'ai quatre-vingt-quatorze ans aujourd'hui, Louis, déclara le vieil homme avec fierté. Je suis encore là pour me battre aux côtés de Louis Riel.

Louis sourit au nonagénaire et Gabriel lui tapa sur l'épaule.

— Il va falloir qu'on se débarrasse bientôt de lui, enchaîna Dumont. Il commence à nous coûter cher! Il a déjà fauché trente chevaux et cinq femmes!

Tout le monde rit avec Ouellette, l'homme le plus âgé de Batoche, une légende vivante.

— De quoi as-tu besoin, Louis? demanda Gabriel.

— De crayons et de papier, Gabriel, de crayons et de papier.

— Tu trouves les crayons et le papier et moi, les hommes. C'est ça?

Louis interrogea Dumont du regard.

— Pour le moment, douze hommes. Oui, douze hommes suffiront, déclara Louis, sentencieux.

Dumont lança sa monture. Décidément, Louis avait le goût du drame, sans parler de ce nouveau penchant pour les chiffres. Douze, treize, cent! Qu'est-ce que ça pouvait faire?

Louis se prosterna devant l'autel. Le Père Ritchot, qui avait suivi les siens dans l'Ouest jusqu'à Batoche, le regarda prier. Pauvre Louis, se dit le brave prêtre, peut-être réussira-t-il cette fois-ci! Il ne savait plus que penser ni que faire. L'évêque lui avait recommandé de ne pas le laisser revenir et Louis était ici maintenant. Les gens étaient allés le chercher, qu'y pouvait-il?

Lentement Riel se releva. Il se tourna vers le Père Ritchot, les yeux pleins de larmes.

— Je suis venu exécuter la volonté de Dieu.

— En es-tu certain, Louis?

Le vieux prêtre ne savait quoi dire. Louis s'était toujours montré très pieux. Dieu lui avait peut-être parlé. Qui était-il, après tout, pour douter de cet homme?

— J'en suis sûr, mon Père. Monseigneur Bourget m'avait dit d'attendre un signe... je l'ai reçu.

Le Père Ritchot fit un signe de croix et Louis s'éloigna. Dumont attendait à l'extérieur avec les chevaux, comme on le lui avait demandé.

— Où allons-nous? s'enquit-il pendant que Louis enfourchait sa monture.

— D'abord au bureau du télégraphe. Ensuite chez Assywin.

Dumont jeta un bref regard en direction de Louis.

— Le Visionnaire?

— Oui, Gabriel, le Visionnaire.

Par cette soirée froide, la neige crissait sous les sabots des chevaux. Les hommes avaient presque atteint le campement indien. Le brouillard flottait sur les eaux et donnait au paysage une allure irréelle. Dans le village indien, la fumée s'élevait au-dessus des tentes et se perdait dans le brouillard.

— Attendez ici, dit Louis à Dumont et aux hommes qui l'accompagnaient. Je dois rencontrer Assywin en tête à tête.

— T'en es sûr? demanda Dumont.

— Attendez ici! répéta Riel.

Gabriel tourna à gauche, en direction d'un bosquet. Les autres demeurèrent en vue du village indien. Ils observaient Louis qui s'éloignait.

— Mais qu'est-ce qu'il prépare, Gabriel, pour l'amour du ciel?

La voix surprit Dumont qui, en se détournant, se trouva brusquement face au major L.N.F. Crozier, chef du détachement de la Police Montée.

— Je devrais me méfier de vous, dit Gabriel. Vous êtes devenu presque aussi silencieux qu'un Cri.

Crozier interrogea Dumont du regard.

— Louis Riel, reprit-il durement. Il a toute une réputation.

— Il ne mérite pas celle que les vôtres lui ont faite!

— Cela ne me concerne pas, Gabriel, à condition qu'il se soumette à la loi.

— Louis connaît les lois.

— Je ne suis pas convaincu que ce soit une bonne chose que de le laisser parler trop longtemps avec le vieil Assywin, continua Crozier qui se méfiait de Riel.

Dumont aussi restait sur ses gardes.

— Ce sont de vieux amis. Il est allé le saluer.

Crozier remonta en selle.

— Dites à Riel de s'en tenir là.

Dumont lui fit un signe affirmatif. Il se demandait lui-même pourquoi Louis voulait revoir le Visionnaire. Ils n'étaient pas si amis que cela, après tout!

Dans la tente, Louis s'accroupit avec Assywin. Il scruta, comme il l'avait déjà fait, le visage grêlé de cet homme qui l'avait tant effrayé jadis. Le Visionnaire avait fermé les yeux. Il avait croisé les jambes sous le tronc et il chantonnait lentement, se balançant d'avant en arrière. Louis parlait à voix basse, sur le même ton qu'Assywin.

— Il n'est pas trop tard... Vos guerriers disparus et les nôtres... Nous lèverons et formerons une armée glorieuse, unie dans le Christ! Les Cris et les Pieds Noirs sont nos frères. Vos mères étaient nos mères. Joignez-vous à nous. Ensemble nous vaincrons.

Assywin desserra lentement les paupières et regarda Louis. Au loin, un coyote hurla.

— Tu es revenu la nuit des esprits, dit-il en désignant d'un geste ample l'extérieur. Bien! C'est ce qu'il fallait.

Il tendit un couteau à Louis, puis sembla se plonger dans une transe profonde. Riel prit le couteau et se coupa au bras. Le sang jaillit et coula le long de son poignet. Assywin l'imita, puis ils joignirent leurs poignets.

Le sang avait été mêlé. Le sort en était jeté.

Chapitre 15
Le goût de la victoire

Les peuples et les gouvernements n'ont jamais rien appris de l'histoire; jamais ils n'ont agi selon les principes qu'ils en avaient déduits.

Hegel

Donald Smith et Sir John A. Macdonald circulaient dans la gare de triage. Par cette froide matinée, sous un ciel bleu profond, le soleil caressait le ponton d'acier stationné sur la voie de garage. Lorsque les deux hommes expiraient, leur haleine formait une fumée blanche qui s'évanouissait dans l'air frais.

— Quelle magnifique machine! s'exclama Sir John en palpant l'acier froid de la locomotive. Et dans ces flancs, encore endormi, se terre tout l'avenir de ce pays. Nous ne pouvons plus abandonner, Donald, nous ne pouvons plus abandonner.

Smith examina la locomotive, son rêve à lui aussi, mais sa façon de voir différait de celle de son ami.

— Sir John, le Conseil privé constituait notre dernier espoir. Les créanciers exigent d'être payés, sinon ils saisiront le stock et...

Il respira et jeta un regard attristé sur la bête de métal avant de continuer:

— ...l'équipement.

— Ils ne doivent pas! reprit Sir John en élevant la voix. Au diable l'Opposition! Au diable ces imbéciles stupides qui ne voient pas plus loin que le bout de leur nez!

Oui! le rêve d'une voie de chemin de fer traversant le pays, ce rêve qu'ils avaient caressé tous les deux pendant des années était maintenant compromis. On manquait désespérément de fonds.

— Frustrant! laissa échapper Smith. Vraiment frustrant!

— Frustrant? Non, stupide! Comment ce pays pourra-t-il se développer? Nous devons nous unir par un système de transport qui réponde aux besoins de tout le pays et qui permette de coloniser l'Ouest.

— Je sais, Sir John, je sais.

— Je suis désolé, Smith. Vous vous y êtes entièrement consacré. Vous n'avez pas failli à la tâche. Mais je n'arrive pas à faire comprendre à ces imbéciles ce qu'ils ont à portée de la main. Seigneur! Le potentiel de ce pays est incroyable! Si seulement *ce* pays et *ses* politiciens pouvaient s'entendre!

Donald Smith mit les mains dans ses poches.

— Monsieur, qu'allons-nous répondre aux créanciers?

— Je n'en sais rien, Donald, je n'en sais tout simplement rien.

Les deux hommes firent demi-tour et se dirigèrent vers la Colline. La Chambre des Communes se détachait dans la lumière du matin tandis qu'ils traversaient la rue Wellington.

— Incroyable! marmonna Macdonald. Parfaitement incroyable!

— Quoi? s'enquit Smith sans grande attention.

— Incroyable qu'un endroit pareil, qui inspire tant le respect, renferme tant d'idiots!

Smith sourit. Il aimait quand Sir John s'attaquait à l'Opposition. Ils pénétrèrent dans le cabinet du Premier ministre et se débarrassèrent de leurs lourds manteaux bordés de fourrure.

— Outre les créanciers qui veulent nous reprendre notre chemin de fer, quelle autre heureuse nouvelle m'apportez-vous, ce matin?

— J'ai une dépêche, répondit Smith, se rappelant soudain qu'il la tenait dans une de ses poches depuis un long moment. Attendez un instant, fit-il en l'extirpant de son manteau et en la dépliant. C'est une autre pétition en provenance de l'Ouest. Ils demandent réparation des torts.

— Encore des exigences de la part de ces illettrés! Ils veulent des terres, je suppose.

Le Premier ministre était tellement préoccupé par la voie ferrée que tout le reste l'ennuyait, en particulier ces demandes de terres venant des Indiens et des Métis.

— Non! monsieur le Premier ministre. Cette demande-ci est très bien rédigée... et elle est signée Louis Riel. Vous vous souvenez de lui?

— Seigneur Dieu! Il ne manquait plus que ça! Riel de retour! lança le Premier ministre exaspéré.

— Je vais l'envoyer au ministre responsable, reprit Smith en repliant la dépêche.

Macdonald s'anima subitement. Ses yeux brillaient d'un éclat que Smith n'y avait pas surpris depuis des mois.

— Non, attendez. Faites voir. Montrez-moi la pétition de Riel.

— Des menaces en l'air, Sir John, rien de bien sérieux.

En lisant, Sir John marmonnait:

— Contrôle des ressources naturelles; modifications des lois concernant les propriétés; amnistie pour 1870; dédommagements pour les mauvais traitements qu'ont fait subir aux Métis les troupes de Wolseley en 1870; droits de propriété garantis pour les Métis, etc. Seigneur! Ils parlent de séparation, Donald!

— Sir John, les créanciers! Ne pouvons-nous réfléchir d'abord à ce que nous leur répondrons? questionna Smith qui croyait ce problème plus urgent.

Le Premier ministre fixa son ami; un sourire éclairait son visage.

— Le Parlement, Donald, le Parlement. Vous vous rappelez à quel point les députés avaient été irrités par le comportement de Riel? Imaginez un peu comment ils réagiront si ces nouvelles menaces de sa part rendent imminent un danger!

À son tour, Smith regarda son interlocuteur, l'air stupéfait.

— Vous ne feriez pas ça?

— Certainement que je le ferais, reprit Macdonald, son fameux demi-sourire aux lèvres. Ces sots doivent comprendre que le chemin de fer représente un facteur vital pour la sécurité nationale. De plus, que faire d'autre? Une suggestion par-ci, un scénario bien conçu par-là. S'ils réalisent ce qui risque de se produire, ils s'arrangeront peut-être pour que nous puissions achever la voie ferrée de façon à enrayer la menace.

— Je doute fort que Riel et son groupe constituent véritablement une menace à la sécurité du pays.

Smith n'approuvait guère le plan de Sir John car il impliquait un refus catégorique aux demandes des Métis et des Indiens. En une période aussi critique, un tel refus s'avérait dangereux pour l'avenir du Nord-Ouest.

— Je pense que cette situation créera un certain désordre au sein du Parlement, déclara sournoisement Macdonald.

— Espérons qu'elle n'en crée pas un de plus grande importance dans les prairies, Sir John. Un désordre, par exemple, que l'on ne saurait contenir.

* * *

Assis devant le feu, Dumont surveillait le café qui chauffait. Il avait rassemblé les hommes, les avait prévenus des ennuis qui pouvaient surgir. Ils avaient tous accepté, au nom de leur héros, Louis Riel. Les Métis se regroupaient à Batoche. Louis qualifiait cela de "démonstration de leur détermination".

Malgré le froid vif, habillé de peaux de bisons et à l'abri des rochers, devant le feu, Gabriel avait chaud. Il aurait quand même préféré se retrouver chez lui, auprès de Madeleine. Il vit venir le major Crozier dont la silhouette se détachait sur la lune. Crozier descendit de monture, mais Dumont ne se leva pas pour aller à sa rencontre.

— Vous savez toujours où me trouver.

— Le jour où je ne vous trouverai plus, Dumont, je commencerai à m'inquiéter.

— Un café, major?

Dumont lui tendit une tasse en étain remplie du liquide brûlant. Le major s'assit aux côtés de Gabriel, à la manière indienne.

— Merci!... Tout est resté calme jusqu'à maintenant, Gabriel. Peut-être pas comme vous et moi l'entendons, mais au moins le calme règne.

Gabriel devisagea Crozier.

— Major, vous êtes un homme juste. Il y a longtemps que je vous connais. Vous savez que les Métis ne peuvent se tenir tranquilles pour de bon. Nous n'avons aucun droit de propriété, aucun travail et il ne reste plus de bisons. Nous méritons mieux.

Le major ne pouvait démentir ces faits. Il n'admirait guère les politiciens d'Ottawa. Encore moins leur intelligence!

— Ils font des tas de promesses, poursuivit Dumont d'une voix égale. Et ils ne les tiennent pas.

Son interlocuteur ne le savait que trop bien. Combien de fois avait-il été obligé de faire valoir des promesses rompues!

— Un jour, commença Crozier, un jour ça va changer.

— Vous n'y croyez pas vous-même, major, répondit Dumont en se tournant carrément vers lui.

— Peut-être pas, Gabriel, peut-être pas. Mais je dois faire mon travail et vous pouvez me faciliter la tâche. J'aimerais mieux ça.

— Je ne dis pas oui, je ne dis pas non. Quelle est votre idée, major?

Crozier pesa chacun de ses mots.

— Certains des vôtres ont la langue bien pendue et un peu trop d'imagination. Ils ont irrité mes hommes.

— *Certains* des vôtres ne se gênaient pas non plus avant que Louis arrive. J'en connais qui seraient bien contents de le voir partir.

Gabriel insista exprès sur le mot "certains". Il attendit la réponse de Crozier.

— Ils finiront par obtenir ce qu'ils veulent, répliqua Crozier. J'ai reçu un ordre, signé du Premier ministre, m'intimant d'arrêter Riel à moins qu'il ne quitte les lieux.

Dumont ne s'étonna pas. Le nom de Louis devait obséder ce vieux corbeau.

— Pour quelle raison, s'informa Dumont qui essayait de soutirer des renseignements.

— Peu importe.

— Pour quelle raison, répéta Gabriel.

Le major réfléchit un instant. Valait-il vraiment mieux que Dumont n'en sache rien? Peut-être aimait-il assez Riel pour le pousser à fuir le pays et cela éviterait bien des ennuis.

— Ils disent qu'il représente une menace à la sécurité du pays.

— Peut-être que ce pays a besoin d'une menace, rétorqua Dumont qui dévisageait Crozier d'un regard dur et froid. Peut-être que les Métis doivent représenter une menace. Louis appelle ça une "démonstration de détermination". Eh bien! major Crozier, tâchez d'obtenir un mandat d'arrêt pour environ un millier de Métis et deux mille Indiens. Nous sommes tous aussi déterminés que Louis.

J'aurais dû m'en douter, pensa Crozier. Dumont un chef, un homme fort et indépendant, n'était pas du genre à suivre un fanatique religieux. Il n'existait aucune façon de l'influencer.

— Écoutez, Dumont, vous me connaissez. Vous savez ce que je pense. Si je vous dis cela, c'est que d'où qu'ils viennent, je n'ai pas l'intention de remettre les ordres en question.

— *Je* remets vos ordres en question, continua Gabriel, terre à terre. Mais je ne m'attends pas à ce que *vous* en fassiez autant.

— Vous êtes plus libre que moi. Je dois obéir aux ordres. Si demain je rencontre ici Riel, je devrai l'arrêter.

Bonne chance, se dit Gabriel, bonne chance! Il savait très bien que le détachement ne se composait en tout et pour tout que de quarante-six hommes et que les renforts n'avaient pas encore quitté Régina. Mais il ignorait que Louis avait reçu des nouvelles d'Ottawa et les avaient transmises — tous des refus insultants — au Visionnaire.

Le lendemain, Gabriel se décida à regagner Batoche. On ne manquait pas de temps pour tout organiser, pour planifier la "démonstration de détermination".

* * *

À des milles de là, dans les plaines, un autre feu faisait rage, un énorme feu dont les flammes s'élançaient vers les cieux. Le vieil Assywin, les bras tendus, les yeux grand ouverts, avait tourné la tête vers la Grande Ourse. Il reprenait le chant que les guerriers de son peuple avaient entonné pendant des générations. Ses prières s'adressaient aux ancêtres disparus qui scintillaient là-haut. On entendait le rythme régulier des tambours et celui du bâton de sorcier qui claquait et sifflait comme un serpent à sonnettes. Les visages blanchis se mouvaient dans la nuit et les haches de guerre reluisaient... Un amas de fusils se trouvaient à portée de la main.

À minuit, quand la lune fut haute et pleine dans le ciel, les guerriers sortirent silencieusement du village. Le vieil Assywin suivit du regard son fils Esprit Errant qui disparaissait dans la nuit.

Dans les plaines, à des milles de Batoche, le soleil se leva sur la petite colonie isolée de Frog Lake. Le Père Marchand disait sa messe du dimanche matin. Il se détourna de l'autel et leva le calice devant les fidèles. Il s'étonna de voir Esprit Errant assis sur le premier banc, portant les couleurs et le costume de guerre. Une demi-douzaine de guerriers avaient également pris place dans la petite église. Les membres de la communauté, pour la plupart des Cris et des Ojibwas, se sentaient de plus en plus nerveux et essayaient de réciter leurs prières tandis qu'Esprit Errant, son plumet de guerre touchant le bout du banc, regardait droit devant lui.

Lorsque la messe fut terminée, le Père Marchand s'avança et dit en cri:

— Nous sommes heureux de t'avoir parmi nous, Esprit Errant. Nous espérons que toi et tes braves êtes venus ici dans la paix...

Il n'avait pas achevé sa phrase qu'Esprit Errant se leva et, s'adressant à la moitié blanche des fidèles, cria:

— *Nea*! Allez-y! Quittez cet endroit!

Puis il redescendit la nef et fit signe à ses compagnons de le suivre. Les fidèles obéirent à son ordre.

— Pour qui se prend-il, ce sauvage? murmura quelqu'un.

— Où est la police? demanda un autre.

Dehors, Esprit Errant se tourna vers eux.

— Qui, parmi vous, est l'agent Thomas Quinn?

Quinn, homme paisible qui avait dirigé le comptoir de la Baie d'Hudson pendant trois ans, se détacha du groupe.

— C'est moi!

— Allez chercher vos clés et ouvrez-nous! commanda l'Indien.

— Non! répliqua Quinn qui savait que l'on arrivait à rien en craignant les Indiens.

— Allez chercher les clés. On veut les fusils, ordonna de nouveau Esprit Errant dont les yeux se plissèrent.

Quinn sentait les clés au fond de sa poche, mais il mentit:

— Je ne les ai pas et je n'irai pas les chercher.

— Donne-lui les clés, Tom! cria Madame Quinn qui se trouvait dans la foule.

Le cri fut couvert par la détonation. Quinn, tué à bout portant, s'écroula.

— Arrêtez! Non! Arrêtez!

Le Père Marchand s'élança dans la neige. Esprit Errant brisa son élan, d'un seul coup de feu, et lui aussi s'effondra, petit tas tout noir dans la neige blanche. Les Blancs se dispersèrent et s'enfuirent chez eux en courant. Quelques-uns parvinrent à leur foyer, pas tous. Grand Ours, le chef des Cris, tendit le bras et saisit son frère.

— Ne tire plus, supplia-t-il. C'est inutile...

Le regard vitreux, Esprit Errant ne vit ni n'écouta Grand Ours. Il n'aperçut que le visage grêlé d'Assywin et n'entendit que les pleurs lointains d'une centaine d'enfants indiens atteints de la maladie de l'homme blanc. Son peuple avait faim; les bisons avaient disparu; la terre était désolée. Il se libéra de cette étreinte et lança sans émotion:

— Pourquoi ne pas les tuer?

Les Indiens partirent vers la fin de l'après-midi, emmenant avec eux des ôtages. Ils brûlèrent deux maisons et la petite église. Les trois survivants de la communauté, regardaient autour d'eux et gémissaient. L'un d'eux, William Cameron, télégraphia un message plus ou moins cohérent.

Au quartier général de Battleford, le major Crozier lut le message et ferma les yeux.

— Mon Dieu! soupira-t-il. Ça y est...

Il se mordit les lèvres. Tu parles d'une situation! Il essaya de distinguer ce qu'il devait de ce qu'il ne pouvait défendre. Il fallait réunir les gens à Prince Albert, rassembler quelques volontaires. Il se souvint de la rencontre entre Riel et Assywin. Maintenant, il fallait avant tout s'emparer de Riel. Riel avait mis le feu aux poudres. Mais il se demandait aussi à quoi cela servait de l'écarter à présent.

* * *

Gabriel Dumont arriva à Batoche. Il avait fumé le calumet avec Poundmaker et avait parlé à Grand Ours. Les hommes qu'il avait recrutés l'avaient précédé et s'étaient déjà tous réunis à Batoche où ils l'attendaient. En chevauchant le long de la rue couverte de neige, il fut surpris de voir une foule devant le bureau du télégraphe. Que se passait-il donc? Il ne l'apprit que trop tôt. La révolte du Nord-Ouest était entamée.

Assis sur son cheval, Moïse Ouellette se trouvait en bordure de la foule. Son visage tanné ne réflétait aucune émotion. En entendant Gabriel, il tourna la tête. Un murmure de reconnaissance grandit parmi les cavaliers et les curieux.

— Que se passe-t-il, Ouellette?

— Jean a intercepté un télégramme. Les Indiens ont attaqué Frog Lake. Ils ont tué quelques *Anglais** et un prêtre.

205

Dumont était pétrifié. Il ne pouvait s'agir de Pound-maker, le chef des Cris: ils venaient tout juste de fumer ensemble la pipe. Poundmaker avait accepté de s'emparer des armes de l'un des comptoirs de la Baie d'Hudson, mais pas tout de suite et il était entendu qu'il ne devait pas y avoir de massacre.

— Grand Ours? questionna Gabriel.

— Il était là-bas, répondit Ouellette.

— Esprit Errant!

Tout d'un coup, Gabriel sut ce qui s'était produit. Il se rendit compte que le pacte de protection mutuelle passé entre Riel et Assywin était une erreur.

— Où est Louis?

— À l'intérieur, dit Ouellette en indiquant le bureau du télégraphe. Il a demandé de réunir tout le monde. Il va nous parler. Je suppose qu'il réfléchit à ce qu'il va nous dire.

Dumont descendit de cheval et s'avança vers le bureau. Louis était seul, le visage pâle, épuisé.

— Tu arrives toujours lorsque j'ai besoin de toi.

— Tu vas avoir besoin de moi, c'est vrai, Louis.

— Le Premier ministre a refusé de se plier à nos exigences. Ils ont envoyé une réponse insultante. Je l'ai montrée à Assywin.

— Et Esprit Errant est allé à Frog Lake pour s'emparer des armes et se venger, soupira Gabriel.

— C'est cela... J'ai essayé de le raisonner. Je ne voulais pas que cela se produise.

— Je sais, Louis. Tu veux toujours parler!

— Peut-être vont-ils m'écouter maintenant. J'ai envoyé un télégramme au Premier ministre...

— Ils ne veulent pas t'écouter, Louis, reprit Gabriel avec emphase. Le major Crozier a reçu l'ordre de t'arrêter. Il essayera probablement de voyager de nuit. Et si rien ne le retient en chemin, il sera ici dès demain.

Comme égaré, Louis supplia Gabriel du regard.

— Peut-être que si je lui parlais...

— Ce n'est plus le moment de parler, mon ami, l'interrompit Dumont. Es-tu prêt à te battre?

Un moment, Louis regarda intensément son compagnon et réfléchit.

— Est-ce vraiment la seule façon de réaliser mon rêve d'une terre pour tous les opprimés?

— Je ne sais pas quoi penser au sujet de tes rêves, Louis, mais je sais quelle est la seule façon de répondre pour les Métis: se battre!

Gabriel avait raison. Le regard du vaincu s'effaçait tranquillement. Un air de détermination y faisait place.

— Eh bien! rendons-nous à l'église! dit Louis. Allons demander au Père Ritchot de dire la messe. Puis nous prendrons les armes et nous irons à la rencontre de Crozier.

— Enfin! hurla Gabriel. Enfin, il voit clair!

Ils coururent à l'église et tous les autres les suivirent. Louis entra le premier pour s'adresser au Père Ritchot. Le prêtre priait, ombre solitaire au pied de l'autel.

— Père Ritchot, je dois vous parler.

L'homme de Dieu se signa, se releva et vint à Louis. Il le fixa droit dans les yeux et un sentiment de terreur le traversa.

— Je sais ce qui est arrivé, Louis.

— Nous devons nous battre. Pourriez-vous dire une messe pour nous?

Le prêtre rassembla toutes ses forces. Il connaissait Riel depuis son enfance. Lui, le premier, il avait décelé cette intelligence exceptionnelle.

— Jeune, tu n'étais déjà pas comme les autres Métis, reprit-il lentement pour que Louis le comprenne. J'ai écrit au Père Taché et je t'ai recommandé à lui pour qu'il t'apprenne à étudier. Lorsque l'argent venait à manquer, l'Église payait pour toi. Tu as été mon premier élève, Louis. Cela me fait mal... Je...

— Ils sont en route pour m'arrêter. Nous devons nous battre, répéta Riel. Dites une messe, mon Père.

— Je ne crois pas à la guerre, Louis. Je ne pense pas qu'il faille que notre peuple tue d'autres hommes.

— Dites une messe, répéta Riel d'une voix aiguë qui ordonnait plus qu'elle ne suppliait.

— Non! rétorqua fermement Ritchot. Je ne sanctifierai ni un crime ni ceux qui s'apprêtent à le commettre!

Louis agrippa la nappe d'autel et l'enleva d'un coup sec. Les chandeliers roulèrent sur le sol et il s'empara du grand crucifix. Tournant le dos au prêtre, il sortit à grands pas de l'église.

— Louis! Louis! Pas cela!

Le Père Ritchot le suivit. Tous les Métis observaient les deux hommes en silence. Charles Nolin surgit de la foule. Dumont cracha à son passage.

— Crozier ne reculera plus! lança Nolin.

— Moi non plus! cria Louis avec colère.

— S'il le faut je demanderai à l'Église de t'arrêter, menaça le Père Ritchot en jetant un regard à tous ces visages qu'il connaissait si bien. Écoutez-moi! Vous ne pouvez pas agir ainsi. L'Église s'y oppose.

Dumont poussa brutalement Nolin et se plaça aux côtés de Louis.

— Écoutez-moi bien tous! Ou bien nous nous battons fièrement avec Riel, ou bien nous retournons en rampant!

À ces mots de son ami, Riel leva le crucifix à bout de bras.

— Dieu est avec nous, mes frères! Dieu est avec le peuple métis! ajouta-t-il.

Une grande clameur s'éleva parmi les Métis et Tremblay lança le cri de la tribu. Son cheval se cabra et il s'élança dans la rue principale avant qu'il ne le dirige droits vers l'attroupement. Tenant son fusil sous le bras et galopant à toute allure, il tira sur l'enseigne du comptoir de la Baie d'Hudson.

— Les dés sont jetés, dit Riel à Dumont. Nous ne pouvons plus reculer.

— Il n'a jamais été question de reculer, Louis. Jamais! répéta Gabriel dans un sourire.

Toute la journée, les familles s'assemblèrent à Prince Albert pendant que Crozier déplaçait ses hommes vers Fort Carlton. Trop d'armes s'accumulaient là-bas pour courir le risque qu'elles ne tombent aux mains des Métis ou des Indiens. Ils partiraient le soir même pour voyager de nuit. Ils s'arrêteraient à Duck Lake pour y cacher des armes. Des volontaires étaient arrivés de Prince Albert. Pas assez, mais peu valait mieux que rien.

Le major s'assit à son bureau et révisa ses plans. Dès que les armes seraient placées en sécurité à Duck Lake, il prendrait une décision au sujet de Riel. Il avait besoin de renforts pour s'attaquer à Batoche. Non, décida-t-il. Les dommages étaient déjà causés. Il ne fallait plus songer à Riel. Prendre les armes, arriver au plus tôt à Battleford et attendre les secours, voilà ce qu'il convenait de faire.

Il se tourna vers le jeune homme qui venait d'entrer.

— James Howe, monsieur. Je rallie mon unité.

— Comment êtes-vous parvenu jusqu'ici, soldat? s'informa-t-il en dévisageant la jeune recrue.

— En passant par Battleford, monsieur. Avant ça, j'étais cantonné à Régina.

— Dommage que vous soyez seul, commenta-t-il en se frottant le menton. Que savez-vous des renforts?

Le jeune Howe parut stupéfait.

— J'ai entendu dire que certains devaient nous rejoindre dans deux semaines, monsieur. Ils m'ont envoyé en messager.

— Comme c'est gentil de leur part! marmonna Crozier. Très gentil!

— Voici mon ordre de mission, monsieur.

Crozier jeta un regard ennuyé aux papiers que lui tendait le soldat. Exactement ce qu'il lui fallait! En pleine rébellion, il ne disposait que de quarante-six hommes pour défendre le territoire!

— Allez vous reposer, mon garçon. Nous ne tarderons pas à nous mettre en route.

Il jeta l'ordre de mission sur son bureau. Cela peut attendre, se dit-il.

Chapitre 16
La réponse d'Ottawa

La guerre implique tant de circons-
tances imprévues, même improbables,
que la sagesse humaine est impuissan-
te à les circonscrire toutes. Mais inva-
riablement, il s'ensuit une hausse des
impôts.

Thomas Paine

Les dépêches annonçant la révolte des Indiens et des Métis parvinrent à Ottawa en quelques heures à peine. D'abord la nouvelle relative au geste d'Esprit Errant, puis le dernier télégramme désespéré de Crozier.

Donald Smith assistait au discours du Premier ministre devant la Chambre. Les paroles de Sir John se répercutaient dans tout l'édifice. Son éloquence résonnait dans l'enceinte aux murs lambrissés et secouait presque le fauteuil de velours rouge du Gouverneur général.

— L'un de ses discours les mieux réussis! déclara Smith au secrétaire du Premier ministre, monsieur Merrit.

— Certes! répliqua Merrit. Si je n'approchais pas de mes soixante-dix ans, j'irais de ce pas m'enrôler!

Les membres du Parlement lui accordèrent une ovation debout. Sir John A. Macdonald rassembla ses documents et traversa l'aile pour aller à la rencontre de son ami.

— Félicitations, Sir John! Tout à fait enlevant! dit Smith d'une voix un peu moqueuse.

Amusé, Macdonald siffla et pinça Smith au bras.

— Nous l'aurons notre chemin de fer, ne croyez-vous pas, Donald? Oui, ils savent maintenant pourquoi ils en ont besoin.

— Sir John, plaida Donald Smith en essayant de retrouver son sérieux, faire la guerre dans le but de bâtir une voie ferrée n'est peut-être pas le meilleur moyen de...

— Que puis-je y changer? répondit le Premier ministre qui le regardait d'un regard triste. Ce n'est quand même pas moi qui l'ai déclarée. Ce n'est pas moi qui ai massacré des gens. Ce n'est pas moi qui ai donné la permission à Louis Riel de revenir au Canada et de fomenter une... une.. révolte! Il n'existe aucun autre moyen. Maintenant, il nous faut à tout prix un chemin de fer. Le Parlement votera les crédits nécessaires. Après tout, il ne s'agit que de tirer parti d'une situation déplorable!

— Je ne vous critiquais pas, reprit Smith qui reconnaissait le point de vue de Macdonald.

Ensemble, ils pénétrèrent dans le cabinet du Premier ministre. Le désordre qui y régnait dépassait tout ce que Smith avait vu auparavant. Des cartes immenses recouvraient le bureau habituellement ordonné et des épingles rouges marquaient la carte du Canada qui était accrochée au mur. Smith tenait les dépêches.

— Eh bien! dit Sir John, que racontent-ils?

— Ils veulent connaître la gravité de la situation.

— Et vous leur avez expliqué qu'à mon avis, reprit le Premier ministre en se frottant le menton, il faudrait envoyer dès que possible, dans l'Ouest, au moins cinq mille soldats?

— Je leur ai dit, continua Smith en fixant son interlocuteur, qu'à *votre* avis, oui... Oui, je leur ai dit.

— Et vous divergez d'opinion?

— La situation m'apparaît malheureuse, dramatique même, mais je ne crois pas qu'elle justifie...

Le Premier ministre l'interrompit:

— J'espère que vous ne leur avez pas répété ça!

Smith secoua la tête.

— Ils ne m'ont pas demandé mon avis.

L'homme d'État s'approcha de l'immense carte qui recouvrait le mur.

— Terminer la voie ferrée, voilà la seule façon d'y parvenir. Combien de temps encore avant d'atteindre Batoche?

Donald Smith étudia la carte avec attention.

— Il y a encore de grands vides. La voie ferrée ne se rend pas pour l'instant plus loin qu'Appelle. Si nous pouvions étendre les rails par équipes, en engageant des surnuméraires, et passer par cet endroit, nous y serions en six semaines.

— Six semaines? Parfait. Nous enverrons les troupes dans l'Ouest d'ici six semaines, *par train.*

— Et l'hiver, Sir John?

Le Premier ministre eut un sourire.

— Les troupes arriveront au printemps, non?

— Mais la boue, monsieur? reprit Smith d'un ton fatigué. Et nous ne disposons que de six wagons ouverts.

Les hommes souffriront du froid toutes les nuits.

— Dois-je vous rappeler qu'autrefois nous avons envoyé toute une armée à pied jusqu'au Manitoba?

— Puis-je me permettre de vous souligner qu'il faisait plus chaud? enchaîna Smith en fixant droit dans les yeux son supérieur.

— Oui! Oui! Rappelez-moi tout ce que vous voulez, mais que la voie ferrée progresse.

— Sir John, qui dirigera les troupes?

Agacé, le Premier ministre grimaça.

— Le général Frederick Middleton, je crois. Homme d'excellente réputation, bon soldat et général hors pair.

— Mais c'est un général très "conformiste", Sir John!

— Vous et votre Ouest, Donald, continua le Premier ministre en hochant la tête. Pourquoi tant de mystère? Et quels inconvénients représente un général "conformiste"?

— Il aura recours à la stratégie militaire britannique et cela ne réussira pas avec les Métis. Ils ne jouent plus selon nos règles maintenant.

— Ne vous inquiétez pas, Donald. Il revient des Indes où il s'est battu. Je suis sûr qu'il sait comment s'y prendre, sans règles.

Donald Smith n'était pas convaincu.

— Je l'espère, je l'espère de tout mon coeur.

Macdonald toucha l'épaule de son fidèle compagnon.

— Moi aussi, Donald, moi aussi. Mon fils Hugh servira sous ses ordres. Cessez de vous tourmenter, je vous en prie.

Le Premier ministre se montra tout à coup d'une humeur incroyablement gaie.

— J'ai une surprise pour vous, Donald. J'ai organisé une petite démonstration.

— Oh! Et à quel genre de démonstration vais-je assister?

— Par l'effet d'un hasard incroyable, un citoyen américain se trouve justement à Ottawa pour y exposer les mérites d'une nouvelle arme remarquable. J'ai demandé au général Middleton d'y jeter un coup d'œil et il en a été très impressionné. Et ce qui n'est pas à dédaigner, pour chaque arme achetée un expert est prêt à se rendre dans l'Ouest pour former une équipe.

— Comment s'appelle cette arme remarquable?

— Une mitrailleuse. Elle tire à une vitesse inimaginable, d'après ce que j'ai compris.

Amusé, Smith sourit. Il avait déjà entendu parler de cette mitrailleuse. S'agissait-il de l'arme qui leur permettrait de gagner l'Ouest?

Le lieutenant Arthur Howard, un ancien officier de cavalerie de l'armée américaine, avait été le premier homme formé pour l'utilisation de cet engin étonnant. C'était sa fierté et sa joie. Il ne travaillait pas vraiment pour la compagnie qui l'avait inventée, mais il voyageait et démontrait les propriétés extraordinaires de l'arme. Il se tenait maintenant devant les soldats canadiens que l'on avait désignés pour manipuler cet outil de guerre. Là, se trouvaient également Donald Smith, Sir John A. Macdonald et le général Frederick Middleton.

Devant l'Américain gisait une grosse caisse en bois portant le drapeau américain. Il ouvrit l'un des côtés de la boîte et deux hommes l'aidèrent à sortir la mitrailleuse. Elle comportait plusieurs barillets, disposés en un faisceau de tiges de métal, une poignée que l'on remontait à la main et un support sur roues qui permettait de la mettre en place pour mieux viser. Il s'aligna devant une cible de bois à environ vingt-cinq mètres de lui.

Expliquant chacun des gestes qu'il posait, le lieutenant Howard chargea la mitrailleuse. Puis le silence se fit parmi la foule. Il s'avança de façon théâtrale, saisit la poignée, se raidit et tira. En moins d'une minute la cible était criblée d'au moins deux cents trous. Il s'arrêta et se tourna vers les témoins.

— Seigneur Jésus! fit Smith, le souffle coupé.

Sir John eut un signe de tête. Il préférait voir cette arme utilisée sur une cible de bois que sur des humains.

— Pensez-vous que Middleton aura plus de chances contre les Métis?

— Fort probablement, murmura Smith.

Chapitre 17
Le début de la fin

*Laissez-le donc aller en guerre, celui
qui ne sait pas ce qu'est la guerre.*

Proverbe espagnol

— Que Dieu me protège d'avoir encore à mener des volontaires au combat!

Vaincu, le major Crozier fuyait avec ses troupes en direction de Prince Albert. La ville était bondée de réfugiés venant des fermes environnantes et des petites colonies. Il jeta un regard autour de lui. D'autres encore viendraient s'ajouter. Ils se résignaient tous à abandonner les comptoirs éloignés de la Baie d'Hudson et à gagner Prince Albert. Selon ses sources d'information, l'armée arriverait dans six semaines, les renforts de Régina, dans deux ou trois semaines, à condition toutefois qu'ils puissent passer. Crozier avait télégraphié à Ottawa pour faire part de sa décision de défendre Prince Albert. Le dernier télégramme en circulation. Après cela, Gabriel Dumont et ses Métis avaient brisé les fils.

— Plus de messages en ce qui les concerne, hein Pierre?

— Bon moyen pour apprendre à viser!

— Maintenant on va leur envoyer nos éclaireurs, poursuivit Dumont. On saura où se trouve leur armée sans qu'ils s'en doutent.

Tous éclatèrent de rire et se dirigèrent vers Batoche.

Bien assis sur une souche, le vieux Ouellette travaillait quelques morceaux de bois qui traînaient. Louis l'observait d'un air intéressé.

— Que fait-il? s'informa Dumont.

— Je suis un prophète, un messie, répondit Riel. Il me faut un autel spécial.

Gabriel dévisagea Louis. Son expression était presque gentille; il avait l'air bienveillant et heureux. Gabriel indiqua d'un geste le vieux Ouellette.

— Si t'as besoin de ça, il va le faire.

Fronçant les sourcils, Louis fixa Gabriel une fois de plus.

— Comment devrions-nous agir, Gabriel?

— D'abord, dynamiter la voie ferrée, répondit Gabriel en riant.

Le blanc visage de Louis l'interrogeait.

— Doutes-tu, Gabriel?

— De quoi, reprit Dumont dans un haussement d'épaules. De la cause pour laquelle nous nous battons? Certainement pas!

Il s'interrompit et prit la main de Riel.

— Pardonne-moi, Louis. Je sais que mes paroles te déplaisent parfois.

— Je veux dire des doutes en ce qui me concerne, insista Louis. Plus que les autres, tu dois croire en moi... en ce que je suis... en ce que je fais pour Dieu et son peuple, partout.

— Je pense que Dieu veut que nous vivions tels que nous sommes, forts comme les Indiens, continua Dumont. Forts comme les Indiens, fous comme les Français, libres de parcourir le pays comme les bisons, sur des terres qui n'appartiennent à personne en particulier, mais à tous.

— Oh, Gabriel! Tu comprends, murmura Riel en s'agenouillant devant son ami. Oui, la terre appartient à tous les peuples opprimés. Elle est à eux; elle est à nous. Je suis l'instrument sacré de Dieu, par lequel tout ceci doit s'accomplir. En commençant ici, à Batoche. Même, même si nous devons nous battre jusqu'à la fin de nos jours.

Dumont acquiesça.

— Louis, es-tu sûr que Dieu — ou son prophète, Louis Riel — ne veut pas que je fasse sauter la voie ferrée?

— Pas maintenant.

La simplicité donnait à sa réponse un air de logique. Peut-être, pensa Gabriel, devrions-nous attendre qu'ils atteignent un certain point avant de détruire à la fois deux sections de cette voie ferrée. À ce moment-là, ils ne pourraient ni avancer, ni reculer. Ah! Cinq mille hommes et trois cents chevaux pris au piège, avec leur ruban d'acier en morceaux!

Aidé du vieux Ouellette, Louis cloua le nouvel autel sur un arbre et ordonna que l'on fît sonner les cloches de l'église afin de réunir tout le monde. En entendant les cloches carillonner, le Père Ritchot sortit en courant. Les Métis venus de tous les coins de la Saskatchewan se regroupaient. Riel s'avançait sur les marches pour se faire entendre de tous.

— Écoutez-moi mes frères! L'armée canadienne s'est mise en route pour Batoche. Elle vient défier notre nation. Pouvons-nous dire que nous formons une nation?

À ces mots, les Métis et les Indiens l'acclamèrent à l'unisson.

— Les Métis prendront-ils les armes pour protéger leur nation envahie?

Une fois de plus, la foule manifesta sa détermination. Gabriel considérait Louis avec fierté. Riel les soutenait de son regard; sa voix et ses paroles résonnaient en eux. Tous voulaient entendre ses paroles. Non! Ils éprouvaient un *besoin* désespéré de l'écouter!

Le Père Ritchot se fraya un chemin parmi la foule jusqu'à Louis.

— Louis! Pour l'amour de Dieu...

Riel lui lança presque sauvagement:

— Oui! Pour l'amour de Dieu! Nous luttons pour ce qui nous appartient et pour ce que Dieu veut nous léguer.

Le prêtre ne s'avouait pas vaincu.

— Écoutez tous! Ne procédez pas ainsi. Vos prêtres... l'Église... Tous nous nous opposons à cette violence.

Louis jeta sur le Père Ritchot un regard fou et démoniaque, un regard que Gabriel ne lui avait pas vu depuis des années, depuis... Dumont chassa rapidement ce souvenir.

— Il n'y a pas d'Église! rétorqua Riel.

Ces mots tintèrent comme les cloches un instant auparavant.

— Rome est tombée! Il n'y a plus de prêtres... il ne reste que des hommes: certains qui croient en nous et les autres, nos ennemis! Et cet homme est un ennemi! Arrêtez-le! continua Riel en se saisissant du Père Ritchot.

L'homme de Dieu recula. Son visage avait pâli. Il regarda celui qu'il avait baptisé, celui qu'il avait élevé comme un fils et à qui il avait appris à lire. Il chercha d'un air implorant dans ce visage un reste de raison, mais il n'y rencontra ni reconnaissance, ni raison.

— Arrêtez cet homme, répéta Riel.

Pierre remuait, mal à l'aise, sur son cheval. Il murmura à l'oreille de Dumont:

— Gabriel, il est devenu fou!

La foule gardait le silence. Dumont prit Pierre par le bras et siffla:

— Ne prononce jamais plus ces mots, tu m'entends? À personne.

Puis, le relâchant, il cria à la foule:

— Arrêtez-le! Rapidement! Il nous faut d'autres armes pour partir à la chasse aux bisons canadiens. Pour Dieu! Pour Louis Riel! Et pour la nation métisse!

Il leva son fusil vers le ciel. Les cavaliers poussèrent un terrible cri de guerre. Lorsque la clameur se fut calmée, Gabriel s'éloigna avec ses hommes et leur assigna des tâches. D'abord les priorités: les tranchées, les munitions, la nourriture. Il envoya ensuite des messagers et mit au point son propre système de "télégraphe". Finalement, il pensa aux enfants de Batoche. Il suggéra de les cacher, de les éloigner du combat et il demanda aux femmes de s'en occuper.

— Le temps passe vite, dit Pierre. Ils nous auront rejoints avant même que l'on s'en rende compte.

— On sera prévenu, fit Dumont avec un signe de tête.

Pierre commença à creuser.

— Gabriel, on ne se bat pas comme ça d'habitude.

— Louis a dit de commencer par Batoche.

— Le terrain n'est pas si mauvais, continua Pierre en jetant un regard circulaire. Plus élevé ici que là-bas.

Dumont leva la main et toucha le pansement qui lui ceignait toujours la tête. Il revoyait Louis priant à son chevet. Pierre remarqua son geste.

— Comment va ta tête? Cette balle des *Anglais*,* près de Duck Lake, a failli te coûter la vie.

— Ça va mieux, assura Gabriel. Une blessure superficielle.

— On a pensé que tu allais rejoindre notre Créateur, dit Pierre en blaguant.

— Je n'ai pas l'intention de mourir ainsi, reprit Gabriel avec conviction.

— Tu auras bien de la chance si tu peux choisir!

— Tu verras, Pierre. Je choisirai.

S'appuyant sur sa pelle, l'homme insista:

— Je pense que tu devrais parler à Louis, maintenant. Cette façon de se battre, ça ne nous connaît pas. Nous, on se bat à cheval, on les prend au piège, on les encercle. Ça, c'est la méthode des *Anglais*.* On ne peut pas gagner de cette façon!

Dumont eut un haussement d'épaules.

— Je lui parlerai; il va me parler. Et ça reviendra au même. Creuse assez profond pour t'y cacher.

Et Gabriel s'éloigna. Bien sûr, Pierre avait raison. Mais on avait le temps.

Louis était assis à son bureau, en train d'écrire.

— Tu rédiges ta propre bible? lança Gabriel.

Louis releva la tête. Son regard fatigué, intense, en disait long. Dumont décida que, cette fois-ci, il en sortirait Louis à temps. Plus d'arrestation, plus d'asile.

— Ce n'est pas une bible, Gabriel, c'est une révélation. Pour expliquer mes vues sur ce territoire.

Comme toujours, Gabriel écoutait.

— Nous créerons une nouvelle Église. Monseigneur Bourget en sera le pape.

— Monseigneur Bourget? dit Dumont le souffle coupé. Louis, je veux que tu te reposes. Tu as besoin de sommeil.

— J'ai trop de travail.

Gabriel aperçut les feuilles de papier encore vierges sur le bureau. Il ferma les yeux un instant, incertain de ce qu'il devait dire.

— Louis, tu dois te reposer. Ton travail peut attendre à demain.

— Non, ma révélation arrive. Je dois l'inscrire. Dieu dirige ma plume...

— Non, Louis. Demain les hommes auront besoin de toi, de tes paroles et de tes prières. Tu dois te reposer. L'énergie d'un chef, ça compte.

— Bien sûr, ils ont besoin de moi et je dois me tenir prêt, opina Louis en regardant son compagnon.

Riel suivit Dumont jusqu'à son lit et se laissa border.

— Repose-toi, Louis, repose-toi.

* * *

— Mon Dieu! Quelle boue dans le coin!

Le général Middleton s'adressait au lieutenant Pearce, son premier officier. Pearce dirigea son regard sur une mer de boue.

— Une région pas très agréable, n'est-ce pas?

— Seigneur, non! reprit Middleton en chassant un moustique. Même les insectes s'en mêlent!

Middleton s'étira sur son cheval. Ses cheveux blancs et sa longue moustache lui donnaient fière allure. Il portait l'uniforme militaire et arborait toutes ses médailles.

— Comment s'en sortent-ils? s'informa le général en désignant la longue rangée d'hommes qui avançaient péniblement.

— Des Canadiens, monsieur. Des volontaires. Très différents des soldats que nous avions l'habitude de mener.

— Mon Dieu! c'est pire qu'aux Indes. La boue, les moustiques, les mouches, la pluie, les nuits glaciales... L'armée britannique nous serait d'un grand secours pour guerroyer dans un endroit comme celui-ci. Quelle heure est-il, Pearce?

— Presque six heures, monsieur. Il fera bientôt nuit. Quel terrain infect! Je n'aime pas beaucoup les ravins de chaque côté de la rivière.

— Il n'existe pas de plus court chemin, Pearce. Nous ferons halte sous peu. Je veux diviser les hommes en deux bataillons.

— Diviser les hommes, monsieur?

— Oui! ajouta Middleton en se redressant et en secouant la tête. Je veux deux bataillons. L'un voyagera du côté gauche de la rivière et l'autre, du côté droit. Pourquoi avez-vous parlé des ravins?

— Je pensais à Custer, monsieur.

Du regard, Middleton foudroya Pearce.

— Custer qui?

— Je suis désolé, général. C'est seulement parce que nous ne connaissons pas très bien le terrain.

— Nous disposons d'une carte, Pearce, et d'éclaireurs: trois excellents guides, d'ailleurs!

Pearce dut admettre le point de vue du général.

Subitement, des coups de feu éclatèrent. Ils semblaient venir de tous les côtés à la fois.

— Nous sommes trop exposés! hurla le sergent William Franklin derrière eux.

Le général et son officier se précipitèrent vers la première voiture en vue.

— Basculez cette maudite voiture, ordonna Middleton. Baissez la tête, Pearce, avant que l'un de ces sauvages ne vous décapite!

Un ordre fut transmis le long de la colonne. Les soldats couraient dans tous les sens en essayant de se mettre à l'abri et les chevaux étaient pris de panique.

— Il y a déjà des blessés, général!

— Bien sûr qu'il y a des blessés, espèce d'imbécile! Voilà ce qui arrive quand on se fait toucher par une balle! Seigneur! Où diable peuvent-ils se cacher? On ne voit rien nulle part!

— Je pense que c'est ce qu'ils recherchent, monsieur.

— Merci, monsieur Pearce. Et lorsque tout ceci sera terminé, vous me raconterez l'histoire de votre ami, monsieur Custer.

— *Général* Custer, monsieur.

Pearce chargea son arme et fouilla du regard l'obscurité. Les ombres qui s'étendaient l'empêchaient de rien distinguer. Il savait seulement que les balles continuaient à siffler dans l'air et que ses hommes se faisaient tuer et blesser. Des balles qui venaient de fusils invisibles.

— On en attrape des bisons *anglais**, lança Napoléon Nault, tout souriant, à Gabriel Dumont.

— Ce général *anglais,** "Middlegrosse", n'est pas très brillant, répliqua Gabriel dans un large sourire.

Ils s'esclaffèrent.

— "Middlegrosse", le nom lui va bien, Gabriel! Tu ne trouves pas qu'il ressemble à une poire mûre sur le point de tomber de l'arbre?

— Alors, on va secouer l'arbre, hein?

— Prêt! dit Pierre.

— D'habitude on ne combat pas comme ça, ajouta Tremblay. On va leur apprendre quelque chose, mais je pense qu'ils finiront par nous avoir.

— On va leur donner un avant-goût du courage des Métis, renchérit Dumont. Puis on aura peut-être de la chance. On prendra Louis et on s'en ira en vitesse de ce pays!

* * *

À deux mille milles de là, Monseigneur Ignace Bourget était assis à son bureau, les mains croisées. Le Père Charles McWilliams, devant lui, tenait un tas de feuilles de papier. L'évêque leva la tête.

— En êtes-vous arrivé à la partie où il me nomme pape de sa nouvelle religion?

— Non Monseigneur, je n'en suis qu'à sa description de la religion... là où il renomme les jours de la semaine, les pays du monde entier... où il parle de polygamie. Voyons! Samedi, c'est le jour du repos du Seigneur... Oui, oui! Voilà! J'y suis! Et Monseigneur Bourget sera...

— Je *sais* ce qu'il raconte, mon Père! fit le prélat qui s'impatientait. Les implications de tout cette histoire me gênent et m'effraient.

— Comme si Louis avait porté cela en lui pendant des années et que tout sorte d'un coup, maintenant. Cela a dû se développer pendant ses années d'exil.

Bourget regarda dans le vide.

— Je m'inquiète beaucoup à son sujet, mon Père, mais je m'inquiète davantage pour *tous* les catholiques francophones. Ici, au Québec, il faudra nous serrer les coudes et veiller de très près à notre langue et à notre religion. Je crains que peu à peu nous nous trouvions de plus en plus isolés du reste du Canada. Dans l'Ouest, nos avantages sont compromis.

McWilliams étudia le visage de son supérieur.

— J'espère que vous vous trompez, Monseigneur. Le Père Ritchot jouit d'une grande influence là-bas. Il protégera le peuple et la foi.

— Quelle naïveté, mon ami.

La fureur faisait place à la tristesse dans la voix de l'évêque.

— Peut-être, reprit McWilliams qui en doutait d'ailleurs lui-même.

Le prêtre réfléchit quelques instants et poursuivit:

— Même si le Père Ritchot ne parvient pas à dominer la situation, il reste votre ami, Charles Nolin. Ne se trouve-t-il pas à Ottawa, en ce moment?

Monseigneur Bourget eut un signe affirmatif. Après quelques minutes de silence, il ajouta:

— Je ne me fie que très peu à monsieur Nolin. Il pense d'abord à ses propres intérêts et il cherche à diviser les Métis. Un peuple divisé s'en trouve affaibli... sur le plan politique comme sur le plan religieux.

* * *

Les cinq hommes du cabinet du Premier ministre étaient tous regroupés à une extrémité de la grande table d'acajou. Sir John présidait cette réunion officieuse. À gauche, se tenait Charles Nolin. Le petit groupe semblait minuscule dans cette pièce immense et comme aggloméré au bout de l'immense table. La fumée des pipes s'élevait dans l'air. Les hommes se détendaient dans les fauteuils victoriens de velours rouge.

Nolin, ses longs cheveux noirs coiffés à l'indienne, se pencha.

— Je voulais que vous sachiez, monsieur le Premier ministre, que certains des nôtres se sentent à la fois Métis et Canadiens. Cette double appartenance ne crée pas nécessairement de conflit en nous.

Macdonald, sans relever la tête, répondit:

— Vous nous rassurez, monsieur Nolin.

Le Métis s'éclaircit la gorge.

— Je désirais aussi vous soumettre certaines demandes...

Il agita quelques feuilles de papier afin de se donner meilleure contenance.

— Certains documents que j'ai envoyés n'ont encore reçu aucune réponse... Les gens impliqués... de bons et loyaux Canadiens sur un territoire hostile. Toute aide...

Il n'acheva pas sa phrase, car le Premier ministre avait relevé la tête et le fixait.

— Nous vous remercions de nous faire part de vos premières impressions en ce qui concerne le territoire et la personnalité de Louis Riel.

Brusquement, Macdonald se leva et, d'un signe, annonça que la séance était terminée. Nolin quitta également son siège et regarda autour de lui nerveusement. Il rassembla ses papiers et murmura:

— Oui... Eh bien! Je vous remercie, tous, encore une fois.

Sir John consulta sa montre en or pour éviter de croiser le regard quémandeur de Nolin.

— J'étudierai vos demandes, monsieur Nolin. Vous recevrez bientôt ma réponse.

Nolin fit un signe de tête et sortit par la grande porte de chêne. S.T. Bennett regarda Sir John avec étonnement.

— Vous songez à rappeler Middleton et l'armée, Sir John?

Le Premier ministre s'était mis à rêver et la question de Bennett le ramena à la réalité.

— Quoi? Non... non, bien sûr que non! Nolin est un opportuniste... il voit là une chance de s'élever. Moi aussi, je suis opportuniste à ma manière. Je me suis servi de ces événements pour faire progresser la voie ferrée dans l'Ouest. Mais sans tenir compte de ça, tout ce que j'entends maintenant me persuade de plus en plus que j'aurais pu palabrer avec Riel jusqu'à la fin des temps sans pouvoir trouver avec lui le moindre terrain d'entente. Non! Riel est revenu au Canada dans l'intention de se battre et je vous jure qu'il lui faudra se battre! Sinon, il ne nous resterait plus qu'à faire un beau paquet de ce pays et à l'offrir au premier preneur! Ma décision était juste. J'en suis de plus en plus convaincu.

Bennett eut un signe d'assentiment.

— Vous avez raison, il faut absolument écraser toute velléité de séparation avant qu'elle ne gagne tous les esprits.

— Oui! renchérit Macdonald. En prenant position dès maintenant, on épargne à toutes les générations futures de Canadiens des problèmes semblables. Ce pays restera uni. Il ne viendra plus jamais à l'idée de quiconque de remettre en question l'autorité du gouvernement fédéral!

Chapitre 18
Batoche: 1885

Et nous nous retrouvons dans cette
plaine obscure
Balayée par la peur confuse du com-
bat
Là, des armées qui s'ignorent se heur-
tent dans la nuit.

Mathew Arnold

— Compagnie A: huit morts, quarante et un blessés.
Compagnie B: cinq morts, seize blessés. Compagnie C:
douze morts, trente-deux blessés.

Le lieutenant Pearce dressait la première liste des
pertes. Il s'arrêta avant d'ajouter:

— Deux cent quarante-six hommes souffrent également
de dysenterie, de grippe et de scarlatine.

D'un air consterné, Middleton demanda:

— Disposons-nous de pareilles statistiques en ce qui
concerne l'ennemi?

Pearce tira une feuille de son rapport officiel.

— D'après nos approximations, ils doivent compter là-bas une centaine de tireurs. Il semble que nous en ayons abattu deux.

— Il *semble* que nous en ayons abattu deux? répéta le général qui enrageait.

— Oui, monsieur. Nous avons retrouvé deux corps. Ils en ont peut-être emmené d'autres avec eux et nous ne disposons d'aucun moyen pour nous assurer du nombre de leurs blessés.

Le visage du général se congestionnait.

— Ridicule! Quel rapport absolument ridicule! Nous sous-estimons ces indigènes! J'ai participé au combat moi aussi. Vous savez?

— Oui, monsieur, acheva Pearce en baissant la tête.

— Ils étaient nombreux, très nombreux! Au moins cinq cents d'après moi. Indiquez-le dans le rapport.

— Oui, monsieur.

Pearce jeta un coup d'oeil au rapport et soupira. Le lieutenant Andrews, jeune officier canadien, protesta:

— Excusez-moi, monsieur. Ils avaient creusé des tranchées sur la colline, ce qui nous empêchait de les dénombrer.

Capitaine volontaire venant de Red River, Wilson regarda Pearce, Andrews et le général. Tout, selon son expérience, indiquait qu'ils se trompaient.

— Il ne s'agissait pas de tranchées, mais bien de pistes de bisons, corrigea-t-il. Les Métis connaissent ces collines, nos hommes n'avaient pas...

— D'où venez-vous, capitaine? l'interrompit d'une voix cassante Middleton.

— Du Manitoba, monsieur.

Le général les fixa les uns après les autres.

232

— J'ai exigé un rapport et non une encyclopédie! Les à-côtés! De la merde! Dites à ces soldats canadiens que des officiers anglais vont les mener à Batoche, qu'ils soient prêts ou non!

Le général fulminait.

— Nous nous porterons à la rencontre de ce démon, Louis Riel et nous écraserons ces sauvages, avec ou sans les Canadiens! Vous m'avez compris, messieurs?

Les trois hommes se redressèrent et saluèrent.

— Oui, monsieur! répondirent-ils à l'unisson.

Middleton se détendit.

— J'ai planifié la bataille de Batoche pour après demain, vers huit heures du matin. J'ai l'intention de respecter ce programme.

Les jeunes officiers échangèrent un regard. Tous trois sentirent le malaise des autres à ces paroles.

— Et, ajouta Middleton, dites à ce maudit Américain, Howard, de préparer son arme.

* * *

Gabriel Dumont et ses cinquante chasseurs chevauchaient dans Batoche. Les Métis restés en arrière continuaient à creuser des tranchées. Louis se déplaçait lentement parmi eux, les surveillait en silence et les bénissait en leur parlant. En voyant Gabriel, il eut un moment d'hésitation. Le crucifix à la main, il courut vers lui.

— Tu m'as apporté ma victoire?

Son visage rayonnait d'enthousiasme. Dumont fixa les yeux fatigués, mais étrangement brillants de son ami.

— Tes prières, Louis, l'ont amenée.

Riel eut un sourire et se signa.

— Va te reposer, Louis, murmura Dumont. Ils arrivent et les hommes auront besoin de toi. Va dormir, je surveillerai les tranchées.

Le tirant à lui, Louis lui chuchota à l'oreille:

— Dieu m'a parlé. Les tranchées doivent être dirigées vers l'église.

— Pourquoi? demanda Gabriel en se tournant vers l'église.

— Il m'a transmis ce plan. C'est la volonté de Dieu, continuait Riel d'une voix insistante.

Devant ces yeux pleins d'éclat, Gabriel ne sut résister et fit un signe affirmatif.

— Oui, on les creusera comme ça, mais à condition que tu te reposes tout de suite.

Gabriel se dirigea vers les hommes qui creusaient et se planta devant Lépine.

— Non! Il faut creuser de ce côté... vers l'église. Et creuse assez profondément!

Lépine leva les yeux vers l'homme en qui il avait le plus confiance au monde.

— Gabriel, tu es un homme pratique. Quand tu as faim, tu manges. Quand il pleut, tu te mets à l'abri. Lorsque l'ennemi arrive, est-ce que tu pries ou est-ce que tu te bats?

Du regard, Dumont étudiait le terrain.

— Je prie pour pouvoir me battre, répondit-il simplement.

— Tu as vu comme ils sont nombreux, continua Lépine. Tu as vu leurs fusils. On ne pourra pas les retenir avec ça!

Gabriel fixa Lépine. D'un ton sans réplique, il ajouta:

— Raison de plus pour bien prier *avant* de te battre!

Le regard de Gabriel s'arrêta sur l'autel de Louis. Lui aussi, il avait élaboré un plan, un plan qui devait, il l'espérait, lui permettre de sauver les Métis. La façon dont on creusait les tranchées ne convenait pas. Mais cela avait-il quelque importance? Il y avait moyen de s'échapper et il espérait plus que tout attirer l'ennemi en avant et sur les côtés lorsque Poundmaker, à la tête des Cris, attaquerait par l'arrière. Un bon plan. Et qui devait réussir. De toute façon, cet imbécile de "Middlegrosse" divisait ses hommes. Il ne se battrait qu'avec une armée réduite. L'autre moitié pataugerait à des milles de là, en aval, et mettrait du temps avant de traverser la rivière Saskatchewan.

Le vieux Ouellette aborda Dumont.

— Voici toutes les munitions que nous avons pu trouver.

— Il nous faut plus de métal que ça, dit Gabriel. Vous deux, continua-t-il en faisant également signe à Lépine, venez avec moi.

Ils arrachèrent la barrière en bois de la porte de l'église. Le Père Ritchot les suivait des yeux, plein d'espoir.

— Vous allez me remettre en liberté? Vous avez recouvré la raison?

Mais Gabriel secoua la tête et passa sur le côté. Dans un grand bruit, il démantibula le poêle qui prenait appui sur le mur.

— Excusez-moi, mon Père, fit-il en se moquant poliment.

Puis s'adressant à Ouellette:

— Tiens, le voilà ton métal, Ouellette.

Lépine sortit le poêle de l'église. Gabriel regarda Ouellette et s'avança vers le Père Ritchot.

— Excusez-moi, mon Père. Enfermez-le!

Le Père Ritchot regagna le coin qu'il s'était aménagé. Il se coupa un morceau de pain noir. Au moins, pensa-t-il, ils me donnent à manger. Il se versa un peu de vin sacré dans un verre et, y ajoutant un peu d'eau, il en but une gorgée.

— Quelque chose doit se produire, prononça-t-il à voix haute. Cela ne peut durer.

Il se glissa sous l'une des couvertures qu'il avait empilées sur le plancher, pour y dormir. Le vin le réchauffa, puis l'engourdit. Aucune importance, se disait-il, puisque je ne peux rien faire. Et doucement, il s'endormit d'un profond sommeil.

Un coup de feu résonna dans l'air du matin, rapidement suivi d'un autre et d'un autre encore. Le Père Ritchot se redressa et courut vers la petite fenêtre. Il cligna des yeux. Il ne voyait aucun Métis, mais, là-bas, il pouvait apercevoir les soldats en formation de combat. Il se signa. Il ne savait plus s'il devait se sentir triste ou soulagé. Le drame se déroulait maintenant devant lui et il allait assister à une bataille importante. Toute la scène lui semblait irréelle. La première salve de la mitrailleuse balaya le devant de l'église. Le prêtre quitta son poste d'observation près de la fenêtre et rampa sur le plancher jusqu'à l'arrière d'un banc. Horrifié, Riel lança à Dumont:

— Le Père Ritchot! Il est encore à l'intérieur!

Dumont s'adressa à Napoléon:

— Vite! Va ouvrir la porte de derrière. Fais-le sortir.

Là-haut sur la colline, Middleton bouscula Howard.

— C'est une église, espèce d'imbécile!

— Général, je ne suis pas au bon endroit, répondit Howard en bloquant sa machine infernale. D'ici, je ne peux pas viser où je veux.

— Eh bien alors, ne tirez pas tant que vous n'aurez pas trouvé un meilleur lieu.

Middleton s'épongea le front.

— Quelqu'un s'approche avec un drapeau blanc, général.

Mais la lumière du soleil aveuglait Middleton. Il eut du mal à percevoir la silhouette noire qui accourait vers ses hommes.

— Ne tirez plus!

Son ordre fut transmis le long de la rangée. Le Père Ritchot courait aussi vite que sa longue soutane le lui permettait.

— Mon Dieu, dites-leur de ne pas tirer! Mon Dieu, dites-leur de ne pas tirer! répétait-il en se pressant.

Il s'écroula devant le lieutenant Pearce qui l'aida à se remettre debout. Ritchot tremblait des pieds à la tête. Il jeta un regard vide au général Middleton.

— Dieu leur a dit de cesser de tirer... bégaya-t-il, essoufflé.

— *Je* leur ai dit de ne pas tirer, corrigea fièrement, d'un air dédaigneux, le général.

Le prêtre se tourna vers l'endroit où se cachaient les Métis et cria à tue-tête:

— Louis Riel, que Dieu ait pitié de ton âme!

Puis, épuisé, il s'accroupit et déclara:

— Il est fou.

Il regarda autour de lui. Il vit les fusils, l'artillerie et cette mitrailleuse dirigée vers l'église. Il était incapable de dénombrer les soldats qui occupaient les alentours.

Middleton recula et appela Andrews.

— Emmenez cet homme et interrogez-le.

Anderson obéit et entraîna le Père en grommelant.

Tout à coup, sur la gauche, un groupe de soldats ten-
tèrent d'avancer, mais des coups de feu partirent. Deux
d'entre eux s'effondrèrent. Pearce leur ordonna de
reculer.

— Qu'est-ce que vous faites? hurla Middleton.

— Nous sommes mal placés, monsieur. Il nous faut
reculer!

— Vous, fermez-la, lui lança Middleton. C'est moi
qui dirige cette bataille, lieutenant Pearce.

— Oui, monsieur, fit Pearce en s'éloignant.

— Quelle est la portée de votre arme, Howard?

L'homme haussa les épaules.

— Difficile à dire, sous cet angle, général. Il faudrait
essayer pour voir.

Howard remonta la poignée de la mitrailleuse qui
cracha ses balles. En touchant le sol, elles arrachaient des
mottes de terre.

— Il faut me rapprocher, monsieur, reprit-il. Notre
position, l'angle de tir ne va pas.

Du regard, Middleton balaya la scène.

— Pearce! hurla-t-il pour couvrir le bruit des coups
de feu.

— Oui, monsieur, répondit le lieutenant qui s'était
caché derrière un rocher.

— Demandez à soixante hommes de charger dans
cette direction, continua le général en indiquant la
gauche.

— Mais je ne vois rien, monsieur. Je ne vois rien
là-bas.

Le général fronça les sourcils.

— Maudit! Pas besoin de les voir pour savoir qu'ils
y sont. Chargez!

Le lieutenant Pearce commanda à ses hommes de charger et, de nouveau, des corps tombèrent un peu partout. Les plus chanceux rampaient sur le ventre.

— Repliez-vous! Repliez-vous! gueula Middleton en se levant pour regagner l'arrière de la formation. Demandez aux hommes de construire des palissades! Ici! Et regroupez-vous!

Regardant autour de lui, Pearce vit les morts et les blessés et dressa une autre liste des pertes. Middleton était planté là, debout, les mains sur les hanches.

— S'ils disposent de temps, eh bien! nous aussi! Nous avons tout le temps. Continuez à les harceler, jusqu'à ce qu'ils aient épuisé toutes leurs munitions. Nous aurons besoin des palissades dès ce soir.

Pearce acquiesça. Enfin, Middleton se rendait compte que cela n'irait pas de soi comme il se l'était d'abord imaginé.

— Monsieur, je ne pense pas qu'ils aient l'habitude de se battre de cette façon-là.

— De quelle façon? s'enquit le général.

— En formation, monsieur. Je pense que nous devrions tenter une charge de combat.

Middleton refusa.

— Nous perdrons trop d'hommes. Nous devons attendre que l'autre bataillon nous rejoigne.

Le général se frotta le menton. Il se demandait où patouillaient ces damnés imbéciles. Ils auraient dû les avoir rejoints déjà.

Toute la journée, on entendit des tirs sporadiques. Riel se faufilait de temps à autres dans les tranchées, tenant toujours le crucifix et priant.

— Dieu nous aide! Dieu nous aide! criait-il en pleurant.

Ses yeux brillaient quand il rencontrait Gabriel.

— Ils ne viennent pas. Nous gagnons.

Gabriel lui fit un signe affirmatif. Il ne pensait qu'à leur réserve de munitions qui diminuait rapidement. Vingt-sept bisons *anglais*,* se dit-il. Quatre morts parmi les Métis, y compris la femme de Napoléon. Dumont n'aimait pas ce fusil qui tirait si vite.

Le lieutenant Pearce pénétra dans la tente du général Middleton, bien à l'abri à l'arrière de la palissade.

— Excusez-moi, monsieur, dit-il en lui tendant une balle.

Middleton la prit, la fit tourner lentement sous la lumière de la lampe à l'huile et déclara:

— Cette balle provient d'un Snider-Enfield.

— On l'a retrouvée sur l'un de nos soldats blessés, continua Pearce en se redressant.

— J'ignorais que ces sauvages utilisaient des Snider-Enfield, marmonna le général en déposant la balle avec soin.

— Ils n'en ont pas, monsieur, reprit Pearce en se penchant vers son supérieur. Ils sont à court de munitions et ils ramassent simplement nos balles par terre pour tirer sur nous. Monsieur, l'un des volontaires canadiens dit qu'il les connaît bien. Il s'est déjà battu contre eux. Il pense que si on se dépêche, ils tomberont en un instant.

Middleton se leva, réajusta son uniforme.

— Lieutenant, je veux régler cela tout en minimisant nos pertes.

— Monsieur, il dit...

— Je vous remercie, Pearce. Maintenant, j'aimerais manger en paix.

Pearce se savait vaincu, mais il insista.

— Encore un mot, monsieur.

D'un air las, Middleton grognonna.

— De quoi s'agit-il, Pearce?

— Le fils du Premier ministre, monsieur, le jeune Macdonald. Il est mort de scarlatine, il y a quelques instants.

— Maudite maladie! grogna Middleton en secouant la tête. Veillez à ce que son père en soit informé.

— Oui, général.

Pearce quitta la tente et s'avança parmi les soldats fatigués. Le capitaine Wilson vint vers lui, l'air anxieux.

— Qu'a-t-il dit?

— Il n'en fera qu'à sa tête, répondit laconiquement Pearce dans un haussement d'épaules.

Wilson eut un geste de rage.

— Vieux prétentieux!

— Chut! fit Pearce qui était pourtant d'accord. Il te tuerait s'il t'entendait.

Le lendemain matin, vers six heures, l'aube pointait. Silencieusement, dans la semi-obscurité du matin, les femmes et les enfants quittèrent Batoche, empruntant la route que Gabriel avait préparée. Riel tenait toujours à la main son crucifix. Son visage était d'une pâleur mortelle, mais ses yeux étincelaient toujours. Dumont lui murmura:

— Il vaut mieux les tenir à l'écart de tout ça.

Marguerite portait l'un de ses enfants; les autres s'agrippaient à sa jupe et la suivaient en silence.

— Nous avons été comme des étrangers, je n'ai pas eu le temps...

Elle caressa la nuque de son époux de sa main libre.

— Mais nous nous retrouverons bientôt, j'en suis

sûre, Louis. Peu importent tes actes, tu accomplis la volonté de Dieu.

Louis s'arrêta et jeta un regard autour de lui.

— Si le soleil brille aujourd'hui, nous gagnerons. Si les nuages apparaissent, nous perdrons.

Gabriel le saisit par le bras.

— Ils sont en sécurité, maintenant. Allons-y!

Riel embrassa le bébé et serra le bras de sa femme.

— Je dois partir, agir selon la volonté de Dieu.

Marguerite lui fit un petit signe de tête plein de courage. Dumont suivait des yeux les femmes et les enfants de Batoche qui fuyaient. Il regardait Marguerite, plus indienne que française. Du regard, il scruta l'horizon. Les Cris, Poundmaker, où étaient-ils donc? Aucune réponse à cette question. Pourtant le temps ne s'arrêtait pas.

Au moment où le soleil se levait, Middleton s'adressa à ses officiers.

— Lorsque viendra le moment de tirer, nous vous donnerons un signal. Nous avancerons alors comme d'habitude et nous nous dirigerons de façon systématique vers le village, tout en nous couvrant. Les officiers se porteront sur les crêtes et que personne ne bouge avant que j'en donne le signal.

Les hommes se dispersèrent et Pearce s'éloigna en compagnie de Wilson.

— Une autre journée de harcèlement, lança-t-il d'un ton sarcastique.

Wilson hocha la tête.

— Peut-être, peut-être!

La façon dont fut prononcé ce "peut-être" déplut à Pearce qui préférait ne pas évoquer certaines possibilités.

Pendant ce temps-là, à Batoche, Louis se promenait parmi les Métis, les bénissant et portant toujours la croix.

242

— Dieu nous a bénis en nous envoyant le soleil. C'est le signe que Dieu m'envoie. Aujourd'hui nous vaincrons, déclara-t-il en montrant l'horizon.

Dumont surveillait les visages des hommes. Louis les animait toujours, réussissait à les unir. Ils se déplacèrent en silence, rejoignirent leur position. Les soldats canadiens, eux, se dépliaient toujours en éventail.

Le vieux Ouellette chercha le regard de Gabriel.

— J'ai quatre-vingt-quatorze ans, dit-il avec fierté en chargeant son fusil.

— Et tu es toujours le meilleur, mon vieux!

— Lorsque viendra le moment, Gabriel, ne te retourne pas. Je te couvrirai. Je n'en ai plus pour longtemps à vivre, de toute façon. C'est la voie que *moi* j'ai choisie.

Gabriel sourit à son vieil ami.

— Merci! J'espère que je n'aurai pas à profiter de ton offre.

Un vent de mauvais augure se leva bientôt, soufflant de l'ouest, et des nuages s'amoncelèrent rapidement dans le ciel. Un orage brusque approchait, luttant de force contre le soleil. Dumont secoua la tête. Ainsi, se dit-il, se termine notre monde...

Si Gabriel Dumont ou le général Middleton avait pu embrasser du regard la scène entière, la bataille de Batoche se serait probablement déroulée autrement. Au milieu d'une colline, se dressait la petite église dans laquelle le Père Ritchot avait été tenu prisonnier peu de temps auparavant. Ses portes et ses fenêtres avaient été emportées la veille, pendant le combat, et de lourds dommages lui avaient été infligés par les coups rapides de la mitrailleuse; toute la façade était criblée de trous.

Derrière l'église, sur la colline, le village de Batoche. Les maisons étaient éparpillées sur le flanc de la colline, mais le centre du village en occupait la hauteur. À l'arrière commençait la forêt, une forêt épaisse qui servait de refuge aux femmes et aux enfants. Les combattants métis espéraient y fuir.

Des tranchées profondes creusées devant l'église protégeaient l'avant du village, comme l'avait ordonné Louis; il s'en trouvait aussi là où Gabriel l'avait exigé. Les tranchées ressemblaient à des pistes de bisons, si souvent utilisées par les guerriers métis. Il s'agissait de longs sillons profonds, à moitié ou complètement recouverts d'herbes hautes. Ainsi les tireurs voyaient sans être vus. Ils pouvaient faire feu sur les attaquants qui chargeaient et se présentaient à portée de leurs armes.

Le général Middleton disposa ses hommes selon l'antique usage. Ce système ne différait guère de celui utilisé par Alexandre le Grand lors de la bataille d'Arbèles, trois siècles avant la naissance du Christ. Cette manière de procéder servit dans les combats jusqu'à la fin du XIXe siècle.

Les cinq mille soldats du général Middleton se déployèrent à droite et à gauche d'une formation centrale puissante. Au centre se tenait l'infanterie bien armée, précédée des canons et de la mitrailleuse. La résistance était surtout frontale et les soldats qui s'étalaient à gauche et à droite pouvaient venir très rapidement à la rescousse du centre. La stratégie consistait à cerner l'ennemi à l'intérieur d'un carré non fermé. Middleton pensait que les ailes devaient protéger l'avance du centre, ce qui limiterait les pertes. Et il comptait beaucoup sur la mitrailleuse; la rapidité des coups de feu, croyait-il, devait étonner les Métis et les empêcher de recharger leurs armes ou de viser avec précision sur l'armée en marche. Le général ignorait — d'ailleurs, il ne l'aurait jamais admis — qu'il disposait de dix hommes contre chaque Métis. Il avait décidé de se lancer prudemment dans le combat, de suivre un plan classique conçu pour épuiser les Métis. Pour cette raison, il avait soigneusement exposé son plan à ses hommes la nuit précédente; personne ne devait avancer avant qu'il n'en donne le signal.

— Qu'est-ce qui lui prend?

Le capitaine Wilson dominait l'une des crêtes et il attendait toujours le signe de Middleton. L'artillerie grondait et la mitrailleuse tirait régulièrement. Les coups de feu retentissaient de tous les côtés à la fois. Wilson regarda en direction des rangs métis. Il pouvait constater qu'ils étaient cernés et qu'ils se repliaient et rampaient hors de leurs trous. Il jeta un coup d'oeil du côté de Middleton. Ce gros imbécile ne donnait toujours aucun ordre!

— Qu'il aille au diable! cria-t-il à ses hommes.

Il leva le bras et lança la charge. Tous chevauchèrent rapidement, tirant simultanément. Les autres officiers les virent et, pensant que le général avait donné le signal, se joignirent à eux.

— À l'attaque! hurlait Wilson. À l'attaque!

Middleton se tenait avec Pearce. Il ne voyait que cavaliers et tireurs qui s'élançaient.

— Ces imbéciles! murmura-t-il.

Dumont courait en se baissant pour rejoindre son cheval; il savait maintenant qu'ils avaient perdu la bataille. Ouellette ne bougea pas et le couvrit. Gabriel, autour de lui, vit le désordre des hommes qui se repliaient alors que Louis, immobile, hypnotisé d'horreur, attendait les soldats ennemis qui se rapprochaient des tranchées. Penché sur sa selle, Gabriel se dirigea vers Louis, l'attrapa et le hissa sur son cheval. Il galopa vers les bois qu'il connaissait si bien, vers la cache qu'il préparait depuis des semaines. Louis s'accrochait désespérément à son ami et ils fuyaient la scène sanglante, les balles et les fusils.

Certains autres avaient aussi réussi à s'échapper. Dumont savait que tous s'étaient préparés une cachette, selon son plan à lui. Les soldats ne pourraient tous les poursuivre. Lui et Louis représentaient les cibles les plus importantes. Il fallait absolument gagner du temps.

Lorsqu'ils arrivèrent à la grotte retirée, Dumont descendit de cheval. À l'intérieur, des vêtements de rechange, des munitions et de la nourriture avaient été dissimulés. Tout le nécessaire pour un voyage vers le sud! Deux chevaux paissaient là où Dumont les avait laissés. Il se tourna vers Louis qui se tenait immobile près d'un arbre.

— On a des chevaux. Allons vers le sud et, dans deux jours, on aura traversé la frontière. On sera en sécurité.

Louis se laissa tomber à genoux et se mit à prier. Gabriel lui frôla l'épaule.

— Les soldats ne tarderont pas à nous rejoindre, Louis, et ils tireront à vue...

Son compagnon ne cessait pas de prier. Les pleurs ruisselaient sur ses joues et il tremblait.

— Louis! reprit Gabriel, d'une voix pressante. Louis! Toi et Dieu, vous vous parlez vingt-quatre heures par jour. Laisse-lui le temps de respirer un peu et écoute-moi!

Leurs regards se croisèrent.

— Sais-tu ce qu'ils te feront s'ils t'attrapent? continua Dumont.

Riel restait calme. Sa voix basse annonçait sa résignation.

— Je sais que si je m'enfuis, tout ce que j'ai accompli n'aura plus aucun sens.

— Eh bien! Reste! lança Gabriel tristement.

Le chef métis se releva, prit les mains de Gabriel dans les siennes.

— Gabriel, mon bon disciple, il me faut suivre cette route. Mais nous nous reverrons encore.

Dumont comprit qu'il n'y avait rien d'autre à tenter.

— Louis! supplia presque Dumont. S'il-te-plaît!

Mais déjà Louis se détournait et marchait, seul, dans les bois. Gabriel fouetta son cheval et partit en direction du sud. D'une main, il s'agrippait à sa selle et, maintenant, il se mordillait les lèvres. Il avait entraîné Louis dans cette histoire en le ramenant au pays. Cela lui déplaisait de l'abandonner, mais il savait que Riel n'aurait jamais accepté de l'accompagner. Il pensa au grand chef indien qui, face à la mort des siens qui se trouvent tous prisonniers, ne souhaite plus que de mourir sur place. Louis allait se laisser tuer... Il savait qu'il devait mourir.

Ils verraient Louis Riel et ils le diraient fou. Ils se reconnaîtraient en lui et, pour cette raison, ils le détesteraient!

Chapitre 19
La fin d'un rêve

Aux martyrs, mon ami, ne s'offrent que trois choix: être oubliés, ridiculisés ou récupérés. Quant à être compris, cela leur est toujours refusé.

Albert Camus

— Bien sûr qu'il peut servir d'exemple, Osler! N'êtes-vous pas ministre de la Justice!

La voix du Premier ministre trahissait son impatience. Osler l'ennuyait parfois avec les problèmes de sa profession juridique.

— Sir John, on ne porte pas une accusation à la légère.

Le Premier ministre se leva et se plaça devant son bureau, en face d'Osler.

— Il s'agit de trahison. Je veux qu'il soit envoyé à Régina. Je veux qu'on le juge et j'espère qu'il sera déclaré coupable.

— C'est un citoyen américain, reprit Osler en remuant nerveusement ses papiers. Il a pris cette nationalité au Montana. Les Américains ne...

Le poing de Macdonald s'abattit sur le bureau.

— Cela ne l'a pas empêché de fomenter une révolte au Canada! Nos électeurs réclament justice!

Dans un coin, Donald Smith se tenait coi, mais il se sentit obligé d'intervenir:

— Les Français le considèrent comme l'un des leurs. Les élections approchent et cela pourrait vous aliéner le Québec.

— Vous pensez que je l'ignore! répondit Sir John en reculant d'un pas. Et si on le relâche, c'est tout le Canada anglais qu'on va s'aliéner!

Exaspéré, Macdonald frappa une autre fois sur son bureau.

— Est-ce que tous les problèmes, petits ou grands, d'ordre provincial ou fédéral, doivent prendre l'allure d'une crise d'identité en ce pays?

— Il semblerait, monsieur, il semblerait! dit Smith.

— Souhaitons, messieurs, ajouta Macdonald dans un geste de tête, que les futures générations ne connaîtront pas de telles situations.

Osler ne tenait plus en place. Il ne supportait pas ce genre de philosophie. Cela n'apportait aucune réponse à ses questions. Il se moquait pas mal des électeurs. Seule la loi le préoccupait.

— Peut-être qu'une accusation moins grave... suggéra-t-il.

— Trahison! prononça le Premier ministre avec emphase.

Osler opina:

— D'accord. Trahison.

Puis, se tournant vers Sir John et vers Smith, il ajouta:

— Ce sera difficile. Maintenant, je dois m'en aller.

— Merci d'être venu, Osler, fit Sir John en se relevant. Il m'est toujours agréable de rencontrer des gens intelligents.

Smith secoua la tête et échappa:

— Dieu sait ce qu'ils plaideront! Ils tenteront, j'en suis sûr, de le défendre. L'Église y perdrait trop...

Le Premier ministre étudia le visage de son ami.

— Oui, Riel provoquera un tollé général. La moitié du pays voudra sauver son âme; l'autre moitié, le condamner.

— Et vous, Sir John?

— Je me moque qu'il soit pendu ou qu'il moisisse en prison, ou encore qu'il pourrisse dans un asile d'aliénés. Du moment que la solution plaise aux électeurs!

— Vous vous montrez bien insensible!

— Non, Donald. Je crois que la majorité doit régner.

* * *

À Montréal, l'évêque Bourget faisait les cents pas dans son bureau. Démonstrations! Un service spécial! Et même des messes spéciales!

Un coup frappé à la porte le fit sursauter.

— Entrez!

Il fallait qu'il se surveille. Il avait besoin de repos. Tout allait de mal en pis.

Le Père McWilliams entra, accompagné d'un homme de grande taille et à fière allure.

— Voici monsieur François Lemieux, l'homme que vous aviez demandé, Monseigneur. Le meilleur avocat du Québec!

L'évêque regarda le prêtre avec impatience.

— S'il n'avait pas été le meilleur, je ne vous aurais pas envoyé chez lui.

Puis, tendant la main au clerc, il ajouta:

— Excusez-moi. Riel... je l'aimais bien.

— Je vous comprends, Monseigneur.

— Je vous en prie, asseyez-vous. Parlons de Louis. Nous devons trouver un moyen de le tirer de là.

Bourget se laissa choir dans son fauteuil et posa les mains devant ses yeux. Il parlait lentement, avec peine.

— Louis Riel *doit* être sauvé.

— Il existe plusieurs problèmes, Monseigneur, reprit Lemieux en ouvrant sa serviette.

— S'ils peuvent faire taire cette voix francophone dans le désert, soupira l'évêque en levant la tête, ils feront taire toutes les autres, par tout le pays. J'ai déjà rêvé une Nouvelle-France catholique, dans l'Ouest. Et Louis Riel aussi. Nous étions rêveurs. Peut-être partagions-nous un rêve fou... peut-être...

Il n'acheva pas sa phrase.

— J'ai étudié le cas, Monseigneur. Aucune mauvaise intention, mais maladie, peut-être. Je pense qu'il vaudrait mieux plaider non coupable; il aura agi sous le coup de la folie!

— Oui! lâcha le prélat en dévisageant Lemieux. Oui, la folie! C'est vrai qu'il est fou!

McWilliams les méprisait. Il sut alors qu'il devait rejoindre Louis dans l'Ouest.

* * *

Petite, la salle du tribunal de Régina était bondée de monde. Plus de gens qu'elle n'en pouvait contenir s'y

252

étaient entassés. Le Père Ritchot était assis et il pianotait des doigts nerveusement. À ses côtés, Charles Nolin avait l'air calme et satisfait. Les chaises à haut dossier étaient inconfortables. Les murs étaient dénudés, à l'exception d'un portrait qui se trouvait derrière l'estrade réservée au juge. Deux tables, destinées à la défense et à l'accusation, étaient placées en avant du fauteuil du juge, au niveau des spectateurs. À l'autre bout de la pièce, on avait réservé des bancs pour les journalistes. De l'autre côté siégeaient les jurés.

Mains liées, Louis fut amené par un garde. En entrant, il fut surpris par le murmure de la salle. François Lemieux occupait déjà sa place et il se leva à l'entrée de son client. Osler était assis à l'autre table, avec trois conseillers, une pile de papiers devant eux. Louis se tourna vers l'assistance et son regard s'arrêta sur le docteur Roy. Il dit à Lemieux:

— Que fait-il ici?

L'avocat plaça un doigt sur ses lèvres pour l'inciter à se taire. Le juge se dirigeait déjà vers le banc. Ses cheveux blancs contrastaient hautement avec sa robe rouge et ses yeux bleus.

Louis entendit à peine l'acte d'accusation lu par la cour. Il écrivait, essayant de mettre de l'ordre dans ses idées. Osler se leva et commença à parler, d'une voix dure et sarcastique:

— "Le prophète de la Saskatchewan"! Sous ce cri, les pauvres dupes étaient censées se rallier... Messieurs les membres du jury, vous saurez que la faute n'en revient pas à ces faibles indigènes. Non!

Il pointa alors du doigt l'accusé.

— L'ambition personnelle et la vanité colossale de celui que vous allez juger ont été cause de tout!

Des chuchotements traversèrent la foule. Louis étudia les visages des jurés. Le juge alors annonça d'une voix forte:

— À la défense.

Lemieux quitta sa chaise, se tourna légèrement pour faire face au juge et aux jurés et commença calmement:

— Votre Honneur, nous plaidons non coupable. L'accusé a agi sous le coup de la folie.

Ces mots ébranlèrent Louis qui se leva brusquement.

— Non! Non! Je ne le permettrai pas! Ils ne me connaissent pas! lança-t-il à l'endroit de Lemieux et de ses deux conseillers. Ces hommes ne viennent pas de l'Ouest. Ils...

Le juge abaissa son marteau mais Louis continua:

— Ils ne peuvent pas comprendre ce qui s'est passé! Je leur en ai parlé...

Une fois de plus, le juge frappa de son marteau et sa voix résonna dans la salle:

— Asseyez-vous, monsieur Riel! Si vous n'aimez pas la façon dont vos avocats vous défendent, renvoyez-les et prenez-en d'autres. Ou alors, défendez-vous vous-même!

Abattu, Louis se rassit. Puis il murmura à Lemieux:

— Je ne suis pas fou. Je dois parler, je dois raconter ce que j'ai à dire. J'ai beaucoup à dire et je ne dispose que de peu de temps.

Lemieux eut un signe de tête et prit la main de son client.

— Laissez-moi agir. Je vous promets que je vous laisserai parler.

Louis scruta Lemieux. Il ne se fiait pas à cet homme.

— Vous me promettez que vous me laisserez la chance de...

— Oui, répéta l'avocat. Nous en reparlerons lorsque la séance sera ajournée.

Riel reprit son siège et se couvrit les oreilles pour ne plus entendre: ni les sons, ni les gens, ni tout le reste. Au bout d'un moment, il se remit à écrire.

* * *

Construite de pierres grises, la cellule était petite. Lorsque McWilliams alluma la chandelle, Louis se souvint subitement de son rêve. Les pierres, la chandelle, les voix et l'odeur de la chair brûlée. Il frissonna et tira sur la couverture pour s'en couvrir les bras et les jambes.

— Tu as froid? demanda McWilliams qui avait vu son geste.

— Oui, oui, j'ai froid, répondit Louis dans un signe.

— C'est humide, ici. Louis, il faut que je te parle.

Les yeux de Louis restaient fixés sur la chandelle et il voyait défiler les images de son rêve. La voix de son ami lui semblait lointaine.

— Louis, tu as toujours réagi auparavant. Louis, toujours! Je veux que tu te secoues maintenant. Tu dois collaborer et te taire tant que le moment ne sera pas venu de parler.

Le Métis acquiesça. La chandelle, les pierres... les pierres, les voix...

— Lorsque le moment viendra, tu pourras tout dire. Tu sais ce que tu as à dire.

— Oui! murmura Louis dans un signe de tête. Je saurai ce qu'il faut dire. J'ai tout prévu.

— Si tu ne collabores pas, il ne pourra pas te défendre.

— Il y a des choses qu'il faut dire.

La voix de Riel montait maintenant, mais McWilliams poursuivit:

— L'accusation a obtenu des déclarations signées par les Métis qui t'accusent d'être le seul responsable de la révolte. Suis les conseils de Lemieux.

Louis se serra les tempes à deux mains.

— Quel choix ridicule! Déclaré innocent, je suis condamné à la folie. Déclaré coupable, je dois mourir.

Le prêtre empoigna son ami.

— Tu te souviens de nos cours d'histoire, Louis?

— Bien sûr, fit Louis en relevant la tête.

— Tu te rappelles que le pape avait emprisonné Galilée pour hérésie. Eh bien! il a choisi de démentir ses théories afin de vivre et maintenant, on se souvient de son génie. Aucune honte ne pèse sur lui.

— Et que dire de Thomas More? continua Louis en souriant.

— Un homme de principes. Il a opté pour la mort et de sa mort nous nous souvenons, non de sa vie.

Comme McWilliams s'y attendait, Louis répondit:

— Galilée n'a pas été enfermé dans un asile.

*   *   *

Louis ne cessait de prendre des notes et de se préparer. Les témoins défilaient pour le déclarer ou fou ou meurtrier. Il ne cessait d'importuner Lemieux de ses questions et de ses contradictions.

— Pour l'amour de Dieu, Riel! Voici venu le moment de la sommation. Ne me soufflez pas ce que je dois dire!

Attrapant Lemieux par le bras, Louis lui répondit d'une voix assez forte pour que tous ceux qui étaient présents puissent l'entendre:

— Vous avez bien parlé à ma place! Je ne suis pas fou.

Le juge utilisa une fois de plus son marteau et fit un signe à Lemieux qui se leva, se libérant de l'étreinte de son client.

— Votre Honneur, pendant tous les débats, l'accusé n'a pas cessé de refuser de collaborer. Il insiste maintenant pour parler.

— Est-ce exact, monsieur Riel? questionna le juge.

Debout, Louis fit preuve de calme.

— C'est exact, votre Honneur.

Le juge l'examina.

— Et vous vous rendez compte des conséquences possibles d'une défense en dépit des conseils de votre avocat.

— Oui, votre Honneur.

En signe de désaccord, le juge secoua la tête.

— Allez-y! dit-il d'un air las.

Louis se leva et fit face au jury.

— Pendant plusieurs jours, j'ai pu observer que ce procès s'est déroulé en faisant fi des problèmes réels, sans me laisser le choix.

Se tournant vers le Père Ritchot, il poursuivit:

— À la barre, le Père Ritchot a déclaré que j'avais profité de l'ignorance des Métis pour me présenter à eux sous les traits d'un prophète. En fait, les Métis se sont adressés à moi parce que l'Église catholique les regardait souffrir de l'ignorance dans laquelle les tenait notre gouvernement pendant des années, sans poser de geste, leur recommandant seulement d'attendre, de patienter. Il est difficile de se montrer patient lorsque, jour après jour, vous vous couchez, l'estomac criant famine, en constatant que vos enfants se meurent.

Un instant, Louis s'appuya contre la table et reprit son souffle. Le Père Ritchot avait pâli et tremblait. Il souffrait de la vérité des dires de son ancien protégé.

Puis Louis dirigea son regard sur Charles Nolin, toujours assis, qui ne bougeait pas.

— Charles Nolin, le "représentant" des Métis, a déformé le sens de tous mes gestes pour que j'apparaisse comme un être égoïste et démoniaque. Il prétend que j'ai conspiré pour retourner en Saskatchewan et me venger du gouvernement canadien qui m'avait condamné à l'exil.

Le visage de Nolin ne se troublait pas. Riel continua:

— Les gens de Batoche eux-mêmes m'ont demandé de revenir pour tenter de convaincre le gouvernement de tenir ses promesses. Charles Nolin aurait dû se charger de ce travail, mais il s'y refusait de peur de compromettre ses contrats avec ce même gouvernement!

Le docteur Roy, tête baissée, écoutait toutes ces paroles; Louis le regarda et enchaîna:

— Le docteur Roy, que vous voyez là, m'a traité de mégalomane, disant que je souffrais de troubles mentaux intermittents qui expliquaient mes agissements.

Enfin, le regard de Louis se porta sur le jury.

— Il lui est aisé d'affirmer que je suis fou ou démoniaque. Plus facile que d'affronter la vérité... et la vérité c'est que, lorsqu'un gouvernement, pendant des années, maltraite et refuse de comprendre une partie du peuple, il ne doit pas se surprendre lorsque cette partie du peuple décide de se faire entendre. Et lorsque le gouvernement refuse d'écouter les demandes exprimées par ces gens, qui n'exigent rien d'autre que ce à quoi ils ont droit et de vivre comme ils le désirent, alors ce même gouvernement ne peut s'étonner de voir ces gens se révolter. Les Métis ne sont pas des oiseaux. Ils ne peuvent plus vivre comme ils le faisaient avant, parcourant les plaines, sur la trace des bisons. Les Métis ont besoin d'un territoire à eux, d'un pays qui leur appartienne, ils veulent le droit de conserver leur identité et leur culture. Ce qui leur a été refusé... Oui, docteur Roy! Je crois toujours que j'ai été investi d'une mission sacrée. J'ai rêvé que l'on pouvait créer un lieu divin dans ce vaste pays. Un lieu où tous les opprimés de la terre auraient pu se réunir... un endroit que ces gens auraient aimé et où ils auraient vécu en paix entre eux et en Dieu. Est-ce si différent de ce que vous croyez? Et pourtant, me voici aujourd'hui devant un tribunal, non pour défendre ma vie, mais pour vous demander s'il s'agit là du comportement d'un homme qui n'a plus toute sa raison. J'ai vu les miens mourir; j'ai vu notre monde menacé par une nouvelle civilisation. Pendant un bref instant, j'ai emprunté le chemin de cette civilisation, de ce progrès... non pour l'arrêter, mais pour m'adresser au gouvernement, un gouvernement qui se trouvait très loin, à l'est, et qui n'avait aucune idée de la façon dont vivaient les miens, ni de ce qu'ils étaient. Je demandais simplement que l'on respecte les droits et la dignité des Métis. Si vous appelez cela de la folie, alors je suis fou! Comme d'autres, innombrables! Si vous appelez cela de la trahison, alors je suis coupable, car telles sont mes convictions!

Épuisé, à bout de souffle, après ce long discours, Louis s'accouda, en paix avec lui-même. Il croisa le regard du Père McWilliams. Il vit ses yeux baignés de larmes et se rassit. McWilliams suivit des yeux le jury qui quittait la salle et craignit son verdict. Il était vidé. Il ne pouvait plus penser qu'à Gabriel Dumont. Il avait un jour demandé à Dumont, plusieurs années auparavant, si Riel était fou. Dumont lui avait répondu:

— S'il a raison, qu'est-ce que ça peut faire?

* * *

Le juge observa les visages des jurés et demanda à Louis Riel de se lever.

— Messieurs les membres du jury, en êtes-vous arrivés à un verdict?

Se redressant, le président prit une feuille de papier. Il ne regardait personne.

— Oui, votre Honneur.

Pas un bruit ne troubla la salle. Tous retenaient leur respiration et attendaient.

— Je vous écoute.

Le président du jury fit une pause, puis prononça le verdict, d'un seul souffle:

— Nous déclarons l'accusé, Louis Riel, coupable de trahison.

On entendit des voix, des cris. Les journalistes se précipitèrent hors de la salle pour envoyer des télégrammes. Louis ferma les yeux et s'appuya sur la barre. "Coupable". Ce mot résonnait dans ses oreilles. Au moins, il n'était pas fou.

Le juge laissa retomber son marteau, exigeant le silence. Après quelques instants, il déclara:

— Louis Riel, ce tribunal vous a jugé coupable et il ne me reste plus qu'un mot à dire. Préparez-vous à mourir. La sentence que je prononce est la suivante: vous serez amené au poste de police de Régina; vous y séjournerez jusqu'au dix-huit septembre prochain et, de là, vous serez transféré vers le lieu de votre exécution où vous serez pendu haut et court jusqu'à ce que mort s'ensuive. Dieu ait pitié de votre âme.

* * *

— Prie avec moi, Louis.

La voix du Père McWilliams semblait douce et lointaine.

— As-tu peur, Charles? demanda Louis en cherchant les yeux du Père.

— J'ai peur pour toi, Louis.

— C'est inutile, mon ami, c'est inutile. Tu as joué ton rôle et moi, le mien.

— Je n'ai aimé ni la pièce ni mon rôle, répondit McWilliams.

— As-tu reçu des nouvelles de Gabriel? Est-il toujours en liberté?

— Oui, aux États-Unis. Il a essayé de te sauver. Il a tout tenté.

— Je suis content qu'il n'ait pas réussi. Je ne veux pas que l'on me sauve ni qu'on me refuse ma mort.

McWilliams prit la main de son compagnon.

— On ne peut refuser sa mort à aucun homme. Seul le moment de la mort peut être reporté.

Riel regarda encore le prêtre droit dans les yeux.

— C'est le moment que j'ai choisi, Charles. Ne sois pas triste. Mais je t'en supplie, prie pour mon âme.

— Toujours, Louis, toujours! Prions ensemble.

Les deux hommes s'agenouillèrent sur le sol de pierre. La porte s'ouvrit. Le gardien hésita, puis dit simplement:

— C'est l'heure.

En silence, ils marchèrent dans la lumière de cette journée de novembre, sous un ciel bleu profond, dans l'air froid. Le soleil se levait au loin. Les oiseaux qui avaient établi leur nid sur les bords du toit chantaient. L'échafaud se dressait au-dessus d'eux. La lumière projetait une ombre étrange sur les Métis qui s'étaient massés plus bas.

— Belle journée pour un voyage! dit Louis en souriant.

McWilliams tenta de ne pas trahir sa peine. Ils approchaient de l'échafaud. Ils gravirent les marches de pierre. Louis était calme. Ils lui lièrent les bras, passèrent la corde autour de son cou. Les pleurs coulaient sur les visages de ses amis quand le bourreau lui recouvrit la tête d'une cagoule.

— J'ai prié pour toi, Charles. Courage!

— Prions ensemble, Louis! répondit McWilliams en faisant appel à ses dernières forces. Prions. Notre Père qui êtes aux cieux, que votre nom soit sanctifié... Que votre règne arrive, que votre volonté soit faite sur la terre comme au ciel...

La trappe s'ouvrit. McWilliams s'interrompit. Il ouvrit les yeux. Le corps pendait au bout de la corde. Une éternité s'était écoulée. Il leva la tête vers le soleil.

— Oh! Louis! dit-il à haute voix, étais-tu fou ou sensé? Pécheur ou saint? Rebelle, comme ils l'ont dit, ou patriote?

Personne n'entendit ces questions, mais cela n'avait plus aucune importance. Car qui aurait pu y répondre?

Épilogue

*Allez jouer dans ces villes que vous
avez bâties,
Ces villes où vous m'auriez empri-
sonné!
Je me terre comme un renard fatigué
Et les bisons m'ont retrouvé.*

Stephen Vincent Benet

*Gabriel Dumont a fui vers les États-Unis où il a
obtenu le statut de réfugié politique. Pendant des mois, il
a travaillé à mettre au point des plans de fuite pour son
ami, Louis Riel. Aucun ne réussit et il se sentit coupable
de l'exécution de Riel. Il s'éloigna ensuite vers l'est,
s'adressant aux divers groupes francophones et, un jour,
il fut même reçu par le président des États-Unis. Puis il se
joignit au spectacle de Buffalo Bill et y joua même le rôle
de Buffalo lui-même, plus connu sous le nom de Sitting
Bull.*

*En 1886, le gouvernement canadien décréta une
amnistie générale pour les rebelles de Batoche, mais
Dumont, qui ne se fiait guère au gouvernement, ne revint*

pas au Canada avant plusieurs années. Lorsqu'il s'y
décida, il s'installa sur les terres qu'il avait réclamées et
pour lesquelles il obtint enfin des titres de propriété. Il se
construisit une autre hutte près de Batoche. Souvent, il se
rendait à Duck Lake, le site de l'une des batailles les plus
décisives de l'histoire.

Gabriel était doté d'une bonne santé. Il s'adonnait à
la chasse et à la pêche. Jamais malade, il demeura
toujours très actif et vigoureux.

Aux environs du 15 mai 1906, Dumont revenait
d'une chasse. Quelques jours plus tard, il marcha longuement près de Batoche et s'arrêta chez un ami. Ils con-
versèrent et partagèrent un bol de soupe. Gabriel
Dumont quitta la table, se coucha et mourut sans un
bruit.

Marguerite Riel s'éteignit six mois après l'exécution
de son mari. De santé fragile, elle fut emportée par la
tuberculose. Madeleine Dumont est morte en novembre
1885, quelques mois avant Marguerite Riel. Il semble
qu'elle ait souffert aussi de la tuberculose.

Donald Smith jeta les derniers dés relatifs à la voie
ferrée, le 7 novembre 1885. Il fut nommé Haut Commis-
saire du Canada à Londres et anobli en 1897. Il disparut
à l'âge de quatre-vingt-quatorze ans, à la veille de la
Première Guerre mondiale.

Sir John A. Macdonald réussit à unir le pays grâce
au chemin de fer, d'un océan à l'autre, et gagna sa dernière bataille politique lors des élections de 1891. Il
mourut trois mois plus tard.

L'évêque Ignace Bourget raffermit sa position au
sein des ultramontains, ce qui malheureusement divisa
l'Église du Québec pendant un certain nombre d'années.

Poundmaker et Grand Ours furent jugés pour le rôle
qu'ils avaient joué dans la révolte de 1885. Après trois

ans de prison, ils furent libérés. Tous deux disparurent peu de temps après.

Esprit Errant, le chef guerrier des Cris, fut pendu et se rendit à l'échafaud en fredonnant un chant d'amour à sa femme.

Le major L.N.F. Crozier démissionna de la Police Montée du Nord-Ouest et se rendit à New York pour y rencontrer Gabriel Dumont.

On devrait peut-être ajouter ici que le plan "insensé" de Louis Riel pour la colonisation de l'Ouest a été en partie repris par le gouvernement canadien dix ans après sa mort, au moment où les immigrants se recrutaient en Europe centrale et en Europe de l'Est. Le gouvernement a également adopté, en 1971, la politique de bilinguisme et de multiculturalisme de Riel. Et enfin, un certain nombre de demandes pour des droits de propriété du sol, tant des Indiens, des Métis que d'autres, attendent encore le prononcé des tribunaux.

Visionnaire? Fou? Comme le disait Gabriel Dumont: "S'il a raison, qu'est-ce que ça peut bien faire?"

Table des matières

Achevé d'imprimer sur les presses de

L'IMPRIMERIE ELECTRA*
*Division de l'A.D.P. Inc.

pour

LES ÉDITIONS DE L'HOMME*
*Division de Sogides Ltée

Imprimé au Canada/Printed in Canada

Ouvrages parus
chez les Éditeurs du groupe Sogides

Ouvrages parus aux
ÉDITIONS
DE L'HOMME

ALIMENTATION — SANTÉ

Alimentation pour futures mamans, Mmes Sekely et Gougeon
Les allergies, Dr Pierre Delorme
Apprenez à connaître vos médicaments, René Poitevin
L'art de vivre en bonne santé, Dr Wilfrid Leblond
Bien dormir, Dr James C. Paupst
La boîte à lunch, Louise Lambert-Lagacé
La cellulite, Dr Gérard J. Léonard
Comment nourrir son enfant, Louise Lambert-Lagacé
La congélation des aliments, Suzanne Lapointe
Les conseils de mon médecin de famille, Dr Maurice Lauzon
Contrôlez votre poids, Dr Jean-Paul Ostiguy
Desserts diététiques, Claude Poliquin
La diététique dans la vie quotidienne, Louise L.-Lagacé
En attendant notre enfant, Mme Yvette Pratte-Marchessault
Le face-lifting par l'exercice, Senta Maria Rungé

La femme enceinte, Dr Robert A. Bradley
Guérir sans risques, Dr Emile Plisnier
Guide des premiers soins, Dr Joël Hartley
La maman et son nouveau-né, Trude Sekely
La médecine esthétique, Dr Guylaine Lanctôt
Menu de santé, Louise Lambert-Lagacé
Pour bébé, le sein ou le biberon, Yvette Pratte-Marchessault
Pour vous future maman, Trude Sekely
Recettes pour aider à maigrir, Dr Jean-Paul Ostiguy
Régimes pour maigrir, Marie-José Beaudoin
Santé et joie de vivre, Dr Jean-Paul Ostiguy
Le sein, En collaboration
Soignez-vous par le vin, Dr E.A. Maury
Sport — santé et nutrition, Dr Jean-Paul Ostiguy
Tous les secrets de l'alimentation, Marie-Josée Beaudoin

ART CULINAIRE

DOCUMENTS — BIOGRAPHIES

Duplessis, tome 2: Le pouvoir Conrad Black

La dynastie des Bronfman, Peter C. Newman

Les écoles de rasb au Québec, Jacques Dorion

Égalité ou indépendance, Daniel Johnson

Envol — Départ pour le début du monde, Daniel Kemp

Les épaves du Saint-Laurent, Jean Lafrance

L'ermite, T. Lobsang Rampa

Le fabuleux Onassis, Christian Cafarakis

La filière canadienne, Jean-Pierre Charbonneau

Le grand livre des antiquités, K. Bell et J. et E. Smith

Un homme et sa mission, Le Cardinal Léger en Afrique

Information voyage, Robert Viau et Jean Daunais

Les insolences du Frère Untel, Frère Untel

Lamia, P.L. Thyraud de Vosjoli

Magadan, Michel Solomon

La maison traditionnelle au Québec, Michel Lessard et Gilles Vilandré

La maîtresse, W. James, S. Jane Kedgley

Les papillons du Québec, B. Prévost et C. Veilleux

La petite barbe. J'ai vécu 40 ans dans le Grand Nord, André Steinmann

Pour entretenir la flamme, T. Lobsang Rampa

Prague l'été des tanks, Desgraupes, Dumayet, Stanké

Premiers sur la lune, Armstrong, Collins, Aldrin Jr

Provencher, le dernier des coureurs de bois, Paul Provencher

Le Québec des libertés, Parti Libéral du Québec

Révolte contre le monde moderne, Julius Evola

Le struma, Michel Solomon

Le temps des fêtes, Raymond Montpetit

Le terrorisme québécois, Dr Gustave Morf

La treizième chandelle, T. Lobsang Rampa

La troisième voie, Emile Colas

Les trois vies de Pearson, J.-M. Poliquin, J.R. Beal

Trudeau, le paradoxe, Anthony Westell

Vizzini, Sal Vizzini

Le vrai visage de Duplessis, Pierre Laporte

ENCYCLOPÉDIES

L'encyclopédie de la chasse, Bernard Leiffet

Encyclopédie de la maison québécoise, M. Lessard, H. Marquis

Encyclopédie des antiquités du Québec, M. Lessard, H. Marquis

Encyclopédie des oiseaux du Québec, W. Earl Godfrey

Encyclopédie du jardinier horticulteur, W.H. Perron

Encyclopédie du Québec, vol. I, Louis Landry

Encyclopédie du Québec, vol. II, Louis Landry

LANGUE

Améliorez votre français, Professeur Jacques Laurin

L'anglais par la méthode choc, Jean-Louis Morgan

Corrigeons nos anglicismes, Jacques Laurin

Notre français et ses pièges, Jacques Laurin

Petit dictionnaire du joual au français, Augustin Turenne

Les verbes, Jacques Laurin

LITTÉRATURE

22 222 milles à l'heure, Geneviève Gagnon

Aaron, Yves Thériault

Adieu Québec, André Bruneau ·

Agaguk, Yves Thériault

L'allocutaire, Gilbert Langlois

Les Berger, Marcel Cabay-Marin

Bigaouette, Raymond Lévesque

Le bois pourri, Andrée Maillet

Bousille et les justes (Pièce en 4 actes), Gratien Gélinas

Cap sur l'enfer, Ian Slater

Les carnivores, François Moreau

Carré Saint-Louis, Jean-Jules Richard

Les cent pas dans ma tête, Pierre Dudan

Centre-ville, Jean-Jules Richard

Chez les termites, Madeleine Ouellette-Michalska

Les commettants de Caridad, Yves Thériault

Cul-de-sac, Yves Thériault

D'un mur à l'autre, Paul-André Bibeau

Danka, Marcel Godin

La débarque, Raymond Plante

Les demi-civilisés, Jean-C. Harvey

Le dernier havre, Yves Thériault

Le domaine Cassaubon, Gilbert Langlois

Le dompteur d'ours, Yves Thériault

Le doux mal, Andrée Maillet

Échec au réseau meurtrier, Ronald White

L'emprise, Gaétan Brulotte

L'engrenage, Claudine Numainville

En hommage aux araignées, Esther Rochon

Et puis tout est silence, Claude Jasmin

Exodus U.K., Richard Rohmer

Exxoneration, Richard Rohmer

Faites de beaux rêves, Jacques Poulin

La fille laide, Yves Thériault

Fréquences interdites, Paul-André Bibeau

La fuite immobile, Gilles Archambault

J'parle tout seul quand Jean Narrache, Emile Coderre

Le jeu des saisons, M. Ouellette-Michalska

Joey et son 29e meurtre, Joey

Joey tue, Joey

Joey, tueur à gages, Joey

Lady Sylvana, Louise Morin

La marche des grands cocus, Roger Fournier

Moi ou la planète, Charles Montpetit

Le monde aime mieux..., Clémence Des-Rochers

Monsieur Isaac, G. Racette et N. de Bellefeuille

Mourir en automne, Claude DeCotret

N'tsuk, Yves Thériault

Neuf jours de haine, Jean-Jules Richard

New Medea, Monique Bosco

L'ossature, Robert Morency

L'outaragasipi, Claude Jasmin

La petite fleur du Vietnam, Clément Gaumont

Pièges, Jean-Jules Richard

Porte silence, Paul-André Bibeau

Porte sur l'enfer, Michel Vézina

Requiem pour un père, François Moreau

La scouine, Albert Laberge

Séparation, Richard Rohmer

Si tu savais..., Georges Dor

Les silences de la Croix-du-Sud, Daniel Pilon

Tayaout — fils d'Agaguk, Yves Thériault

Les temps du carcajou, Yves Thériault

Tête blanche, Marie-Claire Blais

Tit-Coq, Gratien Gélinas

Les tours de Babylone, Maurice Gagnon

Le trou, Sylvain Chapdelaine

Ultimatum, Richard Rohmer

Un simple soldat, Marcel Dubé

Valérie, Yves Thériault

Les vendeurs du temple, Yves Thériault

Les visages de l'enfance, Dominique Blondeau

La vogue, Pierre Jeancard

LIVRES PRATIQUES — LOISIRS

8/super 8/16, André Lafrance

L'ABC du marketing, André Dahamni

Initiation au système métrique, Louis Stanké

Fins de partie aux dames, H. Tranquille, G. Lefebvre
Le fléché, F. Bourret, L. Lavigne
La fourrure, Caroline Labelle
Gagster, Claude Landré
Le guide complet de la couture, Lise Chartier
Guide du propriétaire et du locataire, M. Bolduc, M. Lavigne, J. Giroux
Guide du véhicule de loisir, Daniel Héraud
La guitare, Peter Collins
L'hypnotisme, Jean Manolesco

La taxidermie, Jean Labrie
Technique de la photo, Antoine Desilets
Tenir maison, Françoise Gaudet-Smet
Terre cuite, Robert Fortier
Tout sur le macramé, Virginia I. Harvey
Les trouvailles de Clémence, Clémence Desrochers
Vivre, c'est vendre, Jean-Marc Chaput
Voir clair aux dames, H. Tranquille, G. Lefebvre
Voir clair aux échecs, Henri Tranquille
Votre avenir par les cartes, Louis Stanké
Votre discothèque, Paul Roussel

PLANTES — JARDINAGE

Arbres, haies et arbustes, Paul Pouliot
La culture des fleurs, des fruits et des légumes
Dessiner et aménager son terrain
Le jardinage, Paul Pouliot
Je décore avec des fleurs, Mimi Bassili

Les plantes d'intérieur, Paul Pouliot
Les techniques du jardinage, Paul Pouliot
Les terrariums, Ken Kayatta et Steven Schmidt
Votre pelouse, Paul Pouliot

PSYCHOLOGIE — ÉDUCATION

Aidez votre enfant à lire et à écrire, Louise Doyon-Richard
L'amour de l'exigence à la préférence, Lucien Auger
Caractères et tempéraments, Claude-Gérard Sarrazin
Les caractères par l'interprétation des visages, Louis Stanké
Comment animer un groupe, Collaboration
Comment vaincre la gêne et la timidité, René-Salvator Catta
Communication et épanouissement personnel, Lucien Auger
Complexes et psychanalyse, Pierre Valinieff
Contact, Léonard et Nathalie Zunin
Cours de psychologie populaire, Fernand Cantin
Découvrez votre enfant par ses jeux, Didier Calvet
La dépression nerveuse, En collaboration

Futur père, Yvette Pratte-Marchessault
Hatha-yoga pour tous, Suzanne Piuze
Interprétez vos rêves, Louis Stanké
J'aime, Yves Saint-Arnaud
Le langage de votre enfant, Professeur Claude Langevin
Les maladies psychosomatiques, Dr Roger Foisy
La méditation transcendantale, Jack Forem
La personne humaine, Yves Saint-Arnaud
La première impression, Chris L. Kleinke
Préparez votre enfant à l'école, Louise Doyon-Richard
Relaxation sensorielle, Pierre Gravel
S'aider soi-même, Lucien Auger
Savoir organiser: savoir décider, Gérald Lefebvre
Se comprendre soi-même, Collaboration
Se connaître soi-même, Gérard Artaud
La séparation du couple, Dr Robert S. Weiss

Le développement psychomoteur du bébé, Didier Calvet
Développez votre personnalité, vous réussirez, Sylvain Brind'Amour
Les douze premiers mois de mon enfant, Frank Caplan
Dynamique des groupes, J.-M. Aubry, Y. Saint-Arnaud
Être soi-même, Dorothy Corkille Briggs
Le facteur chance, Max Gunther
La femme après 30 ans, Nicole Germain

Vaincre ses peurs, Lucien Auger
La volonté, l'attention, la mémoire, Robert Tocquet
Vos mains, miroir de la personnalité, Pascale Maby
Vouloir c'est pouvoir, Raymond Hull
Yoga, corps et pensée, Bruno Leclercq
Le yoga des sphères, Bruno Leclercq
Le yoga, santé totale, Guy Lescouflair

SEXOLOGIE

L'adolescent veut savoir, Dr Lionel Gendron
L'adolescente veut savoir, Dr Lionel Gendron
L'amour après 50 ans, Dr Lionel Gendron
La contraception, Dr Lionel Gendron
Les déviations sexuelles, Dr Yvan Léger
La femme enceinte et la sexualité, Elisabeth Bing, Libby Colman
La femme et le sexe, Dr Lionel Gendron
Helga, Eric F. Bender
L'homme et l'art érotique, Dr Lionel Gendron
Les maladies transmises par relations sexuelles, Dr Lionel Gendron

La mariée veut savoir, Dr Lionel Gendron
La ménopause, Dr Lionel Gendron
La merveilleuse histoire de la naissance, Dr Lionel Gendron
Qu'est-ce qu'un homme?, Dr Lionel Gendron
Qu'est-ce qu'une femme?, Dr Lionel Gendron
Quel est votre quotient psycho-sexuel?, Dr Lionel Gendron
La sexualité, Dr Lionel Gendron
La sexualité du jeune adolescent, Dr Lionel Gendron
Le sexe au féminin, Carmen Kerr
Yoga sexe, S. Piuze et Dr L. Gendron

SPORTS

L'ABC du hockey, Howie Meeker
Aïkido — au-delà de l'agressivité, M. N.D. Villadorata et P. Grisard
Les armes de chasse, Charles Petit-Martinon
La bicyclette, Jeffrey Blish
Les Canadiens, nos glorieux champions, D. Brodeur et Y. Pedneault
Canoé-kayak, Wolf Ruck
Carte et boussole, Bjorn Kjellstrom
Comment se sortir du trou au golf, L. Brien et J. Barrette
Le conditionnement physique, Chevalier, Laferrière et Bergeron
Devant le filet, Jacques Plante
En forme après 50 ans, Trude Sekely

Nadia, Denis Brodeur et Benoît Aubin
La natation de compétition, Régent LaCoursière
La navigation de plaisance au Québec, R. Desjardins et A. Ledoux
Mes observations sur les insectes, Paul Provencher
Mes observations sur les mammifères, Paul Provencher
Mes observations sur les oiseaux, Paul Provencher
Mes observations sur les poissons, Paul Provencher.
La pêche à la mouche, Serge Marleau
La pêche au Québec, Michel Chamberland

Imprimé au Canada
Printed in Canada